因梦而生

献给那些依然坚持梦想的人！

新思想创始人周文强自述

周文强 著

图书在版编目 (CIP) 数据

因梦而生 / 周文强著 . -- 北京 : 华夏出版社有限公司 , 2021.12
ISBN 978–7–5222–0156–6

Ⅰ . ①因… Ⅱ . ①周… Ⅲ . ①回忆录—作品集—中国—当代 Ⅳ . ① I251

中国版本图书馆 CIP 数据核字 (2021) 第 148421 号

因梦而生

作　　者	周文强
责任编辑	陈　迪
排版设计	李　红

出版发行	华夏出版社有限公司
经　　销	新华书店
印　　装	炫彩（天津）印刷有限责任公司
开　　本	710×1000　1/16
版　　次	2021 年 12 月北京第 1 版
印　　次	2021 年 12 月北京第 1 次印刷
印　　张	18
字　　数	240 千字
定　　价	49.00 元

华夏出版社有限公司　网址：www.hxph.com.cn　地址：北京市东直门外香河园北里 4 号　邮编：100028
若发现本版图书有印刷质量问题，请与我社营销中心联系调换。电话：（010）64663331（转）

▼ 自序

你有梦想吗？

你的梦想是什么？

20 岁之前，我们活在家人、老师的期望之下，肩负着各种压力与包袱，因此步履蹒跚。

20 岁之后，当我们懂得释放各种压力和卸下包袱之后，我们开始全力以赴地追求着梦想，历经了许多的困难与挫折。

到 40 岁，发现青春已逝，不免会产生些许的遗憾和追悔，于是遗憾这个、惋惜那个、抱怨这个、嫉恨那个。

到 60 岁，发现人生所剩时间已不多了，也顿悟了，于是不再抱怨了，开始珍惜剩下的日子了，于是默默地走完自己的余年。

到了生命的尽头，在那一刻才想起自己好像一辈子什么事情都没有做过，原来，我们所有的梦想都停留在 20 岁的青春岁月里。

人因梦想而伟大！

梦想，应心而生，它就像一个高明的舞者，在生命的舞台上尽情展现着它的曼妙身姿。梦想对于我来说，就像是我生命之舟的风帆，让我能快点到达成功的彼岸。如果说有些人的一生是为了追逐和实现自己的梦想，那我就是那个为梦想而生的人。

　　当我们锚定梦想时，一切就变得简单了，所以我把这本书取名《因梦而生》，就是想在这本书中回忆自己这二十多年来的点点滴滴，通过叙述自己的梦想以及追梦的经历，让更多的人知道梦想的力量有多强大，也希望借着这个机会，去唤醒那些心怀梦想却缩手缩脚的人，更想激励那些还处在迷茫无助中的人重新塑造一个绚丽的梦……

　　11岁时，过年时有人来我家要债，那时候我最大的梦想是长大以后成为一个有钱人。

　　14岁时，父亲因为经济问题而身陷囹圄，家里也断了唯一的经济来源，我不想让年迈的母亲为我再奔波劳累，毅然决定辍学。我来到汽修厂，当时的梦想就是学好技术，将来自己开一家修车店；到了工厂后，我又想着以后自己开一个小工厂。最后到了工地，我成为一个处在社会最底层的农民工。

　　15岁时，哥哥带着我来到荒郊野外，与高压线打了一年交道，那时候我的梦想是挣大钱，将来也能像那些工头、老板一样有很多钱，这样母亲就不再劳累，父亲出狱后也能过上好日子。

　　16岁时，我不顾母亲的反对，去市里面的电脑学校学了一年，当时我就想着不再做苦力了，要靠着自己的技术到城市里去当一个白领。

　　17岁时，我辞别母亲，带着450元路费，离开辉县，来到外面的世界闯荡。

　　20岁时，我首次成功创业，创办了创业家园网，成功赚到了人生的第一桶金。

21岁时，我借助平台整合资源，赚取了人生当中的第一个100万元。

23岁时，我已先后创立了3家企业，亲身经历了E-S-B-I四象限（出自罗伯特·清崎《富爸爸财务自由之路》，依次为工薪族象限、自由职业者象限、企业所有者象限、投资者象限），拥有超过千万资产，实现财务自由。

25岁时，我潜心钻研致富学，创建集财商教育集团公司，成为中国财商教育导师、中国创业家导师、新思想控股集团创始人。

我用了10年时间来研究致富学，用了9年时间研究财商，用了4年时间研究心理学，在学习上的投资费用远超过100万元。我曾经做过26份工作，横跨12个行业，成为5个行业的销售冠军！

在14年的时间里，无论我的生活多么艰难，无论我的处境多么困窘，我一天都没有放弃过对梦想的追逐。

这些年来，我一直靠着自己的努力，让梦想在土壤里生根发芽，从小小的工头梦，成长为打造上市企业的梦，再到帮助亿万国人实现财富自由、身心富足的梦。一步一个脚印，百尺竿头，不敢有一天懈怠，始终勇往直前。

回顾自己的成长之路，我发现它就是一条实现梦想的人生之路。虽然现在取得了一定的成就，但这并不是我的最终目标，在未来的道路上，我一定会不断更新自己的梦想，然后再去一个一个实现我的梦想！

有很多人和我一样，一路摸爬滚打，从社会的最底层走来，最终在繁华的都市舞台找到自己的一席之地。尽管一路上饱受各种艰辛与磨难，但我始终相信，只要我还有一口气，我就会披着梦想的战袍，为梦想而战。我相信只要我能，你也能！我们都要做因梦而生的人！

因为梦想，我选择了不同于寻常人的生活；因为梦想，我不断奋发前行；因为梦想，每一天我都充满激情；因为梦想，我一直在路上……

无论前方的道路多么艰难坎坷，梦想都会因坚持而变得伟大，我坚信梦想的伟大力量，因为我因梦而生！

目 录

BORN TO DREAM

第一章　让灵魂跟上脚步　　　　　　　001

第二章　为了贫穷的父亲母亲　　　　　009

第三章　一支棉花糖的梦想　　　　　　029

第四章　活出个人样来　　　　　　　　053

第五章　追寻适合你走的路　　　　　　087

第六章　学会销售，打开一个全新的世界　101

第七章　世间商道　　　　　　　　　　131

第八章　行千里路，读万卷书　　　　　165

BORN TO DREAM

第九章　跳出人生的藩篱　　　　　　　　187

第十章　寻找真实的自己　　　　　　　　209

第十一章　新思想的力量　　　　　　　　229

第十二章　实现财富自由　　　　　　　　249

第十三章　见证者　　　　　　　　　　　267

第一章

让灵魂跟上脚步

BORN TO DREAM

站在河对岸的人

如果成功就像渡河的话，是态度和勇气让我最终站到了河的对岸。或许，别人只看到我过河后的笑容。当他们在为我顺利到达彼岸鼓掌的时候，我永远也不会忘记，自己在河中挣扎求生时的狼狈样子。

我仔细研究过那些没有渡过这条河的人，发现在这个世界上，有态度的人不少，但很多人没有勇气；有勇气的人也不少，但很多人没有态度；而那些既有勇气又有态度的人，都是站在河对岸的人。

从时间上来看，每个人都有不同的人生阶段，每个阶段所经历的事情也不一样。回顾我的人生道路，虽然我是农村孩子，但最初我家在村子里还算比较富裕，爸爸办的砖瓦厂为家里带来了一笔不错的收入，所以我的童年算是幸福的，并没有过过吃了上顿没下顿的日子。后来父亲进了监狱，家里的光景这才一蹶不振。但正是家庭环境的巨大落差让我加速成长，同时也教会了我，作为一个家庭成员、一个男人应有的责任和担当。我从父亲那里学会了宽以待人的处世交往原则，学到了退一步海阔天空的人生态度；我从母亲那里继承了坚忍不拔、决不放弃的精神。

可以说，父母的性格对我有很大的影响，我的性格中不仅融入了父母的优点，还把他们的个性与矛盾牢牢地结合在自己的身上。直到今天，我做事的风格和为人处世的态度都能从父母身上找到它们存在的根源。

从 14 岁到 25 岁，我经历了从学徒工到财富自由的人的蜕变。当我十几年后站在河对岸时，我一直在想我是凭借什么走到了这一步。我想我靠的是一直坚守的信念和永不放弃的梦想！

几年前，面对比自己大得多的农民工的拳头，我能迎面而上；面对离地面 100 多米的高架线杆，我能信心十足地攀缘而上；面对电脑培训学校的高昂学费，我能毫不犹豫；面对毫无基础的销售工作，我能潜心研究，成为冠军常客；当我拿到人生第一桶金后，我又能理性放手；新思想成立之初，我能突破现状……

所有的这些，都是我独自思考判断之后的选择。后来，经常有人来问我成功的秘诀，我就告诉他们三个词组：突破现状、开辟创新和永不放弃。

从空间上来看，身处不同的位置和环境，我给自己设定的梦想也在不断地改变。10 年前，我做每件事情时想的都是自己的家庭，为了自己的家能支撑下去，我做的是最底层的苦力工作；5 年前，为实现自己的财富自由梦想而努力，我毅然走上了创业的道路；现在，我是为了实现大家的梦想而努力，所以我在新思想快乐幸福地过着每一天，而且公司也越做越好。我想只要立足当下，提升自己，不断地做大爱之事，再把当下当作未来，把未来变成当下，把最早自己定义的新思想，做成大家的新思想，做成一个品牌、一个平台、一种态度，那我就心满意足了！

对于很多人来说，坚持梦想和原则并不容易，因为外面的诱惑太多了。对于一个普通人来说，外面的诱惑可能是某个看起来前景良好的专业，可能是一份待遇丰厚的工作……当你越走越远，物质的诱惑越来越大时，你就更需要梦想的罗盘来为你指引前进的方向。

要想成为站在河对岸的人，你就要问自己这些问题：我能在平凡中奋起吗？我能在竞争中不退缩吗？我能在逆境中承受压力，保持自己的信心吗？我能在复杂的环境中保持头脑清醒，做出明智的选择吗？我能以健康的身心去迎接工作与职业的挑战吗？当机遇找上门时，我能不与之失之交臂吗？

……

当这些问题对你来说已经不是问题的时候，那么恭喜你，河对岸已经有人在为你鼓掌了。

在漫漫历史长河中，相对于一些伟人来说，我的这点成功和经历并不算什么，但至少我知道，我努力了就好。也许我做的这些并不能左右历史，但至少我在这条不断向前奔涌的河中能够一如既往地保持着一个渡河的姿势。在渡河的过程中，我也努力留下了一些痕迹，这样就足够了，因为这能证明我的人生也是有意义的！

因此，我要将自己的这些经历记录下来，让更多的人在渡河时能靠着梦想的动力顺利过河，欣赏河对岸的风景，成为一个成功的人。

▼感悟：一个人的成功是因为志在成功，平凡的脚步也可以走完伟大的行程。伟人之所以伟大，是因为他与别人共处逆境时，别人失去了信心，他却下决心实现自己的目标。世上没有绝望的处境，只有对处境绝望的人。

让灵魂跟上脚步

在古埃及的沙漠里，一队士兵拉着一群奴隶在沙漠里行走，奴隶们被一条长长的铁链串起来。这支队伍已经走了7天7夜，大家都走累了。

这时候，走在最前面的奴隶累得坐下来不走了。于是，士兵就拿起鞭子开始抽他，因为不把这个奴隶抽起来，后面的队伍都走不了，整支队伍的行

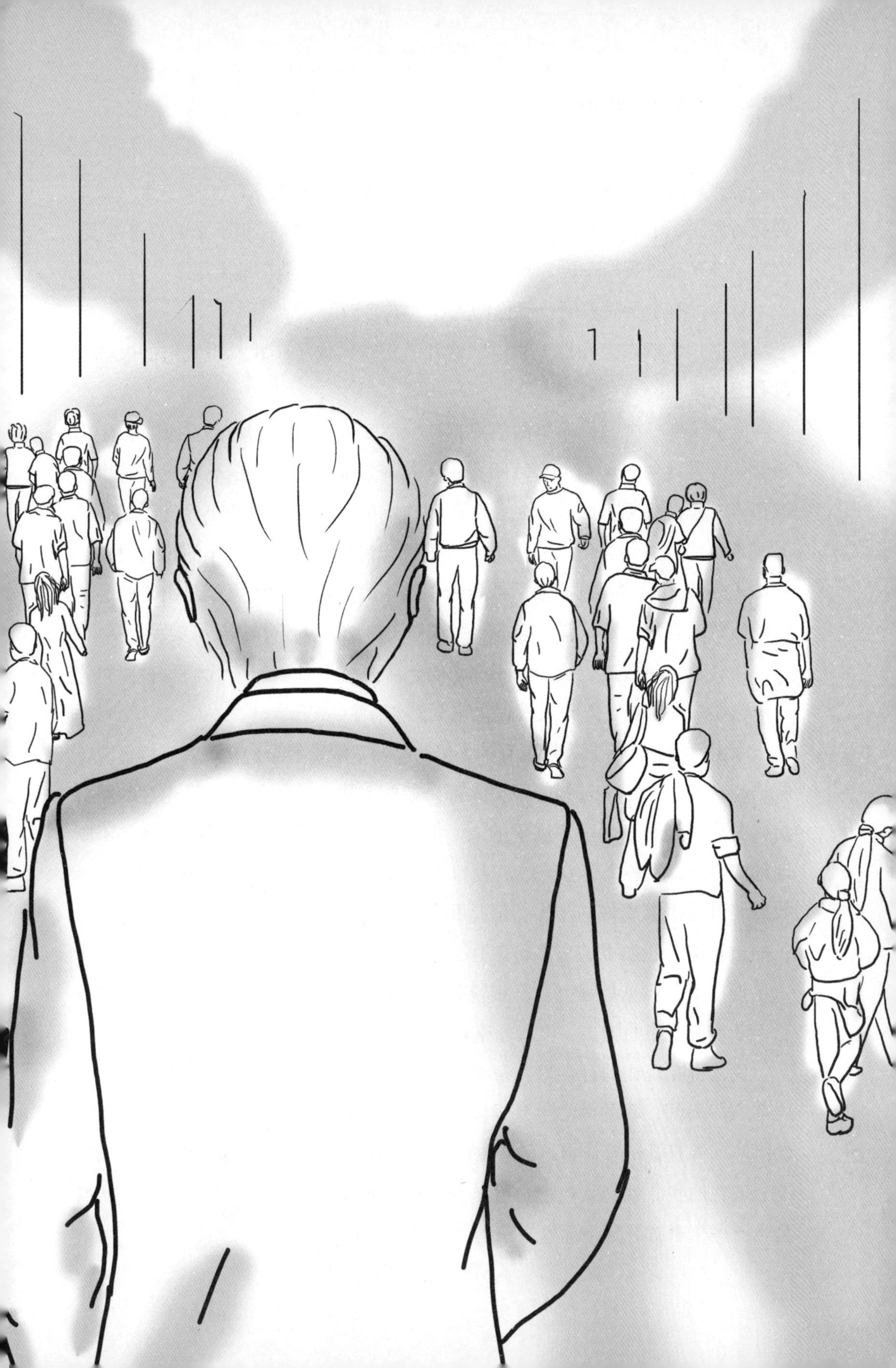

程就会被耽误。可无论士兵怎么抽，这个奴隶就是不起来。士兵一生气就抽得更厉害了，可这时候第二个奴隶又坐下来了。士兵越抽，坐下来的奴隶越多，就像"多米诺骨牌"一样，没过多久，一大队奴隶都坐在地上了。

后来，有个士兵就问："你们为什么不走？"

其中一个奴隶坐在地上说："这几天走得太快了，我觉得我们的灵魂还没有追上来。"

就是这样一个简简单单的故事，让我感慨万千。我们总是在感叹人生的短暂，经常是匆匆赶路，与时间赛跑。尤其是那些生活在钢筋水泥世界里的城市人，总会感觉自己就像是一个轰轰作响的巨大钟表上的小元件，被上紧了发条不停地运转。当人们每天面对手机、快餐食品以及汽车的尾气时，工作的乐趣在来回的奔波和生活的压力中被消磨殆尽。每当大家早出晚归、忙忙碌碌时，大家是不是偶尔会抱怨：工作没有结尾，努力没有尽头。

当日子飞驰而过，我们却不知道自己究竟想要什么时，我们是否要暂停一下迈出去的脚步，好让灵魂追上来呢？

人生就像一场修行，只是有的人修行得早、醒悟得早，有的人修行得晚、醒悟得也晚。在这个过程中很多人都是奴隶，边走边回头看自己走过的路，仿佛身后永远有一个手拿皮鞭的人。但你知道吗？倘若有人手持皮鞭，不断地抽向自己，我必认其为英雄。从14岁去工地打工，到25岁实现财富自由，我始终都是手拿皮鞭的士兵。但是我不会打别人，我打的是我自己。这一漫长的过程中，我换了这么多份工作，从换工作到找工作，我从来没有休息过一星期以上，我总是强迫自己很快就开始另一份工作。那段时间，我觉得自己不断加快赶路的脚步，没有丝毫停歇。

我觉得在现在的社会里，每个人都急匆匆朝前赶着路，人心太过浮躁。之前有段时间，我的内心也是浮躁的，后来我意识到这个问题后，就放慢我的脚步，并且尝试着让自己的心安静下来，在生活中学会省觉和感受。

现在的我，就经常放慢自己的脚步，开始认真总结之前走过的路，然后为自己的未来找寻到下面这三条路：

第一条路，我还是要把新思想全力以赴地继续做好。对于新思想，我就像看着自己的孩子成长一样，倾注了自己全部的热情和精力。到目前为止，我已经实现了原先规划的一半，慢慢让它站起来了。接下来，我还要让它带着我的梦想、带着所有人的梦想大步迈起来、跑起来，在梦想的道路上不断向前。这是我为新思想铺下的一条阳光大路。

随着时间的推移，我知道这条路会渐渐地不能满足我的心灵和灵魂的需求，我还要更努力地工作，创造财富，把财富自由这个梦想灌输给每一个人，让更多的人都能够享受生活的快乐。

在这条路上，每个新思想的人都要努力劳作，但劳作本身不是人生的目的，人生应该是快乐的。为了让新思想能承载更多的责任，我会和新思想的所有员工一起尽力把这条路修好，让它成为真正的阳光大道。

第二条路，普及财商教育及办学。

第三条路，让生命走向觉醒，并且帮助更多人身心富足。

之所以办学校，是因为曾经我也是一个辍学的孩子，这其中的痛苦我深有体会。我之所以能有今天这样的成绩，全是因为大家的爱。今天我成功了，就要把这份爱传递下去，让更多的孩子能够像我一样在这个平台上圆自己的梦。在这所学校里，我会开设财商专业，让它成为全国第一家财商大学。我会安排老师教学生们怎样创业，怎样做老板，怎样管理，怎样投资。

我想把新思想打造成一个国际性的大平台，让中国人都实现财富自由。我要让学校里的孩子们从小就知道怎么能拥有自己的梦想，如何去实现自己的梦想。

至于学生的规模，我会控制在三四千人，最多不超过五千人。我可以把很多有爱心的朋友都聚集在这里来，还会给他们提供一对一的学生辅助对象，让有共同理想的人聚到一起，共同建设这个学校。这样做的意义是，他们能看到自己的爱心和募捐落到实处，落到真正需要的土壤里，看着他们呵护的对象从幼苗成长为栋梁之材。这个过程是漫长而伟大的，也很有吸引力。我相信会有很多人来支持这个项目。

这是我今后最重要的事情，我会努力把它做好。我也把这件事当作是在履行自己的责任。在我的心里，我一直认为，一个企业除了做大做强之外，还需要为自身的发展承担责任，更要主动承担一部分社会责任。

▼感悟：成功的信念在人脑中的作用就如闹钟，会在你需要时将你唤醒。坚持把简单的事情做好就是不简单，坚持把平凡的事情做好就是不平凡。所谓成功，就是在平凡中做出不平凡的事情，直到成功。

第二章

为了贫穷的父亲母亲

BORN TO DREAM

父辈的旗帜

走过繁华的街道,耳畔传来熟悉的旋律,那是许巍的《故乡》:"你在我的心里永远是故乡,你总为我独自守候沉默等待,在异乡的路上每一个寒冷的夜晚,这思念它如刀让我伤痛……"

听着听着,我的内心生起了一丝悸动,思绪不由自主地回到了小时候,回到了我出生的故乡。1987年11月,我出生在河南新乡一个普普通通的农村家庭里,祖祖辈辈都生活在这片土地上。从小,"农民"这个词就像一个印记,已经深深地刻在了我的骨子里。直到现在,我总是自豪地对别人说我是一个农民。

不过现在社会上存在着一种不正常的社会风气:有许多城市里出生的人不喜欢农村人,甚至看不起他们,总认为农村人是愚昧、无知和粗鄙的代名词。每每想到这里,我总会在心里暗暗发誓:一定要让那些有缘了解我、读到这本书的人改变对农村人的看法,喜欢上我这个农村人。

我在农村出生,也在农村长大,是农村的生活让我懂得了什么是善良和坚韧。回首在故乡的那一段生活经历,我很庆幸自己能在那样一个环境下得到磨炼,也感激给我带来生命的父亲,是他的坚强和善良一直感染着我,让我这一路风雨兼程,从没有停下追逐梦想的脚步。

在我的成长道路上,父亲对我的影响是不言而喻的。当父亲用他那并不厚实的双臂为我竖起一面人生的旗帜时，我学会了什么是坚持与奉献；当他不断承受命运的打击时，我明白了无论遇到什么困难，也不能动摇他的原则和对理想的追求。

父亲的一生既有奋斗时的意气风发，又有面对失意时的落寞。在他小时候，他也同祖辈们一样，日出而作，日落而息，面朝黄土背朝天，当着一个本本分分的农民。随着年龄渐长，父亲看到村里人靠天吃饭，每天都是艰辛劳累，而日子还是过得紧巴巴的，他不想过这样的生活，去当一辈子的农民，把自己的双手双脚都束缚在土地上。后来，他就是带着这个信念，硬是凭着自己的努力让自己的身份慢慢发生了变化：由农民转为国营厂员工。这事在当时看来，可是一件了不得的大事，如同古代读书人考取功名一样光耀门庭。没过多久，十里八乡的人都知道，周家出了个吃商品粮的后生。为此，爷爷当时还特地去祭了祖坟，感谢周家的先人护佑我父亲。

父亲常跟我说，在他小时候，家里很穷，在村里也没什么地位，他是长子，下面还有一个弟弟和一个妹妹。父亲天性耿直，不爱说话。爷爷奶奶一开始并不是很看好他，总认为他太倔强，三棍子打不出个屁来，将来不会有大出息，所以他们都比较疼爱能言善辩的叔叔。

正因为这一点，到了上学的年纪，父亲看到同龄人都背着书包去读书时，就求着爷爷给他报名入学，可爷爷却不同意。那时候的农村，"读书无用论"的思想很严重，那些每天埋头于庄稼地里的大人认为，与其费钱费时地读书，不如让孩子早点下地干活儿，贴补家用，再过个几年，就可以到城里打工挣钱，再回老家找个老婆生娃，也很惬意。那时候的父亲，看到别家的小孩背着书包从门前经过，心中的那种羡慕与渴望是无法用言语来表达的。他是多么盼望能和其他孩子一样上学啊！

后来，叔叔也到了上学的年纪，他嫌下地干活儿太累，每天就嚷嚷着要上学。奶奶疼惜小儿子，就同意了叔叔去上学。这时父亲看到机会来了，也去求奶奶让自己上学。起初奶奶并同意，但父亲一再保证放学之后就帮家里干活儿，绝不会比以前做的活儿少，爷爷奶奶这才勉强答应下来。就这样，父亲靠着自己的努力，争取到了一个来之不易的学习机会，也开始了他短暂的求学之路。

在那个物质极度匮乏的年代里，我的父辈们追求的幸福就是吃得饱、穿得暖。这在现在看来也许是最基本的要求了，但在当时确实很难得。而对于当时的父亲来说，他的幸福就是能同其他的小朋友一样背着书包去学校读书，哪怕是饿着肚子放学回家还要干活儿也愿意！

这也是父亲第一次尝到幸福的滋味。他非常珍惜这来之不易的读书机会，也履行了他的承诺，每天天不亮就起床，先拿着扁担挑着两个空木桶到村里的水井挑水，需要来回往返两三次才能挑满一大缸水。接着，他又跑到田间地头去打满一篮猪草，这才匆忙回家扒拉几口米饭，或是攥着个馒头边啃边跑。一放学，他就直接背着书包去地里帮爷爷做农活儿，直到太阳西沉、夜幕来临前才跟着爷爷回家。吃完晚饭，等到叔叔和姑姑都睡了，父亲才借着昏黄的煤油灯，拿起课本写当天的作业。

一直以来，艰苦的环境是最能磨砺一个人的。爱学习的父亲在那样恶劣的条件下，每天都要偷偷地学到很晚才睡觉。他怕爷爷奶奶发现，说他浪费煤油，还特地用报纸糊住了窗户，让光透不到外面去。父亲的学习成绩很好，经常在班级里面考第一名。他的班主任还常在爷爷面前夸奖父亲聪明，村里的乡亲们也经常称赞他懂事。每每这时候，爷爷那张长满皱纹的脸总算是微微舒展开来，露出淡淡的微笑。

父亲只上了几年小学，家里就不再让他读了。虽然只是这么短短的几年时间，但在学校上学的那段时光，让父亲明白了知识的重要性。同时，父亲也明白了只有主动争取才有可能心想事成，要是不去争取，恐怕一年学他也上不了。这件事给我的印象非常深，也算是父亲给我上的宝贵一课。

有时我就在想，若是父亲一直这样下去的话，他完全可以通过知识来改变自己的命运：考上大学，然后到城里去找个体面的工作。可是，有时候我们人类在自然面前是多么渺小与卑微，大自然随便一次喜怒哀乐就能改变一个人甚至一群人的命运。就在我父亲满怀憧憬地想要在这条路上一直走下去时，那个让无数人闻之色变的三年困难时期来了……

经历过那个年代的人都知道，当时社会上民生凋敝，农村更是一户户穷得揭不开锅来，大家都是吃了上顿没下顿，甚至连树皮草根都挖出来吃光了，过着食不果腹、衣不遮体的日子，根本没有精力去学习。爷爷家的经济条件也愈来愈差，只能供一个人去读书。按理说，当时父亲的学习成绩比叔叔要好很多，应该让父亲去读，但是奶奶偏心叔叔，把读书的名额给了叔叔，彻底断了父亲的读书路。就这样，父亲只能离开学校，去打工挣钱。

生活艰难，前路漫漫，虽然他内心非常不甘心，但生性倔强的父亲还是担负起了家庭的重任。他认为"吃得苦中苦，方为人上人"，只要肯吃苦，就能改变现状。于是他昼夜勤劳工作，希望通过自己的双手来改变生活，挣脱命运的桎梏。

尽管如此，父亲从来都没有抱怨过一言一语，仍是主动照顾家庭，对叔叔和姑姑也是关爱有加。也因为这样，他成长为一个有担当的男人，更是在村子里赢得了尊重。父亲就像一面鲜红的旗帜，无论后来的我走到哪里，他都能出现在我心中，指引着我向前迈进……

▼感悟：人来到这世界后，命运注定了他必须要拼搏、奋斗、坚持、勇敢地走下去，走出属于自己的道路。没有人能不劳而获。上天赐予了你宝贵的生命，必定要让你在一生中坚持奋斗到最后一秒，燃烧尽生命的火焰。拼搏之神喜欢勤奋的孩子，所以勤奋的孩子拥有一种精神——拼搏。拼搏就是迎着巨大风浪奋勇前进的力量，翻过岩石时流下的汗水！

不安现状的父亲

那些对自己生存状态不满意的人，总是习惯抱怨命运的不公，但事实真的如此吗？其实有些时候，是我们自己对自己不公平。当你离成功只有一步之遥时，你是否向前迈了这么一步？当你经受失败的时候，你是否重新站起来了呢？

父亲对于自己未能继续读书这一件事并没有过多地自怨自艾。相反，他很快就在现实生活中找寻到了新的人生道路。那一年，机会总算是来了。当时有一个国营厂去我们村招工，那可是个令人眼红的好活计，不是每个人都能去的，几个应聘的人需要通过村民的投票选举，得票最多的一个才能去成。毕竟当时如果谁能去国营厂工作，无疑就相当于天上掉了个馅饼，选中的人一夜之间就能从农村户口转为城镇户口，吃商品粮。

父亲当时很年轻，看到这个好机会摆在眼前，也去报了名。他是有自信的，平日里父亲就经常在忙完农活儿后做一些好事，脑子也灵光，在村子里的口碑很好，所以理所当然地，父亲被选上了，成了一个国家正式工。

这幸福对于父亲而言，来得太突然。接到去上班的通知后，父亲收拾了几件满是补丁的衣服和一些日用品，装进一个小木箱，轻装上阵。这一去，就是好几年。在这期间，父亲总会按时给家里寄钱，家中的经济条件得到了很大的改善，在村子里的地位也提高了，爷爷奶奶更是一扫当年的闷声不响，扬眉吐气地和村民拉家常。

在那几年里,父亲享受到了国家的政策福利,也体会到了国营厂优越的福利待遇。那个时期还是国营厂一家独大的辉煌期,许多生产生活用品都是由国营厂生产出来的。谁要是进了国营厂,就相当于吃了皇粮,捧上了铁饭碗。在国营厂工作的日子里,父亲知道自己没读过几年书,许多方面同其他人相比有很大的差距,而且厂子里从农村招来的职工很少,大多数人都是城市里招进去的,因此他更加珍惜这个工作岗位。我觉得这方面我遗传了父亲的能力,就是无论在什么环境下,都能清醒地知道自己的处境。

其实,这不仅仅是一种能力的体现,更有一种人生智慧蕴含其中。一个人要务实,刻苦学习,工作起来勤勤恳恳,就能得到领导和同事们的信任。那几年,踏实肯干的父亲很快就成为一个技术高手,而且他的格局也打开了许多。他不再只关注一家人的柴米油盐,而是对自己的命运有了更多的思考。

父亲有些不安心,开始不安于现状了。父亲这一点,我也成功遗传到了,并且更加明显,这也是为什么我后来做过那么多行业的工作。

当父亲内心那种不安于现状的心理积累到一定程度后,他终于做了一个让所有人意外的大胆决定:提前退休,自己创业。当时,国营职工的退休金是按照国家退休职工统一标准算的,也是一笔不小的数目。有了这笔退休金和以前的积蓄,我们家的生活水平可以用优越来形容。村里的人都很羡慕我家的生活,父亲却很低调,从来不会在村民面前显摆自己。

在父亲心中,他对于村民们一直怀着一颗感恩的心。他深知,自己现在拥有的一切都是靠着乡亲们投票支持来帮他实现的,所以他对村里人更好了。往年里,厂子里过节都会发福利,父亲总是亲自提着这些礼物给村子里几个德高望重的老人家送去。平日里乡亲们有事情找他帮忙,他都会尽心尽力地去帮助别人。每次有人来借钱,他都会点头应允,从来不会去催别人还钱,更不会要利息,甚至别人来还钱的时候他都觉得不好意思,经常让家里人给还钱的人再捎上点自己家里种的豆角和玉米。

为什么父亲会这样去做呢？其实我小时候并不明白。及至后来渐渐长大，走入社会，我才知道，正是父亲这种淳朴善良而又倔强的性格，让他一直都肩负着一种责任，对家的责任，对家乡的责任，他想在自己还能拼还能闯的时候走出来，为家乡做一番贡献，也为自己谋一条出路。

同父亲一样，我也是个不安于现状的人，因此很能理解当年父亲的那种迫切的心情。我们都可以抛弃已有的安稳生活，因心中的一个梦想，甘愿承受失败的风险，也非要在社会上去闯一下，哪怕一路上被摔得鼻青脸肿，甚至是体无完肤，也要坚持自己心中的梦想，决不能安于已有的命运安排。当然，父亲的想法比我的更高尚，他是为了家乡人的福祉，而我当时走入社会去闯荡仅仅是为了自己的家庭。

想要创业的想法一直都在父亲心中酝酿，过了一段时间，机会终于来了，父亲也从那一刻起正式踏上了一条前途未卜的路。那一天，村里的两个人找到了我父亲，他们两个是亲兄弟，这些年来一直在城市里打工，见多识广，同父亲聊得也比较投机。他们一直想着回家自己开厂子创业，但是苦于没有资金和合适的合作伙伴。这次他们和父亲一拍即合，打算共同闯荡闯荡，打拼出一番事业来。

20世纪80年代初，在改革开放的推动下，农村经济体制开始变革，推行家庭联产承包责任制。承包责任制就是农户向村委会或村民小组承包土地、果园和鱼塘等生产资料，在完成国家和集体税收、统筹提留或承包费等任务后，其余收入归农户所有，俗称"大包干"。当时父亲他们承包了村子旁边的一片荒地，决定开办一家砖瓦厂。之所以开砖瓦厂，是因为一方面，附近的土层厚，能够就地取材；另一方面，当时全国都在搞建设，农村也不例外，很多人家都在建房子，最火的就是砖瓦厂和水泥厂，水泥对于他们来说比较陌生，于是就选择了开办砖瓦厂，开始了他们的创业之路。

一开始，砖瓦厂的生意很好，也赚了不少钱。没过多久，我们家就盖了全村最好的一所砖瓦房子。当时农村基本上都是些土坯房，我们家的房子一建好，立马引来村民围观，啧啧声不绝于耳。那时我们家是村里最风光的，父亲也觉得自己当初的选择是对的，并享受了他人生中最辉煌的一段时光，甚至比当年被村民推选为国营厂正式员工还要骄傲。因为这一次，荣耀是他凭借自己的双手得来的。父亲成了那个时代最早的一批致富标兵之一，走到哪里都会看到周围人敬佩和艳羡的目光。那一年，是我们家最富裕的时候，也就是在那一年，即1987年，我出生了，也算是含着"金汤匙"出生的。我家有三个孩子，大姐比我大十二岁，哥哥比我大十岁，作为家中老小，我自然更受家人的宠爱。在村里，我理所当然地成了一个"富二代"，衣食无忧，坐享其成。对于父亲来说，我的到来纯粹是个意外，因为那时候他接近40岁了。

▼感悟：人生是需要奋斗的，只有你奋斗了，失败后才会问心无愧；人生是单行路，只有奋斗了，才会有光明的前途；拼着一切代价，奔向你的前程，赢一生无怨无悔！当你将信心放在自己身上时，你将永远充满力量！

种不出"法律"的黄土地

命运就像是一个最耐得住性子的顽童，他往往会在你鼻孔朝天最得意的时候，出其不意地伸出脚来，把你踢得四脚朝天。

父亲的砖瓦厂在经历了短暂的辉煌之后，就开始慢慢地走下坡路了。其实，现在我回过头来分析当年的砖瓦厂，就知道亏损是必然会出现的结果，因为父亲在创业初期就犯了严重的错误。一方面，因为那两个兄弟是同村的，父亲对他们完全信任，这为后来的危机埋下了伏笔；另一方面，他对于资金的管理和运转完全没有经验，而且没读过几年书的他对法律知识几乎是一无所知。

可是，这又能怪他吗？在当时那样的社会背景下，父亲只读了几年书，他脚下的那片黄土地能种瓜、能种豆，却怎么也种不出"法律"这东西！

现在想想，父亲当初太善良了，他总是认为自己怎样对别人，别人也会同样待自己。砖瓦厂刚办起来的时候，条件非常艰苦，他和那两兄弟都是同吃同住、有福共享、有难同当，而且大家都是尽职尽责，在一起吃了很多的苦。每当厂子的经营出现问题，他们就会相互加油打气。可以说，一开始他是完全信任那两个合伙人的，对待他们如同亲兄弟。不过人总是这样，只可共患难，不可同安乐。当砖瓦厂盈利之后，那两个合伙人看到父亲老实善良，就在心里打起了自己的小算盘，经常会把厂子的钱塞进自己的腰包。父亲一开始只知道埋头生产，提高砖瓦厂的生产效率，等意识到这个问题后，资金已经断流，周转不过来了。那两个兄弟就伺机倒打一耙，说已经将全部身家都放在厂子里了，无法再注入新的资金。

合伙人不管，父亲又不想眼睁睁地看着厂子倒闭。为了让砖瓦厂能活下去，生性倔强的父亲做了一个决定，他让母亲把家里的粮食卖了很大一部分，只留下口粮，还把原先买回来的一些值钱的东西都变卖出去，这才让几乎陷入瘫痪的厂子勉强运转起来。但厂子还是入不敷出，根本创造不出来任何效益。这时候，那两个合伙人看到已经无利可得，立马就换了副嘴脸，对厂子不闻不问，一两个月都不到厂里去一次。

我明显看到父亲老了，他的鬓角新添了许多白发，额头上的皱纹也更多了，但是他却依然咬着牙坚持着，像一头疲惫的老牛。他不甘心就这样轻易放弃自己的理想，更不愿意放弃自己耗尽心血创办的厂子。他一直相信，只要自己足够努力，砖瓦厂的经营就一定会有转机。

那段时间父亲几乎是每天都往厂子里跑，好几天都不着家。每次他一回家，我就看到他布满血丝的眼睛，满脸的倦容，心里很不是滋味。而那时候的父亲，总是无暇顾及这些，往往随意抹个脸就往床上一躺，很快就传来了均匀的鼾声——他已经好几天没有睡一个囫囵觉了!

人之所以不能成功,是坚持了错误的东西。父亲的一再坚持并不能让砖瓦厂起死回生。几年下来,不仅厂子的经营丝毫没有起色,而且家里因为频繁地拆东墙补西墙,变得越来越穷。1998年,一场百年不遇的大洪水,彻底浇灭了他的一切。

那一年,大雨接连不断地下了二十多天,丝毫没有停下来的迹象。稍微懂点行的人都知道,砖瓦厂做砖就是要先和泥,然后再做成泥模晒干,最后入窑,才能成砖。而洪水很快就把做好的泥模化成一摊烂泥。父亲看着那些浑黄的流水发呆,那流走的不光是泥模,更是他的心血和最后的希望!人活这一辈子,风雨雷电和寒霜冰雪,有时候会在同一时刻向你的头上倾倒下来!

那场洪水肆虐了大半个中国,让无数人感受到了什么叫作绝望与痛苦,而对于我的父亲来说,它带来的是一种无声的命运宣判,宣判着他的复兴计划濒临破产。

我们村旁有一条河,父亲每次来回都需要经过那条河。那时候已经开始发大水了,河水涌向路面,浩浩荡荡的水流一片浑黄,分不清哪里是河道、哪里是路面。他小心翼翼地走着,探一步走一步,生怕一不小心踩空滑到河里,被洪水给冲走了。所以,每次父亲出门,一家人常常都会提心吊胆。后来,父亲就干脆到厂子里和工人同吃同住,不回家了。

那些日子,父亲是沉默的,经常一个人默默地抽着烟草,仿佛烟雾缭绕中,梦想依旧。我放学回家一进门就看到了靠在椅子上的父亲,他昔日眼中闪现的亮光早已失去了光泽。那时的他,就像是一个驰骋沙场多年的老兵,在国难当头时,看着自己的垂老之躯,在摇头叹息……

▼感悟:任何事情的发生也只是前行路上的插曲。没有任何事可以一帆风顺。只有在风雨中不怕失败地打拼才会看到最美的彩虹。只有奋斗,不要失望,不迷失,鼓励自己还要加油,要奋发、不垂头、不丧气,信念依然坚定!播种善良的种子,收获高尚的品格!

举头三尺有神明

那几年里,父亲一个人四处奔波筹钱,给砖瓦厂"续命",可是这毕竟不是长久之计,而且也给后来发生的事情种下了不好的因。

1998年年底,父亲的一个合作伙伴去世,另外一个也根本无暇顾及厂子,完全放弃了当年花大力气打下来的江山。而这时,不幸也向父亲悄然袭来。在过去的几年时间里,由于父亲的法律意识很淡薄,每次借债都是以他自己的名义而不是以厂子的名义去借的,这样的隐患就像是一个个地雷,总会在某一天爆炸。他曾固执地认为,那些债都是凭着自己的信誉借来的,就应该写上自己的名字,结果到最后,厂子里所有的欠债全部都算到了父亲头上。2002年,厂子已经亏空30余万元,这些钱有亲戚的,有村民的,有银行的,还有工人们的工资,几乎全村的人都有我们家的欠条,欠条上写着父亲的名字,白纸黑字。

原先砖瓦厂经营状况不错的时候,村里的许多人都来我家串门拉话,借钱。一旦砖瓦厂破产,那些原来父亲帮助过的人又回来了,这回他们眼中不是父亲的那种仁慈,而是一种冷漠与看客似的戏谑!

在辉县这一片故土上,父亲从最初想带家乡人致富的"领头人"沦为被讨伐的对象。每当我回忆起这段往事,总想去体会父亲当时的感受,不知道他是怎么熬过来的。他为了自己的梦想一直在隐忍着、坚持着,总是盼望着看到峰回路转、柳暗花明的那一刻，可是现实却狠狠地给了他一记重拳，把他击倒……

他已经没有了退路，毕竟这些都是他自愿做出来的选择。他不能逃避，也不能抱怨，只得去接受这个事实。最后实在是无法维持下去了，他没有办法，只能听从村委会的建议把厂子给承包出去。按理说，承包出去的租金应该给父亲，每年也有不少钱，足够还清一部分欠款。但是最后，十几万元的租金都被村委会拿走了，村委会的答复是："你们家还欠村里人的工资，所以租金先入村委会口袋。"

这样一来，父亲不仅分文未得，连厂子也被村委会"名正言顺"地收回去了。他无话可说，但实际上最后这些钱到底有没有进工人手里，进了多少，谁也说不清楚。因此，当后来那些贫困潦倒的工人带着绝望的表情来找父亲要钱时，父亲的心里有着说不出的痛苦。要知道当初，他办厂子的初衷就是为了改变他们贫穷的生活。

有时候，命运不得不让人心生敬畏。十几年前，父亲看到那些贫穷的村民，多多少少还能帮衬一些；而现在，他自己也成了一个身无分文、负债累累的穷人。以前，他同情他们，现在，又有谁能来同情他呢？那两年的时间，忠厚老实的父亲一下子老了许多，那些欠款就像是一把把岁月的刀，把父亲折磨得不成样子。不过父亲并没有唉声叹气，反而心平气和。是啊，这就是父亲的命。正如农民辛劳一年种植的庄稼，还没等收获，就被冰雹打光了，难道能懊悔自己曾经付出过的力气吗？

相比家里的困难，那时的我所受的影响还是比较小的。当时我十几岁的样子，正在上初中，我的成绩在班上也是名列前茅。为了不影响我的学习，父亲从来都不会在我们几个孩子面前谈厂子里的事情。我的年纪也小，只知道家里的光景一年不如一年，却一直是懵懵懂懂，不知道真实的情况有多糟糕。现在想来，即使当初我知道了实情又能怎样呢？那时的我还只是个十来岁的孩子，只能在心里无休止地担心和祈祷家里早日渡过难关。不过我每天一回家就处于一种沉闷的气氛中，心情也时常感到无比压抑。我的煎熬和父亲内心的煎熬一样多——因为我的命运同父亲、同这个家的命运紧紧地连在一起了！

母亲是个典型的家庭主妇，一直都在为一家人的饮食起居任劳任怨，父亲要做什么她都默默地支持，从来没有二话。在她看来，自己只是一个女人，根本就无法为自己的丈夫分担什么。看着丈夫每天这么奔波劳累，她能做的，只能是每天他回家时给他端上一碗热饭，每天晚上给他捧上一盆热水泡脚……

有一天，我放学回家，天已经黑了，村庄成了一个淘气的小孩子，躲进了漆黑的夜里。当家家户户的烟囱都升起了烟时，劳作了一天的农民们也开始在灶台上生火做饭，准备晚饭。我回到家时，父亲没有开灯，坐在黑暗中，我借着周围零星的散光，看到了一个隐没于黑暗的人正在吐着烟圈……

我咳嗽了一下，同父亲打了个招呼，父亲招呼我坐下来。就这样，我们父子两人，四目相对。那天晚上，一向不善言辞的父亲同我聊了许多。

"文强，你现在已经读到初中了，也算是成人了，我同你这么大的时候都一个人赚钱养家了！"父亲在黑暗中对我说道，却又一副欲言又止的样子。

我以为又出了什么问题，忙问："现在怎么样了，家里还欠别人钱吗？"

父亲顿了顿，长长地叹了口气，说："孩子，你要记得，钱并不是问题的全部，有些东西不是用钱能衡量的。"这是寡言的父亲第一次主动跟我谈到如此深刻的话题。可是那个时候，我并不能完全理解父亲那个"衡量"的真实含义，正因为如此，直到现在我还清楚地记得当时的场景。

在初三的时候，也就是我 14 岁那一年，父亲因为欠债问题遭到了别人的起诉，被公安局批捕。现在想来，之前他是有预感会被抓的，所以才和我聊了那么多，可惜那时候的我没有太用心去听，也不能为他分担些什么！或许，当初的父亲是多希望自己的儿子能够懂这些啊！他是想用自己的教训来给孩子总结人生的经验，但又怕残酷的现实扭曲我还未成熟的内心。

直到后来，等到我走入社会，品尝到世间百态、人情冷暖时，我才真正地体会到这些。他言语一直不多，不会像一些家长那样对子女谆谆教导，但他会用行动来教会我做人要诚实、勤勉，让我懂得了只有付出努力才会有所

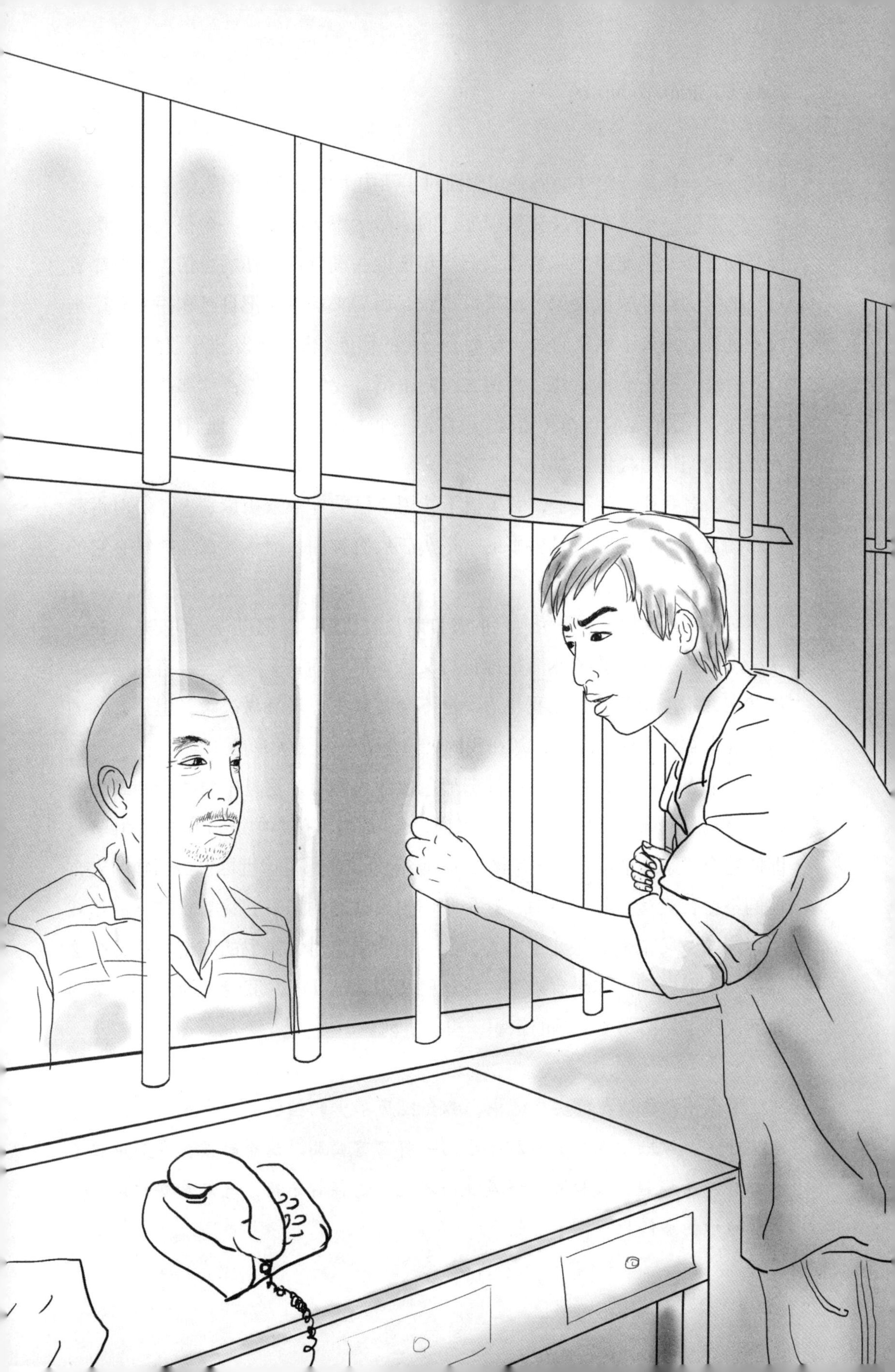

收获，只有诚实守信才能做到坦然面对生活中大大小小的事情。

父亲的一生是在奔波劳累中度过的。命运跟父亲开了一个很大的玩笑。他当初办砖瓦厂就是要报答乡亲们当年选他去国营厂工作的恩情，想要靠着自己的努力创业来改变家乡的落后现状，而后来他不光把自己积攒的财产全投了进去，还欠了大家的钱，背负了一身的债务，最后被送进了监狱。

后来，我去监狱看他，提到之前的事情，我气愤地说："那两个合伙人太不地道，他们也应该承担责任。现在你一个人在这里坐牢，他们却逍遥法外。我要让他们付出代价！"

父亲对我说："孩子，做事情不能用自己的标准来衡量别人，要对得起自己的良心，相信老天是公平的。举头三尺有神明，命运这么选择是有它的道理的。"

父亲就是这样，总是用自己的善良来化解仇恨，以德报怨。即使是现在，这么多年过去了，我依然清楚地记得父亲的那句话——举头三尺有神明。虽然父亲并不能常常陪伴在我身边，也不会替我去思考和做决策，但是父亲的为人处世和对生活的态度，却在我的灵魂深处烙下了无形的印记。

一个人在成长过程中会遇到形形色色的人和事，这其中对我影响最深的人就是我的父亲。也许对一个男人来说，父亲都是男孩心中最初的骄傲和偶像，即使这个父亲是个平凡甚至卑微的人。所有的父亲都是这世界上最孤独的人，他们不擅长表达自己的感情，这是我们男人共同的悲哀：父与子的感情是截然不同的，父亲爱的是儿子本人，儿子爱的则是对父亲爱的回忆。我为有这样的父亲而骄傲。如果有来生，我还愿意做他的儿子。我身上流淌着父辈的血液，我也将高举着父辈的旗帜，勇往直前。

▼感悟：我们在现实生活中，都会经历不少的挫折。一个人的一生，绝对不会一帆风顺。人生的路就如小河一样弯弯曲曲。这个时候，我们应该怎么办呢？是逃避，或投降，还是视而不见？这样都不行，我们需要的是——勇敢地承担责任！

我的母亲王喜玲

有一个人，她从我们出生那一刻，就占据了我们内心最柔软的地方，让我们愿意用自己的一生去爱她，这个人就是母亲。她能给我们母爱，让我们肆意索取，却从来不要任何回报。

每次提到我的母亲，我总会习惯性地加上她的名字——王喜玲，一个平凡得不能再平凡的名字。

母亲的名字很少有人知道，即便是父亲，也只是称呼她叫"哎"，村子里的人都喊她"文强妈"，而母亲自己大字不识，对自己的名字都很陌生，所以几乎没有听人叫过她的名字。这也是当时大多数农村女人的命运，她们的名字，只有两次会被正式提到，一次是在登记户口的时候，一次就是领结婚证登记结婚的时候，平常的时候都是被其他称谓代替，如在家时叫"谁谁家的丫头"，结婚后叫"谁谁家里的"，有孩子后又称"谁谁的妈"……

现在我在这本书中完完整整地写下我母亲的名字，就是希望她能被人记住，因为她在我心目中是最伟大的。我也想在这里用最真诚的心来记录她，让大家都来认识她，认识一个平凡的农村女人，一个伟大的母亲。

她一辈子都忙碌在田间地头、灶间厨房，从没有想过要改变这样的现状。她把丈夫当作天，把子女看成地，可以委屈自己但是绝对不能亏待了天和地。只要丈夫和孩子都过得好好的，对她而言就是最大的幸福。

母亲是个要强的人，生活的艰难铸就了她男人一样的性格。不是一家人，不进一家门，她和父亲一样，性格耿直，为人处世都讲究理据，从不委曲求全，而且崇尚正义，浑身散发着一种正气。平日里，母亲最爱听豫剧《花木兰》，心情好的时候，她也会哼上几句，想象那个战火纷飞的年代，在战场上奋勇杀敌的花木兰……

母亲不识字，但她却对知识、对读书人充满了敬畏。后来我才知道，母亲当年嫁给父亲，就是因为父亲读过书识字，所以她死心塌地地对父亲好，总是认为父亲做的每一件事情都是有道理的。

对于孩子们的学业，母亲也是从未马虎过。她不像大多数农村里的父母那样对孩子的学习不闻不问，反而是非常严格地要求我。每天放学回家，她都会问我在学校里学习了什么，等我回答完后就督促我做作业。尽管她什么也不懂，但她还是要问。每次考试，她都会关心我在班上考了多少名。或许，她单纯地认为，只要我考了第一名，长大后就一定会有出息。

父亲自打结婚后就忙于自己的事业，几乎从来没有干过农活儿，甚至连家里分的责任地在哪里他都不知道，里里外外都是母亲一个人在打理。母亲也确实是个干农活儿的好手，除了照顾三个孩子外，她还能把地里的庄稼收拾得井井有条。她非常勤快。每到农忙时，村里人经常这样说："文强家的地都锄了两遍草了，咱家也赶紧到地头去锄锄草……"

母亲把自己的未来和希望都寄托在了我们兄妹三人身上。哥哥姐姐小时候，家里的生活条件还很不错，母亲也很疼爱孩子，他们想要什么，她都会想尽办法满足他们。特别是对作为家中长子的哥哥，她更是宠爱有加。后来，母亲也渐渐意识到孩子不能一味地宠，也要管教，所以到我出生后，母亲就变得比之前更严厉了。然而，正是母亲对我的严格，才能让我有现在不一样的人生。

母亲对我的教育方式和农村里的大多数家长都不一样。如果你也是出生在 20 世纪 80 年代末期的农村，你大致能回忆起这样的场景：每到年关将近的时候，村里就有几个孩童拽着自己母亲的衣角，豁牙漏气地央求着，想要让大人给他们买一身过年时穿的新衣服。当然了，大凡有钱的人家是不会出现这一幕的，他们都会早早地给孩子买新衣服，而普通人家的父母，每每看到孩子眼泪哗哗的样子，眼睛一酸，心一软，大都会答应孩子的要求。但我的母亲跟这些人都不一样，每次要买什么东西，她都会跟我商量，让我主动选择，而不是让我像别的孩子一样央求，尽管那些年家里并不富裕。

母亲给我的尊严还体现在我的小伙伴们身上，她一直以来都很尊重我的朋友，从最初的光屁股小毛孩，到现在那些来自五湖四海的朋友，她都非常尊重。从小我也算是村里的"孩子王"，一到周末就带着十几个小孩子在村里到处玩，许多小朋友的家长都很反感我们这一大帮子人去他们家里，他们嫌我们闹哄哄的，让人烦心。而我的母亲却很好客，她从来不为难我，对我的小伙伴们也很好，每次都会张罗许多吃的给他们。

那一年，父亲被抓的时候已近年关，村里人对我们家指指点点的，让我们感觉很不自在，在人前抬不起头来。我还清晰地记得，过年时，母亲给我买了两件新衣服，她对我说："文强，这新衣服穿在你身上比穿在我身上开心。"母亲说这话的时候，我就背过身去，偷偷地抹眼泪。一刹那，我感到浑身的血都向脸上涌来，眼睛也好像蒙上了一层灰雾，远远近近什么也看不清楚了。

其实，父亲出事对母亲的打击非常大，她给我买新衣服，就是把我当成周家的希望，要我从阴影中走出来。那时候她已经有50多岁，已经到了知天命的年纪。农村里像她那样大年纪的人早就当了奶奶，含饴弄孙，安享天伦之乐了，可是母亲又要开始负担起整个家庭，非常操劳。当时哥哥早已成家，而姐姐也嫁出去了，家里就剩我和母亲两个人相依为命。

那时我才14岁，连初中都还没毕业，看到家里出现这样的情况，心里早就萌发了放弃学业的想法。母亲本来是坚持不让我辍学的，但那时家里已经欠了许多债，母亲之前一直在家务农，根本就没有其他经济来源，光靠庄稼地里的收入远远满足不了日常的生活开支，更别提交学费了。

眼看这日子快要过不下去了，母亲便到工厂去上班。当时村子里哪有什么正规工厂，都是村里人自己办的加工厂。当时母亲就是去的我们村的一个童车厂上班，做的是喷漆工人。这份工作不仅辛苦，对身体也有直接伤害。

喷漆工的身体会直接接触油漆，却只戴了那种简单的口罩和手套，根本起不到任何的保护作用，而且每天都要干十几个小时。

下班回来时，时间已经很晚了，母亲已经累得骨头像散了架，一绺头发耷拉在汗迹斑斑的额头上，手上、脸上和衣服上总是沾满了油漆。她用肥皂一遍一遍地搓，常常把手都搓掉了一层皮，整个手又红又肿，手上的油漆还是洗不干净。母亲每次擤鼻涕的时候流出来的都混杂着五颜六色的油漆，可以想象这对身体有多大的伤害。

后来，母亲在我的一再坚持下，才换了工作。多年以后，母亲做了许多次手术，就是因为这份工作对身体造成了伤害。

那段时间，要强的母亲整天就像一台机器，她拼命地转动，不愿意被别人瞧不起。有一次母亲去棉花田里喷农药，因为当时是逆风，她又没有戴口罩，结果药水全喷到嘴巴里去了，没过多久就农药中毒晕倒在棉花田里。幸好邻居发现，及时把她送到医院，才捡回一条命，可是也留下了严重的后遗症。直到现在，母亲的脖子上还有肿瘤。

这就是我平凡又伟大的母亲，她用年迈的臂弯为子女撑起爱的家园，不管外面多么残酷无情，但家是暖的。

母亲这份沉甸甸的爱，让任何言语和行动都显得那么苍白无力，我能做的唯有在我的有生之年尽自己最大的努力来完成母亲的愿望。但是，普天下所有的伟大母亲对子女又有什么样的要求呢？无非就是希望自己的子女平平安安、事业有成，有一个幸福美满的家。天下什么样的爱能比得上母爱的伟大呢？

▼感悟：积极的人在每一次忧患中都能看到一个机会，而消极的人则在每个机会里都看到某种忧患。人生就是一个历程，我们既要追求结果的成功，更要注重过程的精彩。不管多么险峻的高山，总是为不畏艰难的人留下了一条攀登的路！

第三章

一支棉花糖的梦想

BORN TO DREAM

我的辉县，心怀坦荡

"我是河南人，我是农村人。"这是我向别人做自我介绍时常说的话。为什么这么说呢？就是因为现在河南人在外面的评价很差，很多外地人一听到河南人就颇有微词，一提到河南，就如同连珠炮一样说着河南人的问题。

"防火防盗防河南"，每当我听到这样带着明显歧视的评价时，心里总不是滋味。长期以来，河南人遭受了来自全国范围的地域歧视，这成了亿万河南人民心中一根拔不去的刺。一直以来，我都严格要求自己，用自己的实际行动去影响身边的人，想要改变人们对河南人的看法。包括写这本书，我也是想让更多的人真正了解河南这块土地，真正认识河南人。

有一句话说得好，只有自己去经历，否则就永远都没有发言权。我之所以能在这里为我们河南人鸣不平，就是因为我在这片土地上生活了整整15年，而且还是在辉县的农村，我当然有足够的发言权。那里生活的大都是处于社会最底层的农民，他们大多延续着老路子，每天把所有的力气和汗水都留在了庄稼地里。他们愿意消磨自己一辈子的时光，与土地为伴。当然，还有一部分人同我一样，离开了农村，在城市里干着各行各业，想要凭着自己的辛勤打拼来成就一番事业。

有人说，河南人是中国的吉卜赛人，不管是在旧社会还是现在，全国的任何地方都可以看见这些不择生活条件的劳动者。试想，如果出国就像出省一样容易的话，那么全世界都极有可能遍布河南人的足迹。但我们和吉卜赛人不一样。吉卜赛人只爱漂泊，不爱劳动。但河南人除个别不务正业者之外，无论走到哪里，都是用自己的劳动技能来换取他们应得的报酬。

没有生活在这一片土地上的人是很难真正体会这里、理解这里和包容这里的。在我看来，大多数河南人都有很浓烈的性格，他们豪爽，很讲义气，往往不以朋友相称，而是以兄弟相称。如果他人以诚相待，我们定会以兄弟之情对待别人。而且，我们河南人由于经常到处漂泊，因此对任何出门在外的人都有一种亲切感和同情心，也乐意帮助那些有困难的陌生人。

河南人之所以具有这样的性格，有很大一部分是跟历史有关的。从小我就特别喜欢历史，自古以来河南就是人杰地灵、英才辈出之地，又称"中州""中原"，军事上还有"得中原者得天下"的说法。

漫漫历史长河中，河南在中国的政治、经济、军事和文化中始终占据着相当重要的地位，先后有二十多个朝代建都或迁都河南，中国的八大古都河南一个省就占了四个，分别为洛阳、开封、安阳和郑州，其中洛阳更是十三朝古都，开封为七朝古都。所以从历史上来说，河南的许多地方以前都做过一个朝代的京城，因而在这片土地上从来都不缺人才。

谈及我的家乡辉县，我还是比较自豪的。尽管它只是中国一千多个县中普普通通的一个，许多外地人甚至是河南本省的一些人都不知道有这么一个名不见经传的辉县。其实辉县也是很有历史渊源的。据村中的老人讲，早在远古时期，这一片土地就是共工氏部族的居地，后来秦始皇统一六国的时候，韩国是最先被灭的，秦始皇把韩王送到了河内郡的一个地方，最后韩王就老死在那里。当时那里是一片竹林，也就是我们现在的辉县。

每次听到这样的故事，我总是缠着老人多给我讲一讲辉县的历史，而老人家早已经是竹筒倒豆子，全部都跟我说了。现在，那位老人早已不在人世，而我将继续把家乡的故事传播出去，告诉更多的人。

以前我很不理解，河南的历史这么悠久，文化传承也是连绵不息，为什么外界的人还有那么多的非议呢？现在我明白了，河南人就是因为人多，因为贫困，受欺辱才会团结起来，否则很难生存下去。但这样的话就形成一种恶性循环，别人越是欺负我们，我们就越团结，就越有可能聚众闹事，这样外界也就更看不起我们了。

我相信，同我有一样想法的河南人有很多。我们都在安安生生地过日子，想要凭着自己的奋斗来成就一番事业。同时，我们也都在努力改变，为自己，为家人，也为身上的标签。当今世界正处于全球化的时代，当世界各国都在引进和吸收先进的技术和文化时，要是我们中国人还在窝里斗，中华民族将很难屹立于世界民族之林。

"我是河南人，我是农村人"，这是一个发自内心的、令我骄傲的声音。每次出去的时候，只要我一说完这句话，所有的人立马就安静了。我从来不会因为外界给我们贴上的标签而贬低自己，相反，我以我是河南人、我是辉县人而感到自豪和骄傲，因为我们有历史，也有坦荡的胸怀。

▼感悟：不管一个人取得多么值得骄傲的成绩，都应该饮水思源，应该记住是自己的家乡为他的成长播下了最初的种子。瀑布跃过险峻陡壁时，才显得格外雄伟壮观！

童年的记忆

童年，每当我想到这个词，记忆中总会出现一个模糊的身影，他正惬意地躺在草地上，嘴里嚼着根草，双手往脑后一托，望着天上的蓝天白云……

这个记忆中出现的小孩，就是多年前的我。可以说，在辉县的十几年时间，是我人生中最天真无邪的日子。那段时间里，挤进我记忆的都是一些淘气的小伙伴，泥泞的土路，一望无际的麦地，天上南飞的大雁，以及那被我们当成同伴的牛羊……当时，我们就是甩着响鞭，吆喝着驱赶牛羊的口号，踏着清晨朦胧的薄雾，迎着初升的太阳，一直到黄昏到来，踩着夕阳的余晖回到炊烟袅袅的村庄……

大多数农村的孩子都是苦着过来的，他们早早地就帮着大人们在田间地头打下手，也流过眼泪和汗水，踩过荆棘，吃过"土疙瘩"，他们都是土地的孩子。在我的印象里，父亲总是起早贪黑地忙他的事情，无暇顾及家里的农活儿，每次下地干活儿的都是母亲。虽说那会儿家境还不错，但母亲对我管得很严，干活儿的时候总是要拉上我，我八九岁的时候就扛着小锄头跟她一块儿去地里锄草了。

我见惯了村里人过的苦日子。每天起早贪黑，埋头于田间地头，就是为了保个丰收，遇到个旱年涝年，连温饱都成了问题。不过，日子虽然过得紧巴，但也是与世无争，每天不用想着勾心斗角，还算是比较清净。

那时的我，是个无忧无虑的小孩子，每天都想着在嬉闹与虫鸣鸟语中度过。我是村子里面有名的孩子王，每次在村子里面转悠的时候，后边都呼啦啦地跟着十多个年龄相仿的孩子。我也很会玩，总是领着他们去吃好吃的、玩好玩的。

多年以后，每当我回想起当年开心难忘的日子时，都会感慨一阵子。是啊，生活就是这样，在我们都是小孩子的时候，一个人和另一个人可能有家庭条件上的差别，但孩子们本身的差别并不明显。可一旦长大了，每个人的生活道路会有很大的区别，有的甚至是天壤之别！

小时候的我从不计较小伙伴们家里的光景，经常拉着他们到我家玩。母亲对于我的这种"拉帮结派"并没有过多干涉，反而经常会给我们准备些吃的喝的。当我带着十几个孩子浩浩荡荡地去我家后，我就把这些小伙伴们都安排得好好的，大家不会有冲突和矛盾。

比如，我会安排一帮人去看我买的《金刚葫芦娃》的小人书，那时候几乎人人手里都有几本各式各样的小人书，但多数小人书都是软质封面，只有我珍藏的那套《金刚葫芦娃》是硬壳纸封面。每次我都会拿出来给他们开开眼，显摆显摆。剩下一批人就安排他们去弹玻璃球。我还特地研究出许多不同的玩法。那时候的我，就很享受这样一种感觉，如同现在的我主持一场会议、讲一堂课的心情一样。这种儿时的喜好能够一直延续到现在，我常常觉得自己是最幸运的，因为我能够在自己的事业中重温儿时的那些经历，让自己时时刻刻都保持开心与积极的心态，才更有动力去发展现在的事业。

我小时候嘴巴甜，称呼人也很灵活。记得在我6岁那会儿上幼儿园，幼儿园老师教我们用普通话去称呼家里人，喊"爸爸""妈妈""爷爷"和"奶奶"，我一回到家就常常学着叫。小时候的我比较有主见，懂事也比较早，对很多事情都看得清楚明白。虽然我是村里的孩子王，但我从来都不调皮捣蛋。记得那时候，父亲总往砖瓦厂跑，经常是几天都不着家，基本上都是母亲一个人把我拉扯大，所以我比较听母亲的话。当别人的孩子问家里人要钱买零食吃的时候，我总是若无其事地走到一边去，以抵抗住零食的诱惑。

每次上学的时候，妈妈总会塞给我5毛钱，让我去买根雪糕吃。也许正因为我从来不乱花钱，所以享受到了特殊的待遇，那就是每年过年的时候得到的压岁钱都是自己保管。要知道，在农村，大多数小朋友的家长在过完年后都会把压岁钱收回去。所以说，让我引以为豪的是，从小我就懂得了理财，这也是妈妈的宽容大方让我在那么小的时候就有了这个意识，也算是一种意外收获吧！

从小到大，我有两个自认为比较好的习惯：一个是写日记，我每天都会把自己的一些见闻和想法写进我的日记本里。到现在为止，我已经写了厚厚的十几本，它们见证了我成长中每一个值得纪念的时间节点。另外一个就是攒钱，有钱的时候我就会把钱攒下来放在床垫下存着。包括现在，家人还常常会在整理房间时从床垫下扫荡出我不知何时塞在下面的"私房钱"……

▼感悟：儿童不是用规则可以教得好的，规则总是会被他们忘掉的。但是习惯一旦培养成功，便用不着借助记忆，很自然地就能发生作用了。起先是我们养成习惯，后来是习惯造就我们！

无法遗忘的棉花糖

在我小时候,最开心的事情莫过于和妈妈一起到县城赶集。当我努力在童年的记忆中搜寻集市的印记时,脑海中突然浮现出一支大大的棉花糖,这让我想起了多年前的一段往事……

20世纪90年代的农村,并没有现在的那般热闹,大家都是白天劳作、晚上睡觉,几乎没有什么娱乐活动。要说有,那就是赶集了。我们那儿的农村管这个叫"会",就是邻近几个村的人一起组织起来的临时集市,而且这种集市是在附近几个村轮流举行的,一般每周才有一次,我们称去集市为"赶会"。

当时对于我们这些小孩子来说,"赶会"对我们最大的诱惑就是不但可以混到许多好吃的,还可以跟父母一起去"会"上见见世面,回村时能有和小伙伴们"吹嘘"的资本。

那次"会"的地点是在县城里面,当时是母亲和姨带着我和表弟一起去的。一路上我和表弟蹦蹦跳跳的,像两只小猴子一样,这里跑跑,那里转转,非常兴奋。好不容易才到了"赶会"的地方,那里大都是些朴实的农民,当然也有一些衣着光鲜的城里人来凑热闹。"会"上产品很多,吃的、穿的、用的、玩的种类齐全、十分丰富,大到游乐场,小到剪纸鞋垫,应有尽有。

当然,对于我们这些小孩子来说,大都是冲着吃的和玩的去的。"会"上那些花样繁多的小吃风味十足、各具特色:煎饼、烙饼、鸡蛋灌饼、肉夹馍、凉糕、发糕、炸油糕、米线、凉粉、麻辣烫……小贩们的吆喝声此起彼伏，对来来往往的客人也是招呼得热情可亲，加上远道而来的一些游方艺人圈个小场地卖艺耍猴，猴子那滑稽有趣的样子立马就会让看客们纷纷解囊。我们这些小男孩就直奔小人书和玩具摊，挑挑拣拣，俨然一副淘宝的模样……

后来，母亲和姨就领着我们去那时县里流行的露天游乐场玩。到了游乐场，我发现里面有许多好玩的游乐设施，有弹跳床和可以充气的皮球。不过，当时对我们这些小孩最有吸引力的是那种电动轮船，孩子们觉得很新奇。其实电动轮船就如同现在超市门口放的那种投币摇摇车一样，但那时我们都是一些没去过城市的农村娃，没人见过轮船，更别说是坐上去了。所以表弟看到游乐场里有这种轮船，就嚷嚷着要坐。但是，母亲在给我拿钱买票的时候，一摸口袋，不好，钱被小偷给偷走了！当时妈妈很气愤，大声骂着昧良心的贼，但是钱说什么也不会回来了。母亲骂了一通之后也就作罢，但还是在那里生着闷气。

这时，姨掏了钱出来，母亲就拉着我要去坐电动轮船。我知道我们的钱丢了，就说："不坐了，那东西表弟说没什么意思，晃来晃去的还头晕。"

过了一会儿，母亲又看到别的孩子都在那里吃雪糕，就问我："文强，那里有雪糕卖，你吃不吃？"

"妈，我们家钱都丢了，我不吃。"

母亲当时也没有说话，就拉着我往前走，后来看到有个卖棉花糖的小摊，旁边围着一大群嘴馋的小孩子。她知道我平日里最爱吃的就是棉花糖，就停下来直接拿着姨给的钱给我买了一支棉花糖。其实我知道，妈妈是怕让我受了委屈。我接过她手中的棉花糖后，津津有味地吃了起来。在吃的过程中我眼角一瞥，余光看到她正微笑地看着我吃着棉花糖。那一刻，我突然觉得平时轻如薄纸的棉花糖变得沉重起来，沉重到我双手都拿不住。

人很有可能在经历一件事情，甚至是短暂的一次回眸后，发现童年的脚步已经慢慢走远。吃着那棉花糖，我感觉它不再是单纯的甜，它的甜中还掺杂着一丝淡淡的苦涩。这时的我，正式告别童年，开始踏上青春的轨道，也意识到很多事情不能由着自己的性子来，生活不会一帆风顺，会有太多的坎坷和无奈。就这样，我内心中感情的河流趋于平静，而思想和理智的成分在不断增多。

我的童年，或许就是随着这一次难忘的"赶会"而永远消逝。童年虽然远去，但是不管走多远，那一段最纯真的记忆，依旧保留在我内心最深、最柔软的角落里，将会伴随我一生……

一直以来，我都很庆幸自己的童年是在农村度过的，一个整天对着蓝天白云、鸡鸭牛羊长大的孩子，心地一定很善良，心胸也一定很开阔。还记得，我们闲着的时候就撒开腿，在一望无际的麦田里奔跑，直到跑得没力气了，就随便往地上一躺，打个盹，恢复恢复体力再往回跑。有时候跑远了，回来的时候天都快黑了，就会听到大人们拿着手电筒，在庄稼地里一声声地呼喊："浑小子，回家吃饭了！"

这时候，从村子周围的庄稼地里，就会飞奔回几个黑影，朝着各家的门前跑去，裹挟着田地里带着腥味的土和一些不知名的小虫扑进堂屋的饭桌，也不顾脏兮兮的手和衣服，直接拿起筷子扒拉起碗里的饭来……每每这个时候，就会传来男人们的一声声呵斥，运气不好的还会"享受"到一颗疼痛无比的"暴栗"。然后这些孩子就摸着头，拍拍衣服上的灰尘，洗了手之后才回来继续吃饭。要是吃中饭的时候，孩子们就更没有这个耐心了，因为大人们下午还要干活儿，没到上学年龄的小孩玩心重，吃完饭一撂碗，人就没了影子。

不管怎样，现在许多生活在钢筋水泥构建的城市中的孩子是没有这么多自然之趣的。同他们比起来，我的童年虽然苦些累些，但也还算是比较有意思的，也比他们要自由些。就算这么多年过去了，虽然我现在大部分时间都生活在灯红酒绿的城市里，但仍然觉得生活在城里的孩子的童年很是无趣。因为，在他们的生活中没有一片明亮的天空，也仰望不到蓝天白云，更没有时间让他们晚上望着满天的星斗发呆。他们的童年中只剩下蜘蛛侠、奥特曼和喜羊羊这些硬邦邦的玩偶，是无法体会我们这些生活在农村的80后的童年

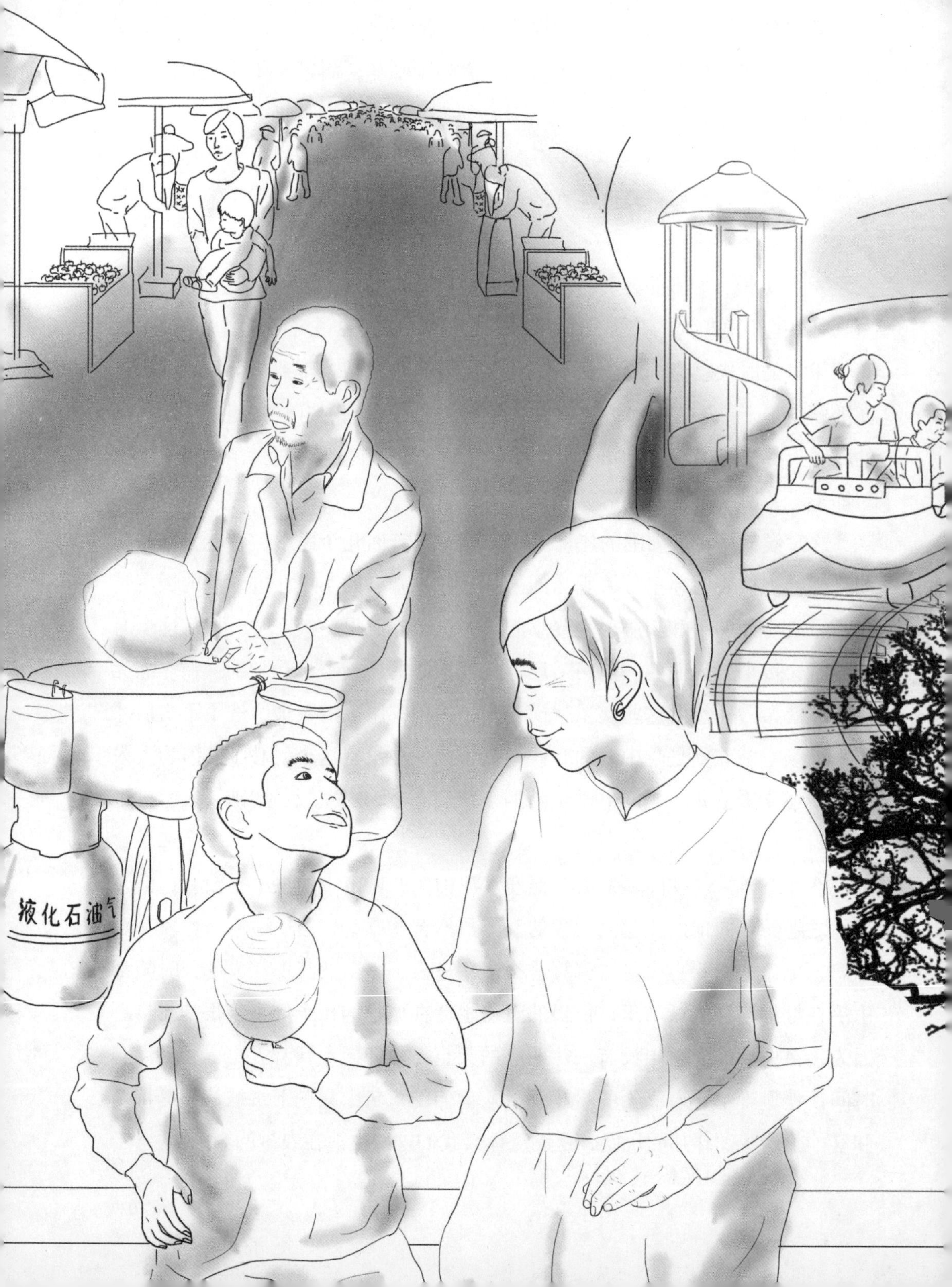
液化石油气

是什么样子的!

　　不过，正是因为我来自农村，既体会到了童年美好纯真的一面，也目睹和亲身感受到了农村人所付出的辛劳和汗水。直到现在，当我回到辉县，踏进熟悉的村庄时，我依然会看到许多似曾相识的老农民和他们的后代还是同他们的祖祖辈辈一样，几十年如一日地坚守着村庄和庄稼地。我不知道他们是在坚守着什么，是一种传统，抑或是一种无奈？他们也有自己的梦想，却一次次在残酷的现实面前妥协而继续混沌下去。这让我感觉到无比心痛，也更让我坚定了要坚持自己的梦想，走出去的信念。

　　▼感悟：一个人可以非常清贫、困顿、低微，但是不可以没有梦想。只要梦想存在一天，就可以改变自己的处境。无论梦想怎样模糊，总潜伏在我们心底，使我们的心境永远得不到宁静，直到这些梦想成为事实为止。像种子在地下一样，一定要萌芽滋长，伸出地面来，寻找阳光！

墙倒众人推

　　"俊逸超群五月红，车水马龙人如星。只缘今日颜色好，去后谁怜落花容？"当牡丹花开正艳的时候，来观赏的人络绎不绝，一旦败落，绝对再也无人来问津。这或许也是人之常情，毕竟爱美之心人皆有之。然而，还有许多人会做"墙倒众人推，破鼓万人捶"的事情，实在是令人愤慨。

　　当一个人兴旺发达时，周围的人就会恭维你、歌颂你，把所有的功劳和好处都往你身上推，仿佛那些东西只有你能够消受得起。殊不知，他们把那么多高帽都往你头上扣，不可能是没有目的的，你也不可能是那种没有任何缺点和不足的人。

有一天，在你倒霉的时候，那些曾经恨不得往你脸上贴金的人，一个个都换了一副嘴脸，纷纷倒戈讨伐你，让你在灰头土脸时又挨上一拳，被踹上一脚，成了大家恶语相向的对象。这是一种悲剧，也是一种现实。父亲就遇到了这样的情况，由一个十里八乡的富裕户变成了众矢之的，前后落差大得让人一时有些接受不了。但这些，父亲都尽量一个人默默承受着，用他那并不厚实的臂膀护住我们，想让家人少受些影响和伤害。父亲是一个堂堂正正的男子汉，更是一位伟大的父亲！

2002年，在过春节前，父亲因为欠款的问题被人起诉，被送进了监狱，彻底栽了跟头。那一天，我在学校里上着课，还不知道家里早已经发生了大事。当我得到消息匆忙赶回家的时候，只看到母亲坐在地上迷茫无助地看着冲进家门的我。她红肿着双眼，显然早已经哭过了，有些哽咽地对我说："文强，公安局的人说了，在宣判前，筹到5000块钱就可以保你爸回来。不管剩下的钱怎么还，但至少要让你爸可以回家过一个团圆年啊！"

我坚定地点了点头："妈，咱现在就去找钱！"

可是，本来父亲就是因为欠钱未还才被捕的，哪里还有人敢借给我们呢！至今我还记得和母亲去一户平日里要好的邻居家中借钱的情景。那人之前同我父亲的关系很好，父亲赚钱风光的时候，他曾来过我家里借钱，父亲曾爽快地拿给他。

那一天，我和母亲满怀希望地去他家里借钱，本以为那人一定会念在旧情分上，借点钱给我们，没想到他一口就回绝了，说自己家里没钱。没办法，母亲只好恳求他能不能把之前欠我们家的钱还了。他却矢口否认，竟然说："你们这是穷糊涂了吧！还想着别人欠你们家钱，现在都是你们欠大家的钱！"

说完这些，他就不理我们了，兀自捧起碗，吃起他的饭来。过了一会儿，见我们不走，他老婆就更加嚣张，直接就用手戳着我母亲的鼻子谩骂道："你家男人关起来了，关我家男人什么事？"那时候，我跟在我母亲身后，深刻感受到了人情冷暖、墙倒众人推的凄凉，同时也在心里发誓，我以后一定要好好努力，出人头地，不能被人看不起，要成为周家的骄傲！

最终，那5000块钱没有筹到，父亲没能在春节前回家跟我们过一个团圆年。至今，我还清楚地记得，父亲后来在法庭上被判了五年。母亲强忍着悲痛，从法院回来的路上一个劲儿地痛哭，为自己的无力，为旁人的无情……

父亲进了监狱之后，家里的生活更是艰难，但母亲坚持让我继续读书，在那段时间里，家里就只剩下我和母亲二人相依为命。看着以前总是充满着欢声笑语的家，现在变得冷冷清清的，唯一可以调节气氛的电视机也收不了几个台，一开就闪着白花，噼噼啪啪地响。

我不知道那一段时间我和母亲是怎么熬过来的，只感觉每天晚上回家，都是了无生气、默默无言。那一年母亲已经53岁了，她的身体在经受了长年累月的劳作后变得越来越虚弱，却还要为了这个家而去工厂里做喷漆工。每天早上6点不到，她就要起床忙活，一直要到晚上十一二点才下班回家。她原先是没有多少根白发的，一年下来，经过几百个日日夜夜的辛劳，她的头发已经白了一半，腰也累得直不起来了。邻居看到她50多岁就像60多岁的样子，不忍心，就劝她说一大把年纪，不要太拼命了，但是母亲却依然如故。

她的发为谁而白？腰为谁而弯？我是知道的。她是为了父亲，为了我，为了这个家而成这个样子的！那时的我就在想，如果我坚持读书的话，她也会无怨无悔地任凭头发继续白下去、腰弯下去。可是，家里的条件一天不如一天，我马上就要中考，按照平时的成绩考上重点高中肯定不成问题，但这也意味着要支付高额的学费，母亲的压力也就更大了。

尽管家里已经是这番光景，母亲知道我正处于长身体的年纪，学习又费脑子，所以在吃穿上一直都没有委屈过我，而她自己却是一分钱都想着掰成两分花，省吃俭用来减少开支。我还清楚地记得，母亲总会在头天晚上给我准备好第二天的菜和水果，每天都保证我能吃到一个鸡蛋，而自己的午饭仅仅是就着我的剩菜啃一个馒头吃。

那时候，她一天要工作十几个小时，工厂那么大的劳动量，一个馒头又怎么维持得了？每天我做饭的时候都会悄悄多做点，尽量给母亲多留些菜。吃完饭我就搬个小凳子在饭桌上做作业等母亲下班。当时为了省电，家里用的电灯泡是15瓦的，发出弱弱的昏黄的灯光。我那时的胆子很小，一个人在家害怕，她不到家我是绝对不会提前睡觉的。

那一段时间，是我人生中最痛苦、最无助的时候，我总是想着要靠自己的努力来改变这个破败家庭的现状，但是靠着读高中上大学这一条漫长的路明显行不通，一来家里没那么多钱，供不起学费；二来我内心觉得自己已经是个大人了，父亲不在，哥哥有了自己的家庭无暇顾及，这个家的重担就应该交给我这个男子汉，而不是操劳的母亲！

▼感悟：生活将照亮我的道路，并且不断地给我新的动力去加快实现我的梦想。不要过多考虑前进路上的障碍，有时"无知"也会产生绝处逢生的壮景。积极向上的人总是把苦难化为积极向上的动力。

告别我的学校

提到我的学生时代，就不得不想起一些人、一些事。关于那些人、那些事的记忆，就像是一泓清澈的水流过心房，浸润着我那年轻的心。

当记忆停留在我的小学阶段时，我记起了一段难忘的经历。那时我们村里没有一所像样的小学，父亲对于我的学习也很看重，就把我送到邻村的中心小学读书，那里的教学条件要好一点。每天中心小学的学生还要上晚自习，这就意味着下午放学后我还得留在学校。因为父亲当时一心扑在事业上,根本无暇顾及我,每天早上都是母亲早早起床,给我准备早饭,带着我去学校上课。那么,晚上怎么办,总不能再让母亲跑一趟吧?

其实中心小学离我们村也不远,只有两三里的路程。对于一般的孩子来说,走这一小段夜路也不算什么,可是我那时比较胆小,尤其是怕黑,只好在晚自习后等着母亲打着手电过来接我回去。

过了一段时间,班上的同学跟我也很熟了,看到我这个情况,上完自习课后就主动送我回家。一开始大概有二十几个人,他们都是同一个村的,让我非常感动,母亲也就省下一份心了。到了后来,送我的变成了十几个,再到最后就剩下三个人,他们一直坚持送到我小学毕业。我一直记得他们的这份恩情。现在我们公司的李文举李总就是当年的那三个人之一,我们一直都是很好的朋友。其他的几个虽然多年未见,但现在一直都有联系。每每回想起当时的情景,我的心里都是满满的感恩。

当记忆从小学来到初中,来到那一段我不愿意回忆却又刻骨铭心的时期,我总是会感慨良多。那年夏天的一个晚上,我做好饭吃完之后,就开始在家做作业。天未黑的时候,我就看到村子的东头,突然涌上来一片黑云彩,不时传来沉闷的雷声。不知名的鸟儿呱呱叫着掠过村庄的上空,空气中弥漫着动荡与不安。我抬起头来错愕地望着天空,这是要下大雨的前奏。很快,铜钱大的白雨点子就瓢泼似的倾倒下来,雨点中又掺杂了些雪子,接着雪子变成了黄豆大小的冰雹粒。最后,那如鹌鹑蛋大小的冰雹块就哗哗地倾泻下来,周围一片模糊,什么也看不清。我听到冰雹打在屋瓦上的铮铮声,很多瓦片都被击碎了,碰巧这时候又停电了,周围陷入了令我恐惧的黑暗之中。正当我惊慌无措时,我想到了母亲,万一她在路上被冰雹砸了怎么办?

想到这里,内心激发出一股力量,让我很快就不感到害怕了,我迅速翻找出家中唯一的一把破旧的伞,骑着自行车去妈妈做工的厂子里找她。果然,在半路上,我就看到了正用衣服裹着头艰难前行的母亲。我连忙推着车子过去,把她扶上了自行车,载着她回家。马路上除了来往的汽车投射而来的灯光,

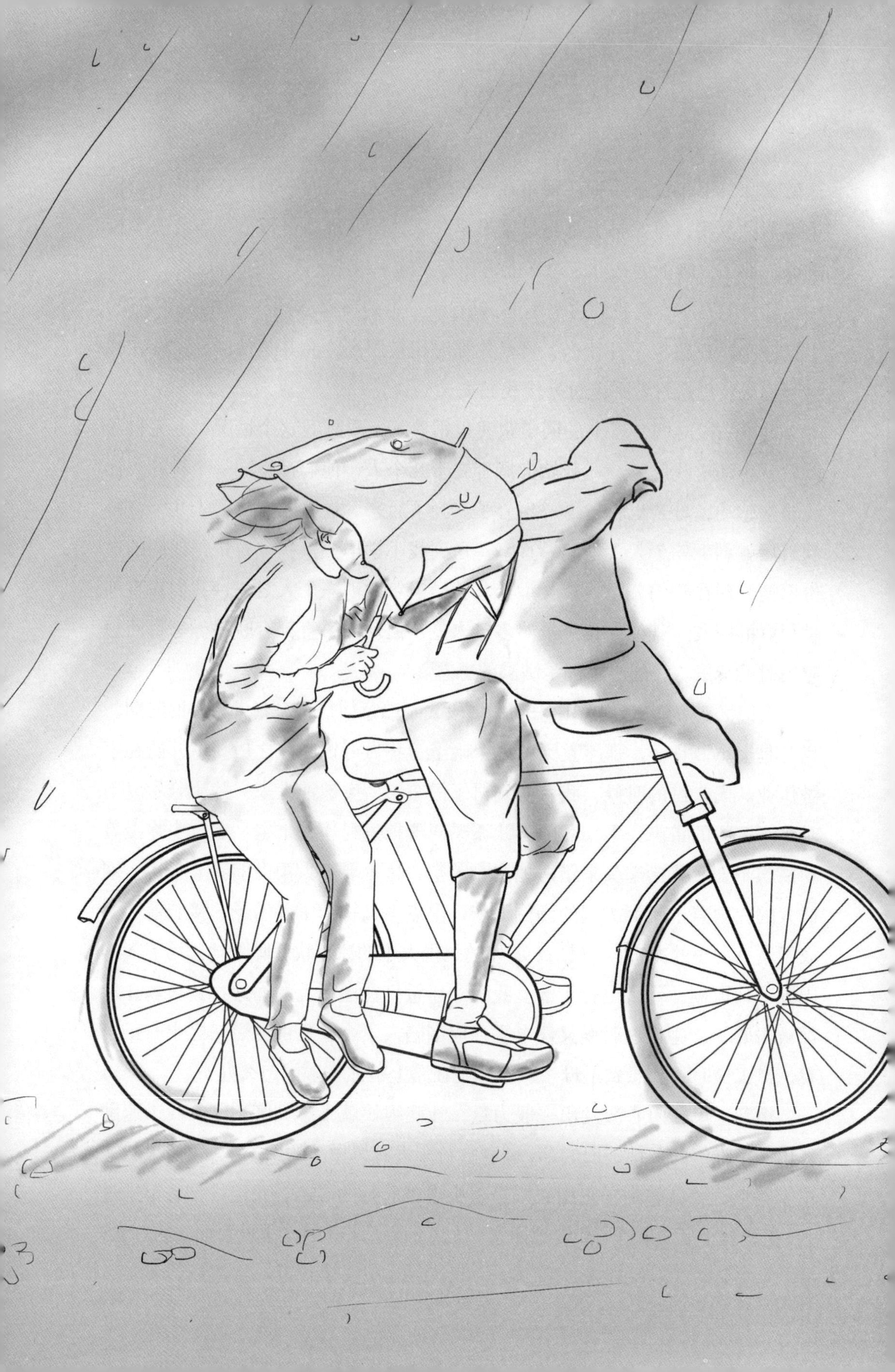

就是几个匆忙赶回家的行人了，风也有些凉森森的。在路上我蹬着车，母亲坐在车后，我俩谁也没说话。那个夜晚，我想了很多，觉得那场冰雹就像当时我们家里的情况，我已经长大，不应该再让母亲一个人在风雨中踽踽而行了！我要载着她走，承担起一个男人的责任。这么一想，我心里明白，自己不能再读下去了。

那时候，我也顾不上将要闯荡社会的准备，而许许多多随之而来的难缠事正困扰着我，需要我在很短的时间内马上解决。快乐和苦恼在我心中像两条纠缠在一起的绳索，杂乱得找不见各自的头绪。

那天晚上，我终于鼓起勇气，对母亲说："我不想念书了！"

母亲听了我的话，脸色复杂地说："你真这么想的？"

我坚定地说："是的。"

"你以后不后悔？你一定会怪我的。"

"妈妈，我一定不会怪你，这都是我自己决定的。"我坚定地说。

母亲还是一个劲儿地劝我。她说："你别瞎想，把书读好！"说着说着，她的泪水就涌出来，顺着她沧桑的脸庞往下淌。

我知道，她的泪水里充满了自责，充满了心疼，也充满了对生活的无奈，因为她无法让自己的孩子像别人的孩子一样读高中，考大学。

看着她流泪的样子，我的心里仿佛有千万只蚂蚁在疯狂地撕咬，但是，我不能给她一个承诺，也不能说我会继续读下去，因为我不想欺骗我的母亲，更不能无视她每天的辛劳。我想，就算我考上高中，考上大学，找到一份好工作，再回过头来回报母亲，这样就真正能弥补这么多年来母亲对我的付出了吗？就足够平衡这么多年来自己对母亲的愧疚吗？又或许，母亲再这样辛劳下去，能等到那一天吗？我不能再欺骗自己！

我知道，全天下没有父母不爱护自己的孩子，她希望我通过读书这条路走出农村，出人头地，但我已经等不了那么长的时间，做出退学的决定并不是一时冲动，而是经过了深思熟虑，我无法退缩。

我想，自己以后的路还有很远很远，在路上肯定不会是一帆风顺的，即使我被数不清的石头绊倒，我也绝对不能一跌不起，我会再一次站起来，拍拍身上的土，选择好方向，斗志昂扬地继续向前走去。

我从未抱怨自己的命运，更不曾后悔自己辍学出门去闯荡，也不会为此而悲伤。父亲进了监狱，我就是家里的男人，就是顶梁柱，我要撑起来，扛起家的责任。

看着沧桑的母亲，我用衣袖把她脸上的眼泪擦干，坚定地说："妈，你就放心吧！别人小学都还没有毕业，不也能混得好好的？我现在都快初中毕业了，还怕什么？再说了，我这么聪明能干，以后在外面肯定也会混得很好。等爸爸出来了，他还能看到咱家还是村里第一。说不定不用等到那一天，我一不小心混成了大老板，就可以开着轿车一起去接爸爸回家呢！"

母亲被我说得破涕为笑。我知道，那是她从我的身上看到了希望，这也是我要传递给母亲的。因为只有她看到了希望，我才有奋斗的目标和勇气。虽然，当时的这些豪言壮语说起来是那么简单而又让人热血沸腾，但是它持续的时间很短。当我回到自己的房间，躺在我的破床上的时候，我发现当时的处境又是那么无奈、那么无助。

我怎么才能够出人头地当上大老板呢？我在心里一遍遍地想着这个问题。当时的我可真是年纪小，又没有学历、没有经验，就这样匆匆忙忙踏入社会，别说是当大老板、开轿车、赚大钱，就是连找个基本的工作解决自己的温饱问题都很难！但我知道，即使向我袭来的是如山一样的困难，我也必须顶上去，迎难而上，为了父母，为了这个家，也是为了自己。那时的我，甚至有了一些倔强，就算只是为了证明辍学是对的，我也必须要在自己选择的这条路上走下去，自己去那陌生而复杂的社会闯荡。

母亲也是实在没办法，否则以她的性格，是绝对不会让我辍学的。啊！命运的强大，就是让人在残酷的现实面前不得不低头。短短的一段时间，就把我们一家人折磨成这个样子！这一次，母亲答应了我的要求，一如她以前每次让我自己决定买什么东西一样。不久，她就托娘家的亲戚在镇上给我找了一份修车的工作。这份工作正是我脱去校服，换上沾满油渍的工作服，真正踏入社会，开始艰苦漫长的打工生涯的起点。

▼感悟：别人可以违背因果，别人可以害我们、打我们、毁谤我们，可是我们不能因此而憎恨别人，为什么？我们一定要保有完整的本性和一颗清净的心。面对困难、挫折、挑战，只要你肯相信自己，不断努力地付出，哪怕你现在的人生从零开始，你都可以得到你想要得到的一切！

插曲与选择

有时候，我总觉得，我们的人生就是一次又一次做着选择。选择不同，人生的道路也就不同，但不管怎样，决定选择的那颗脑袋和那双手，就在自己身上。我们的人生道路跟自己的选择是密不可分的。

其实在我去修车厂之前，还发生了一个插曲，一段让我难忘的往事。通过这件事，我的心里又多了一个让我感恩的人，这个人就是我的姐夫。他原先一直在外地打工，并不太清楚我家里发生的情况。后来知道我要辍学的消息后，他就连夜跑到我家，有些激动地对我说："文强，你继续去上学吧，我来供你。当初我就是不好好读书，后来吃尽没文化的亏，只能跑到工地上去卖苦力。你成绩好，不能辍学啊！"

姐夫说的这一番话让我感动至今，它可以说是在我经历无数冷嘲热讽之后听到的最温暖的一句话了。因为这句话，我也更感恩于姐夫的真诚与朴实。他没有多少文化，只是一个最普通的靠力气吃饭的农民工，一直以来都是在各个工地干着最辛苦的活儿。在农村,有一个观念非常严重,就是嫁出去的女儿泼出去的水。在那个时候,连分家后的哥哥都对家里关心变少,母亲也没指望早已嫁人的姐姐借钱。而姐夫这次过来,竟说要供我读书,这着实让我既感动,又有些心动。当时我声音有些颤抖地说:"姐夫,你让我好好想一晚上,明天我再告诉你结果。"

那天晚上,我彻夜难眠,想了整整一个晚上。只有14岁的我,站在人生的一个分岔路口,将要面临第一次重大的选择,也开始认真地思考自己的未来。上学,还是辍学,这是一个问题。

这个问题就像是一道特殊的单项选择题,只能选择一个,但是又没有标准答案,也没有参考答案,更没有绝对的正确与错误之分。因为不管我选择哪一个,未来都是未知的。

是该回去读书,还是继续坚持自己原先的选择勇往直前?我思前想后,里里外外分析了个遍。对于现在大多数14岁的孩子,他们或许还有足够的理由在父母的身边撒娇,心安理得地享受着大人们的庇护。但就当时的我而言,在那一刻,我必须逼着自己变得再成熟一点,成熟到有足够的勇气来选择自己的人生。不过,这一刻似乎来得太早,在我还没有来得及做充分准备的时候,命运就悄无声息地把我引到了这样一个分岔口,让我不得不做出选择。

现在我还常常回想起那一幕:14岁的我一个人呆呆地躺在床上,望着窗外满天的星星,周围一片黑暗,蚊帐外面的蚊子嘤嘤嗡嗡地在耳边回响,偶尔还有一两只闯进蚊帐的蚊子咬我那么几口。我却陷入了一种说不清楚的思绪之中。这思绪是散乱而飘浮的,又是幽深而莫测的。当时我已经感受不到外面的状况了,只感觉整个世界一片黑暗,黑暗中只剩自己孤身一人,在现实与梦想之间进行痛苦的抉择。那个时候我突然感觉到,在我们村庄的外面,有一个辽阔的大世界。更重要的是,我现在朦胧地意识到,不管什么样的人,或者不管什么样的境况下,每个人都有自己的选择,都可以让自己活得更好。在那一瞬间,踏入社会的热情充满了我14岁的胸膛。我想到了初二时看过的《钢铁是怎样炼成的》这本书,当时眼前不时地浮现保尔·柯察金瘦削的脸

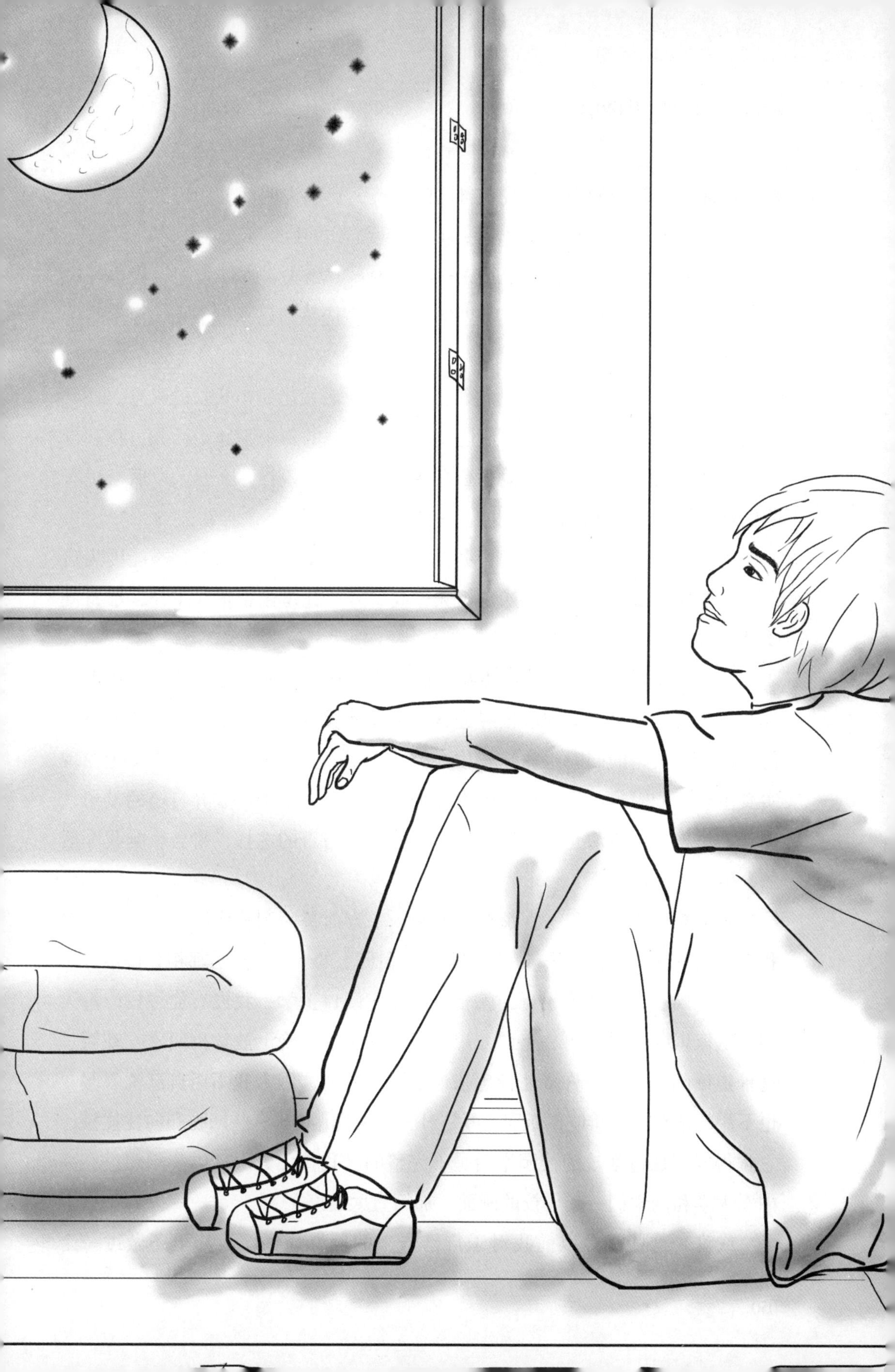

颊和他那生机勃勃的身姿。我想自己的处境，比起失明而又瘫痪的保尔·柯察金要好很多，他都能积极生活，为什么我就不能呢？

第二天一大早，我就早早起床对姐夫说："姐夫，你回去吧，我已经决定不读书了。家里这个情况，我已经14岁了，应该自己承担下来，而不是给你添麻烦。"

姐夫见我态度坚决，无奈地摇了摇头，点上烟，发出一声长长的叹息。是的，他又能怎样？吃完早饭，因为他还要赶车到县城的一个工地干活儿，我和母亲就送他回去了。在村口，他还是有些担心地对我说："文强，以后家里有啥困难要跟我说，我能帮到忙的，一定会尽力帮！"

我点点头，心里却暗暗下了决心，以后的路要自己努力走，不能因为自己的事情而耽误了其他人。送走姐夫，我就开始让母亲帮忙找工作，准备接受社会对我的锤炼。

其实，人生即选择，请珍惜我们的选择。选择其实也是一次次的思考，是对现实处境和自己的内心世界进行的反思和决定。正所谓鱼与熊掌不可兼得，选择一条路的同时也意味着放弃另外一条路。在很多时候，当梦想与现实发生碰撞的时候，人们往往因为各种原因和阻力不得不放弃自己的梦想，选择面对现实。我清楚地知道，自己对于读书与否的选择，将会影响我今后的人生。

从小学到初中，我一直都喜欢上学，一方面是因为我成绩很好，读书对我来说是一种享受和快乐；另一方面，我和班上的老师、同学都相处得很好。初中的时候学校离我家很近，就相当于在家门口上学，我没有住过校，每天都是从家里吃了早饭再去上课，中午回家吃中饭，晚上放学再回家吃晚饭。这种走读的生活对于许多住校生来说是很幸福的，因为我不用自己洗衣服，也不用吃学校食堂难吃的饭菜。可是对于我来说，我又有些期盼和向往住校，总觉得没有住过学校的校园生活是不完整的。我曾无数次在内心幻想过在高中、大学和同学们一起住校的画面，那简直太美好了。

或许，这些都是以前我对于自己未来的美好憧憬，我甚至还做过一个梦——梦中的我英俊帅气，穿着学士服，正微笑着从象牙塔里走出来……可是，这些五彩斑斓的梦终究是易破碎的，它们并不是现实。每天清晨我醒来，看到母亲那白的发、弯的腰，再想想那些梦想，都显得如此苍白无力。

如果我就为了这样一个梦想而坚持读书，那么我的家人怎么办？难道这一切的重任都要交给一个年迈的母亲来承担吗？所以我放弃了对高中和大学的美好憧憬。那时候的我，最大的梦想就是接过母亲身上的重担，能让她在家料理料理庄稼地就足够了，而不是去童车厂做喷漆工。

对于即将到来的社会生活，当时的我实在是难以想象，但是有一点是肯定的，14岁的自己赤手空拳在现实的土地上，无论干什么都会无比艰难。

就这样，14岁的我，为自己做了一次沉重的选择。我决定辍学，从此踏上一段充满坎坷和曲折的路。有时候回过头来，我也会想，如果当时我坚持上学，选择了另外一条路，现在的我又是一番什么样的景象呢？当然，这些都只是想想而已，时光无法倒流。人生就是这样，一个分岔路口就影响人的一生。

▼感悟：你的选择可能是对的，也有可能是错的。当然，你面临的问题，对你的抉择有可能起着关键作用，也有可能是无关紧要的。就像一道题，有可能是单选，也有可能是多选。因为人生有太多的可能，所以就会有太多的选择。总之，在你的成长过程中，这是无法避免的。记住一句话：选择没有对与错，只有得与失！

第四章

活出个人样来

BORN TO DREAM

最初的梦想：从汽修学徒工开始

第一份工作，意味着一个人已经走入了社会，也宣告了一个人正式离开学校和家庭的庇护。第一份工作对于一个人的影响很大，但并不在于第一份工作本身，而在于做第一份工作时的心态和状态。所以，第一份工作是什么不是最重要的，最重要的是你能在这份工作中得到什么样的升华。

我的第一份工作是母亲托亲戚介绍的，虽然只是去镇上的修理厂当学徒工，但想到自己马上就要迈出闯荡社会的第一步，我当时还是非常兴奋的。这一年，我14岁。

在出发前的几天里，我对这份即将到来的工作充满了各种美好的幻想，我想象着自己穿上修车厂的衣服，拿着各式各样的工具，在这些昂贵的铁家伙上修修补补、动动手术，有着说不出的神气。同时，我也在心里暗暗下定决心，一定要踏实肯干，把这份工作干好。要知道，这份工作来之不易，我干好工作就是给母亲争光；干不好，就是让她丢脸。

当我满怀热情地来到汽修厂报到时，我看到小小的修理厂门前停满了车，生意很是红火，顿时感觉未来充满了希望。那时，我的心里就冒出一个念头：等我把技术学好了，我也要开一家这样的修理厂，赚好多钱，然后开着轿车风光回家，让村里的人也好好羡慕一番……

正当我望着眼前的场景发呆时，老板就过来问我是不是周文强。我连忙收住自己的遐想，回到现实中来，小声对他说："我就是周文强，是过来当学徒工的。"

老板头也没抬,只是摆摆手,吩咐道:"那你还愣着干吗?赶紧把东西放在那边,过去帮忙!"

我赶紧把简单的行李往旁边一放,开始被人吆来喝去地干一些杂活儿。修理厂的活儿虽然很琐碎,但要真正学会也不是那么简单。刚开始的时候我什么也不懂,看着那些老修车师傅熟练地检查、修理车子,很羡慕。

我印象最深的是一个姓徐的师傅,他非常厉害,在检修机器的时候,只需要听一听发动机的声音,然后再随便一看,就知道汽车哪里出了问题。由于他有这样的绝活儿,其他人不得不服,所以他在厂里的地位也很高,连老板有时候也要看他的脸色行事。

徐师傅的绝活儿和待遇让我很是羡慕,我也想着有朝一日能有他那样的水平。接下来的日子,我吃住都在厂子里,开始认真地学习和工作起来,也就是在那时,我发现自己的学习能力很强。这里我说的学习能力并不是简单地模仿和掌握一些基本的修车技巧,而是我常常会偷偷地研究徐师傅为什么比别人厉害,他和其他修车师傅的区别在哪里。

经过一段时间的研究,我也有了自己的一些"研究成果":这个徐师傅经常会研究汽车零件和车子的构造,而且他对修车这一行非常感兴趣。别人在吃完饭休息或者空闲的时候,常常三五成群地聚在一起抽烟打牌,但是他从来都不和那些人一起玩,他常常是利用这个空当,拿着一个零件反复地看、反复地摸。看到他那样用心钻研,我深受感染,非常敬佩他,常常会主动给他递工具,搭把手。

当时,我甚至还为自己设了这样一个人生计划:等我学徒期满,我一定要拜他为师,然后成为一个优秀的技工,受人尊敬,决不能像其他人一样平庸无为。这算是我的第一份人生计划,我给自己这样定位——不甘平庸,要做就做到最好。现在看来,当初我做的这个定位是多么正确,乃至此后我虽然换了许多不同的工作,但对自己的定位始终未改变。

对于那些一直在学校里读书的年轻人来说,可能还不太懂学徒工的意思。

其实学徒工跟实习生差不多，但不同的是，学徒工是没有工资的，也没有任何师傅带，只是干些杂活儿，充其量就是个打杂跑腿的角色，全靠自己的聪明机灵才能学到东西。所以，在当学徒工的过程中，大都是偷偷地学习技术，等到你表现好了，有幸入了哪位师傅的眼，你就可以拜他为师，由他带着你，教你技术。等你熬到出师，也就是转正时，那么就恭喜你，你能有工资拿了。当时，我是汽修厂里唯一的一个学徒工，所以杂活儿很多，小到端茶倒水，大到扛车卸货，我样样事情都抢着干，没有半句怨言。

那时的我，瘦瘦小小的，身上穿的工作服上的机油从来就没有洗干净过。虽然汽修厂管吃饭和住宿，但是我常常是吃不饱、睡不好。我们老板是一个50多岁的瘦小男人，人非常精明，也比较抠门。修车厂算上我也就六七个人，每次都是由老板娘给我们做大锅饭吃。正月的时候，我印象最深的就是天天吃白菜炖粉条，上面偶尔漂着几片油渣，也是齁咸齁咸的。尽管如此，到了吃饭的时候也要抓紧时间盛菜，稍一迟缓就只剩下馒头蘸菜汤了。记得有好几次，我都是在快开饭的时候碰巧被派去送东西，回来的时候看到老板娘都已经把锅刷好了，别说是菜汤，就是连刷锅水都没有喝到，这也意味着我要饿着肚子熬到下一顿才能吃上饭。

14岁正是身体发育最需要营养的时候，可是我别说是吃好吃饱了，就是有没有吃的都是个问题。没办法，有时候饿得实在不行的时候，我只能硬着头皮去问别人借钱买东西来填饱已经饥肠辘辘的肚子。

老板娘也是深得老板抠门的"真传"，她一天其他事也不干，就负责管理汽修厂的后勤开支和大家伙儿的饮食。开饭的时候她总是会站在锅旁边。每次看到我饭盛得满了，或者去添第二碗饭的时候，她都睁大眼睛，瞪着我看，一脸很不高兴的表情。

当时，我有一个梦想，就是自己将来也要开一个修车厂，而且就开在这个汽修厂旁边，我还要花更高的工钱把徐师傅挖来给我工作，再让我的工人天天吃饱睡足，没事就站在隔壁老板娘边上打嗝。现在看来，我的这个梦想谈不上伟大，更有一些小孩子闹情绪的成分在里面，但也反映了当时我最渴

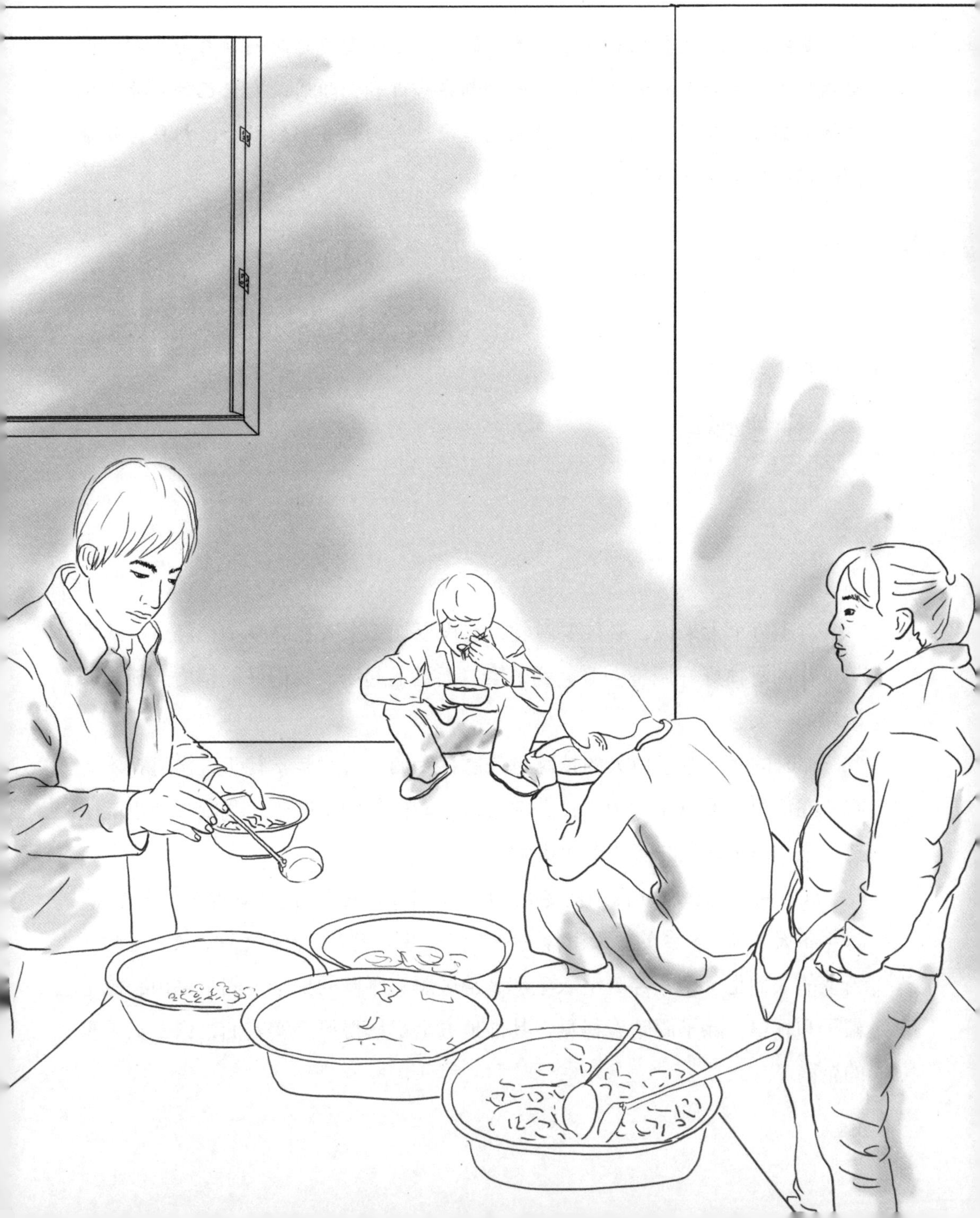

望改善的事情：吃饭、睡觉。人只有解决了基本的生理需求之后才能全身心地投入工作和事业中去，更有力气去追寻自己的梦想。

▼感悟：人生本来就是多姿多彩的，生活的面貌时时刻刻都会不同，大自然里尚且有变色龙的存在。这一切都在告诉我们学着改变自己的重要，也告诉我们只有改变自己，才会更好地适应这个绚烂多彩的社会，想象力能带领我们超越现有范围的把握和视野！

告别修理厂

对于每个人来说，必须要睡觉，它可以让一个人在睡梦中把经过一天劳累工作的身体好好调整一遍。到了第二天早上起床，我们又能精力充沛地开始新的一天。

那时的我，对于白天的忙碌也是能接受的。既然是学徒工，没有技术，吃住在厂里，哪有不卖力干活儿的道理？而偶尔的饿肚子，我咬咬牙也能坚持下来，但是缺觉的痛苦是让我无法忍受的。

我一直不怎么喜欢河南的冬天，它是干燥的、阴冷的，丝毫没有什么趣味。每年冬天一来，家乡的冬天就像一个失去青春的老人，老态龙钟，灰头土脸。街上的人们也一个个穿着毛衣毛裤、羽绒服、厚厚的棉鞋，围个毛巾，戴上帽子和耳罩，除了眼睛看得见，其他地方全都捂得严严实实的，像一只笨重的企鹅。

第四章 | 活出个人样来

我去修车厂已经是 2 月份，尽管冬天就快要过去了，但河南的春天似乎还没有来，尤其是那一年的降水较多，经常是蒙蒙的细雨丝夹着一星半点的雪花，纷纷扬扬地向大地飘洒着。这样的雪往往还没有落地，就已经混在雨水中消失得无影无踪了。

一般情况下，在这样雨雪交加的日子里，人们如果没有什么要紧事，谁也不愿意出门。整个辉县的大街小巷也没有平日嘈杂。修理厂附近背阴的地方，冬天残留的积雪和冰挂也在雨点的敲击下融化，通往修理厂的那条小道漫流着污水。风刮过来依然让人刺骨地寒冷，会冻得你耳根麻木。外面的公路上车流很大，行人很少，有时偶尔也会走过来一个农村赶集的人，用个破毡帽护着脑门，肩膀上扛着两筐土豆或者大白菜，准备在城里卖个好价钱。在这样的环境下，辉县完全丧失了生气，就像一个精神萎靡、有气无力的老人，变得没有一丝可爱之处了。在这个春寒料峭的时节，我却还穿着单薄的工作服，身子始终没有暖和起来。修车厂的环境也很恶劣，连暖气都没有，一个晚上被窝都焐不热。可就是这个地方，到了晚上就更让我觉得折磨人。每天从早到晚忙碌了一天，已经累得够呛，到了晚上就是随便扔给我个枕头，我往地上一躺立马就能睡着，保证谁都踢不醒我。

可是，我可没这么好的命，修车厂之所以生意这么火，就是因为它建在马路边上，白天忙起来的时候也感觉不到吵，但是到了夜深人静时，听着来来往往轰隆隆响着喇叭的汽车，我总是睡不好，要知道第二天我还要早早起床。更折磨人的是，大半夜经常会有一些开夜车的师傅过来敲门修车。没办法，因为我是学徒工，又住在修理厂，只能自己硬着头皮出去开门，去接待那些南来北往停留此处的司机。

对于一个十多岁的孩子来说，正是贪睡的时候，但那段时间里我没有睡过一个囫囵觉。有时候往往是半夜里被窝刚被我焐暖就被叫起来了，穿好衣服去开门，忙完了再躺回被窝。有时候一个晚上要被叫醒好几次。一两次后我也学精了，睡觉的时候就不脱衣服，因为这样更保暖，半夜起来就不会太冷。不过，穿许多衣服睡觉实在是不怎么舒服，但没办法，谁让我只是一个小小的学徒工呢？

这段经历对我来说记忆太深刻了，所以现在如果晚上我车子出了毛病，我都尽量不去深夜打扰修车师傅。我有过那样的经历，怕剥夺他们珍贵的睡眠时间，更怕吵醒某个角落睡着的一个瘦小孩子的美梦。

在修车厂待了一段时间后，厂里又来了一个学徒工，当时我是心中大喜，想着终于有人能过来帮我分担一部分工作，让我能稍微缓口气了。但过了几天，我发现事实并非如此。这个新来的学徒工明显不是善茬，很能混，圆滑世故。他只做老板眼皮子底下的工作，经常拍老板的马屁，而且和老板的儿子走得很近，经常在一起抽烟喝酒，称兄道弟的。不仅如此，因为我不抽烟不喝酒，平时也都是埋头干事，不喜欢多说话，他们就认为我老实，经常欺负我。更让人气愤的是，大家都在一个镇上，他们也知道我父亲的事情，经常来嘲讽我。

想当初，我在村子和学校里都是"孩子王"，从小到大也有几个要好的兄弟。若是平日里，我很可能会带人把他们都给收拾得服服帖帖的。但是现在我是在修车厂工作，没有办法，人在屋檐下，不得不低头！为了保住这份工作，也为了不辜负母亲对我的嘱托和对自己的承诺，我选择了隐忍，实在受不了了就远远地躲开他们。但大家都在一个厂子里工作，低头不见抬头见，还是经常被他们羞辱一番。一直到后来，我表弟偶然路过修车厂，又看到他们两个人嚣张的样子，也听到工友们说了情况，实在是看不下去了。他非常生气，直接就对我说："哥，你干吗给他个怂娃脸？找几个兄弟打他一顿！"

听到表弟这样说，我没同意，连忙劝表弟不要这样做。本来我就比较早熟，加之家里发生了这样的事情，我看待问题已经比较成熟了，认为有些事情不是靠拳头就能解决的。关键一点，是我骨子里瞧不起他们，认为他们不值得动手。在这些困难和压力面前，我的一些优秀品质反而被激发出来了，连我自己都惊讶地发现，自从我离开学校、离开家后，我原有的那些年少轻狂早已消失不见，在新的环境下简直像变成了另外一个人。

生活就是这样，我们需要怀着一颗感恩的心，即使是那些看似欺负你、嘲笑你的人，也能从另一方面刺激你成长。这样一想，又有什么样的困难和挫折阻碍你前进呢？你可以把它们都看成垫脚石，让你的人生可以达到更高的高度。

表弟年轻气盛，跟我关系也好，他见我不同意打架，就转变主意，开始劝我走，让我离开修车厂，我也没有同意。他就到我家去把我在修车厂的情况告诉了母亲。母亲也要强，受不了我在汽修厂受欺负，也让我回家不干这活儿。可是一开始我都没有同意他们，我很珍惜这来之不易的工作机会，当时还想着学好技术，以后可以开一家修车厂自己当老板呢！于是，我还是在修车厂忍辱负重，干了一段时间。后来，表弟把我从修车厂给"骗"了出来。

事情是这样的，我小时候认过干爹干娘，他们一直都待我非常好。后来我表弟就来到修车厂，骗我说："哥，你干爷爷（干爹的爸爸）去世了，让你回家奔丧呢！"

我一听，是干爷爷去世了，当然要回去奔丧，当时一点都没有怀疑是表弟骗我的，还特地去找老板请了三天的假。结果抠门的老板觉得我请假时间太长，只准我回去一天。平常工作辛苦、经受嘲讽我都忍了，但这次是我干爷爷去世，我也不管那么多了，先回去再说，然后我就直接收拾东西回到村里。到了家里，才知道是表弟骗我，而且母亲说什么也不让我走了。他们苦口婆心地给我说了修车厂的种种弊端，说我在修车厂工作没钱拿，更没有什么前途，还不如去工厂打工。其实是表弟帮我联系好了去他所在的厂里干活儿，一个月的工资是25块。听他们这么一说，我静下心来一想，也行，反正都是打工，修车厂就那么几个人，工厂里肯定人多，也能见到更大的世面，就答应了他们。

就这样，这个曾经让我豪情万丈、满怀憧憬的第一份工作匆匆地被我画上了句号。我不知道下一份工作是什么，但我始终充满信心，想要在接下来的工作中大干一番，早日实现自己赚大钱、开轿车的梦想。

现在很多所谓的成功人士，他们和别人分享自己的成功时常常会说他们的苦难史，说他们之所以这样，都是因为被别人看不起、被侮辱过，然后带着一种很强的反击心理，他们不断奋斗，才活出了个样来。

其实我真的没有这样，或许我没有去仇恨过什么，我的成功也并不是仇恨转化的动力促成的。曾经有一个学员跟我说:"周老师,你有今天的成就不是因为自己吃了很多苦,或者说是有恨的力量、报仇的力量,而是你内心深处就有这些东西。"我知道他说的这些东西是我的良知和对梦想的执着,只不过当时的我并不知道这些。我只知道一开始我不愿意走,是因为我把修车看成是我实现梦想、出人头地的唯一出路。后来我发现外面还有更大的世界,让我去涉足和闯荡,能不能有所作为,还是得靠自己。

在汽修厂当学徒工的时间不长,只有短短的三个月,但这期间我收获了很多,也体会到了人生的无奈、生活的艰辛。我知道以后的路还很长,也一定会走得很远,无论在路上遇到多少艰难险阻,我都会心存梦想、满怀希望地去面对。我告诉自己:只要有梦想,我就会以最好的状态,义无反顾地冲向前。

▼感悟:上天完全是为了让我们的意志坚强,才在我们的道路上设下重重的障碍。梦想不抛弃苦心追求的人。只要不停止追求,我们会沐浴在梦想的光辉之中!

我们年轻的生命,就值 25 块吗?

生活总是因为人的不安于现状而发生改变,不同的是,有些人在改变中变得意气风发、事业有成;有些人却在改变中原地踏步,甚至是倒退。

自从我被"骗"回家后,母亲和表弟就给我张罗了工作,其实就是从汽修厂的学徒工变成了小工厂的工人而已。表弟带我去的那家工厂规模也不大,就是那种私人开的家庭作坊，加上老板总共十来个人。工厂的工人都是临时招的，主要工作是在车床上加工零件，我和表弟都被安排做了车床的车工。

可能现在许多人对车床、车工的概念还比较模糊。车床又称为机床，其实就是主要用车刀对旋转的工件进行车削加工的机床。除了车刀以外，还可以用钻头、铰刀、扩孔钻、丝锥、板牙和滚花工具等进行相应的加工。使用车床的工人被称为"车工"，每天就是把那些不规则的原材料通过车床锯掉多余的部分。

进厂后我学的就是车床。厂子里还有铣床和磨床，它们的原理其实都差不多，只是操作机械有些不同。车工是很危险的工作，稍不留意就会受伤。按说车工在上岗之前都要经过严格的职业培训。但是在这样的家庭作坊，根本就没有专业的人员培训，更别说操作规范了，往往就是凑齐了一拨新工人之后，临时抽出一位老员工过来简单地操作演示一遍，就被安排上岗了。虽然老员工也是再三叮嘱我们小心，还列举了很多事故，但我们那一拨新招来的员工都是些和我年纪差不多大的孩子，我们对工伤和操作事故根本就不懂，更别说什么自我保护意识了。

就是在这样的环境下，我们几个新人只培训了两天，就上岗了，我也正式开始了我的第二份工作。对于这份工作，我没有了第一份工作时的激动，只想着踏踏实实工作，多赚些钱来孝顺父母。不过，我猜不到的是，我的这份工作经历更短暂，只干了两个多月就结束了。

在这短短的两个多月时间里，我每天都要工作12个小时，真是要多累有多累。现在有许多年轻人在宽敞明亮的写字楼里上班，工作时间只有七八个小时，中午还有午休，他们还不满足，还因为偶尔的加班而怨声载道。每每遇到这样的情况，我总是想着让他们去工厂里看看车工们的工作环境。要知道，车工们工作在粉尘、噪音的包围下，整天都对着冷冰冰的机器忙个不停，下班回来总是满手的油污。

没做多久，我就琢磨出干车工这一行的一些门道来，首先就得"站得住"。我一般除了吃饭、上厕所就一动也不动地在车床旁边操作，一站就是十几个小时，非常辛苦。这里提到的"站"可并不是平时我们懒懒散散地那样站，而是半弯着腰，严格地讲就是要"弯得住"。普通的机床离地面也就70到80厘米的高度，工人要在上面操作，必须得弯着腰。这对于正在长身体的年轻工人来说，影响非常大，要么就是长不高，要么就是明显驼背。这也是车工的职业病之一。

车工这一行还有一个职业病就是耳背。工厂车间里的噪音很大，每次我在工作的时候经常在耳朵里塞满棉花，但根本就不管用，刺耳的切割声和机器的轰鸣无时无刻不在冲击着我脆弱的脑神经，就连每天晚上做梦时的"背景音乐"也都是这种声音。

我相信，这种噪音的频率会让人的思维紊乱，也能让人的智力变低。我到那里干了不到三个月，就被折磨得苦不堪言，以至于离开那里后的小半年时间里我还常常产生幻听。直到现在，如果让我听到了尖锐的摩擦声，我也会情不自禁地汗毛竖起打冷战。这些都算是那段时间车床加工给我留下的后遗症。

而且，车工所面临的危害还远不止这些。相较于空气中弥漫的粉尘来说，这些或许还是轻的。那些粉尘都是重金属的粉末，人如果吸入之后基本上是无法排出体外的。当时工人戴的都是些简单的口罩，除此之外一点防护的措施都没有。这对于他们身体的损害是不可逆的。那些工龄长的工人后来有很多都患上了尘肺病，大都凄惨地度过了自己的后半生。

我是1987年出生的，进这家厂子是在2002年，确切地说我当时的实岁也只有14岁，表弟比我还要小一岁。工厂里招来的工人里面，有很多都是像我和表弟差不多年龄的未成年孩子。这种情况严格来说是非法雇佣童工。老板也知道，所以再三叮嘱我们说，如果有劳动监察部门来厂子里查，一定要说自己已经年满18岁。

其实在当时，这样的现象很普遍，对于一个上不了学的十几岁孩子来说，总不能天天到外面撒野，在家里无所事事吧。来工厂做工，也算是他们一个无奈的选择。若是没有生活的压力，他们之中又有谁愿意放弃在学校里惬意的生活呢？那个年纪的很多孩子都还在父母的身边撒娇，在明亮的教室里学习，但我却为了生活不得不忍受数不清的痛苦和伤害，拿着自己小小的砝码同命运讨价还价。

在那样的环境下工作，我丝毫看不到希望，拼死拼活干了两个月活，却只拿到50块钱的工资。虽说这里是包吃包住，但住的集体宿舍又脏又乱，气味令人作呕，吃的更是比原先在汽修厂还要差，我从来就没有吃饱过。在这个厂，我们这些新来的工人得学个两三年才算出师，出师后的师傅一个月也才1500元的工资，而且是有件数规定的，如果没做满规定的件数，还要扣钱。

当时我就觉得，这工作我就算拼了命地干，也挣不到钱。然而，促使我离开这家工厂的主要原因，还是安全问题。如果说我以前在修车厂工作只是单纯的劳累与困顿，那么在这里我还要时刻担心自己的生命安危。

真正让我明白这一点的，是一次工伤。那一次我正站在机床上切割一块废弃的铁板，本来已经按照图切好了，结果在放下切刀的时候，飞转的刀头碰到了铁板的一角，瞬间那块切下来的铁角便向我飞来。幸亏我当时反应灵敏，朝边上本能地一闪，那块铁角就紧贴着我的身体飞过。所幸没伤着要害，但尖利的铁片还是划掉了我一块肉，至今身上那道疤还在。

尽管如此，我这次受伤还算是轻的，后来表弟的伤比我的更加严重。家庭作坊式的小工厂有一个最大的弊端就是，老板们极力缩减成本，买的机器都是那些大厂子里淘汰下来的二手机器，经常会出现故障。我表弟跟我一样也是车工。他在锯钢块的时候车床出了故障，突然就卡住不动了，然后他就条件反射地用手去碰了一下，结果机器又转了起来。他的手指头来不及抽开，当场就被锯。表弟被锯了手指头后，还很淡定地对我说："哥，我的手出血了，你帮我去买两个创可贴。"

我看他用另一只手捂着受伤的手指，血还在往下滴，当时就一惊，忙过去拿开他的手一看，这哪是买两个创可贴就能解决的事情？他整个右手食指的肉都被削掉了一半，血肉模糊的，还露出白森森的骨头。看到表弟伤成这个样子，我不管三七二十一，直接拉着他去小诊所包扎。

在回来的路上，我就在想，为了 25 块钱一个月的工资，我们却要这么卖命，难道我们的命就值 25 块吗？！没过几天，我就主动放弃了这份工作，果断领着表弟回家了。

▼感悟：我们可以被拿走任何东西，但有一样东西不行，就是在特定环境下选择自己的生活态度的自由与梦想。每一个平凡朴实的梦想，都是用那唯一的坚持的信念去支撑着梦想。

原始野蛮的小世界

从工厂出来后的几天时间里，我想了很多。这短短两个多月的车工经历让我开始思考自己的价值和生命的意义，也在仔细地衡量金钱与生命孰轻孰重。我在心里暗暗发誓：再也不会为了 25 块钱来拿生命做赌注，我相信自己的生命不会只值 25 块，它肯定是无价的。我绝不要 25、50、100 等这些无意义的数字来定义我的价值。正因为我有这样难忘的一段经历，后来我无论做什么事情都会把生命和健康放在第一位。我可以努力工作，但我不会去拼了命地工作。一个人如果不爱惜自己的生命，就算有再多的钱、再成功又有什么用呢？

回到家里后，母亲了解了情况也是一个劲儿自责，说早知道这样就不让我离开修车厂了，害得我现在没有工作不说，还受了伤。我只能劝母亲不要为我操心，我自己会找一条通向未来的大道。

回家的这段时间，我每天都是起早贪黑帮母亲分担家务，可是这些对我们这个贫困的家来说根本是无济于事。后来，一直在工地里干活儿的姐夫回来了。他知道我刚从干了两个多月的工厂出来，正赋闲在家时，就问我："文强，你不去工厂上班，有什么打算呢？"

我说："姐夫，还没有呢，我刚回来没几天。"

"那你怕累吗？"姐夫问。

"我只怕黑不怕累。"我想了想这样回答道。

于是，姐夫就让我跟着他去工地上干活儿，他也好对我有个照应。就这样，回到家中没休息几天，我又跟着姐夫去了邻县的工地做钢筋工。姐夫那会儿一家几口都是小工，吃住都在工地，也很辛苦。

工地上的工人都是凭力气吃饭的。我当时又瘦又小，一看就不是干活儿的料，要是没有姐夫从中说情，工头根本就不会给我这份工作。也正是因为我来到了工地，才有机会体会建筑农民工的艰辛。

很不巧，我去工地那会儿刚好是夏天，工地上又没有任何遮阳设备。所以我刚去工地就与炙热的太阳来了个亲密接触，毒辣的太阳恨不得要把人跟钢筋一起烤坏，好像划一根火柴就能把空气点着。我才干了几天，背上的皮就晒脱了一层又一层，晚上更是让人无法忍受。虽然在工地上有临时搭建的简易工棚给我们住，但那工棚白天时已经被太阳烤了一天，晚上进去睡觉时又闷又热，根本难以住人。只有工头的房间很豪华，不光有蚊帐，还有空调。

没办法，这就是差距。当时我们工人只能把铺盖一卷，铺到附近的广场上睡觉。不过，大家不要以为这样我们就可以安稳地睡个好觉。大家别忘了，夏天还有一个令人烦恼的"小伙伴"——蚊子。工地上的蚊子可不是吃素的，它们都是那种肚子上有白色斑点的野蚊子，要是被它咬上一口立马就又红又肿、奇痒无比，不管你怎么抓都没有用。被咬的红疙瘩三四天都不消。而且这些野蚊子对驱蚊药和蚊香都有一定抵抗力，让人束手无策。

见剿灭不成，我们只能避其锋芒，每次到广场上睡觉的时候都用衣服把身体从头到脚裹得严严实实的，只留下两个鼻孔出气，但有时稍微一"露点"，便会被蚊子大军群起而攻之。后来，我们总结出经验教训，开始跟蚊子打游击，先找一个地方睡一段时间，被咬得不行就换个地方再睡，所以常常是一个晚上要换三四个地方。等到凌晨4点多就好了一点，蚊子们大都吃饱喝足，一只只挺着肚子打道回府了。我们总算清净了，能美美地睡个安稳觉了。可是，这个凌晨的美好时刻只能持续不到两个小时，就会又一次被吵醒。当然这次不是蚊子，而是睡了一宿好觉的工头，他正精神饱满地大声吆喝着睡眼惺忪的我们起床工作。

在工地上，每天的工作是雷打不动的。记得那时候我们的工程是在黄河上修桥，工头安排给我的工作是绑钢筋。这活儿虽然不是什么力气活儿，但也没有那么轻松。我背上顶着毒辣的太阳，脚在泥水里从早泡到晚，还必须要注意力全部集中，不然一个不小心钢筋掉下来，脚就会被砸得血肉模糊。夏天天亮得早，早晨也凉快，我们一般5点多钟起床去喝点稀粥就上工，一直到晚上10点多我还双脚泡在泥水里绑着钢筋。每天工作快结束的时候，我都感觉两眼冒花、天旋地转，思维完全不存在了，只是机械地使唤着一双打战的手绑钢筋。每一天，我都是这样咬牙坚持着。当时我脑子里一刹那划过一道明晃晃的闪电：做人怎么这么苦？

有时候下班稍微早一些，那也到了傍晚，我就草草吃完没有油水的晚饭，到工地周围走走，散散心。每次走不了多远，天色就已经完全暗下来了。不过遇到月中的时候，快要满圆的月亮就会从黄河对面的山背后静悄悄地露出脸来，把清淡的光辉洒在工地周围。万物顿时又重新显出了面目，但像盖了一层轻纱似的朦朦胧胧。暑气消散，大地顿时凉爽下来。工地旁边荒地里的无名小虫和黄河边的蛤蟆叫声交织在一起，使这盛夏的夜晚充满了纷扰与骚乱。

那时候的苦，不仅是身体上的苦，还苦在心里，精神非常压抑。那时的我年纪小，长得又黑又瘦。工地上基本上都是成年人，他们都是些生活在社会最底层的劳动人民，没有多少文化。他们出来就一个目的——赚钱。他们要养家糊口，也要成家立业。对于靠体力吃饭的他们来说，最在乎的就是钱。当看到我这么瘦小就要和他们一起做劳力时，他们并不同情我，也没有把我纳入他们的群体中；相反，他们之中的一部分人看我很不爽，觉得我一个小孩子干不了什么活儿，要是跟我搭档肯定要花费更多的力气，却只能跟我领一样的钱，非常划不来。当然，这样的不满在姐夫一家人在的时候他们也没有过分表露出来，只是从他们那略带着鄙夷的表情里，我感觉到有些不自在。但这些又算得了什么呢？只要能给我活儿干，只要能领到工钱，这些言语上的冷嘲热讽又有什么呢？

直到现在，我都认为工地就是个原始野蛮的小世界，在这里解决大多数问题的方式就是拳头。工地上充斥着人们最原始的冲动,打架、赌博、讲黄段子是他们对于白天一天卖命劳动的最好发泄方式。

而当时才十几岁的我，显然是很难融入他们群体中去的。更何况，我的心底很排斥像他们那样生活，我更害怕以后一辈子就同他们一样，靠体力吃饭，来复制他们的人生。可以说，当时的我跟他们并不是同一类人，只是为了同一个赚钱的目的才临时"拼凑"到了一起。我很有可能会在不久之后离开这个地方，而他们之中的大多数人将会在今后的很长一段时间里留在这里，把自己的力气和汗水都挥洒在一个又一个的工地上。

那段时间我比较欣慰的一件事是，有一次我偶然路过工地的食堂，看到做菜的师傅正在生火，我过去帮忙，竟然在一堆引火用的废纸堆里找到了一本残缺的《资治通鉴》。当时我如获至宝，向工地做饭的师傅讨要了回去。自此之后，我白天干活儿，晚上就躺在那里看《资治通鉴》。正是这本残缺的书，让我对中国的历史有了很多了解，也是这本书，慰藉了我枯燥的时光。

当我面对残酷的生活现状时，有时候也会有一些消极抱怨的情绪出现，但我并没有让这些情绪野蛮生长，而是尝试着通过繁重的体力劳动来缓解精神上的负担。是啊，劳动是一个人忘却精神痛苦的最佳方式。同样，当一个人只剩下繁重的体力劳动时，书籍又是最好的按摩师，它能帮你抚平记忆的伤痛……

▼感悟：每一日你所付出的代价都比前一日高，因为你的生命又消逝了一天，所以每一日你都要更积极。今天太宝贵，不应该为酸苦的忧虑和辛涩

的悔恨所销蚀。抬起下巴，抓住今天，它不再回来。梦想的信念在人脑中的作用就如闹钟，会在你需要时将你唤醒！

我的未来在哪里

对于一个小小年纪就出来闯荡社会的农村小子来说，他的这一生不可能是一帆风顺的。当我在工地里整日忙忙碌碌时，命运似乎并不想让我在这样的工地上待一辈子。它这时候充当了一个伟大的角色，适时给我安排点插曲，让我在煎熬的时候找寻新的人生方向。

从小到大，我的性格就很倔强、非常要强，而且是骨子里的那种刚强和坚毅不屈。这一点完全遗传了我父母的性格，我做什么事情都会尽力去做，绝对不会偷懒耍滑头。这一点，也是我后来无论做什么行业都能做出成绩的原因。

工地上虽然每天都累得半死，但第二天早晨醒来，只要简单地洗漱之后喝碗稀粥，前一天的疲乏与困顿就会消失得无踪无影。所以说，身体上的劳累对于我来说算不了什么，这些也许我像大多数揽工汉一样能够忍受。当时我感到最痛苦的是自己的年纪和身体问题而给自尊心所带来的伤害。我已经14岁了，胸腔里跳动着一颗敏感的心，我渴望自己能够得到这些一起共事的工友的认可和尊重。我不奢望他们都崇拜我，只是希望像大部分工友一样受到同等对待就心满意足了。

可是，现实却远远比我想象中的残酷。在那一段农民工生涯中，我受尽了他们之中一些人的羞辱。虽然我现在仍然很尊重那些靠力气吃饭的人，但是我也看清了他们之中大部分人身上都有些矛盾的两面性：一方面，他们渴望自立自强、受人尊敬；另一方面，在碰到处境状况不如自己的人时，他们身上又会表现出"看客"式的无聊与冷酷。这也算是这些农民工的可悲之处。

平日里他们欺负我的时候，我一般都是忍着，任由他们指桑骂槐地谩骂，或者直接就躲开那几个经常找我麻烦的人。终于有一次，当一个人又在那里骂骂咧咧地指着我，说我偷懒不好好干活儿时，我实在是忍无可忍了，直接跳起来狠狠踹了他一脚，然后我们两个人就厮打在一起。当时我把一直以来积压在我心中的所有怨恨都发泄出来了，把那个人狠狠地揍了一顿。当然，那人毕竟是大人，力气比我大，也把我一顿胖揍。我们两个人就像是战争时期的交战双方，在各自身上发泄着不满，甚至是怨恨。

我打架的那一天恰好姐夫不在工地，围观的工人看我们打架不但不劝阻，反而聚在一块起哄，让我也感到寒心。也许在大部分人眼里，我与他们格格不入，并不是属于这里的人。打完架之后，我一个人跑出了工地，坐在附近的荒草地里发呆。当天边的最后一缕余晖隐没于云层，无尽的黑暗向地面排山倒海地压来，太阳一整个白天提供的热量也在慢慢消退。在这个人烟稀少的黄河边，阵阵凉意不断向我袭来，周围的人声也在渐渐远去，只留下不知名的夜虫在轻声地鸣叫……我立在黑暗中的河边，目光呆滞地望着那似乎不再流动的水，感觉到脑子里一片空白。包括痛苦在内的一切，暂时都是模糊的——就像我莫名其妙地来到这黄河边一样。

过了几分钟，等我平复了因打架而紧张的心情之后，一直以来那种面对黑暗的恐惧感愈发清晰地侵占了我的大脑。我想回工地去睡觉，但又怕回去之后那个人再打我，而且工地上那种不平等对待我的生活让我实在无法再继续下去了！那一刻，我突然很想家，也很想家中的母亲。估摸着年关将近，我站起来拍拍屁股，自言自语道："尿，不干了！"

那时我唯一的念头就是回家，而且是马上回去！可是怎么回家呢？从小到大，这是我第一次出县城，而且是姐夫带着我来的。我根本不认识回去的路，只记得在工地附近那个镇上有个车站，里面有到我们那里的长途客车。当时我看着天已经黑了，若当天要回去的话就必须赶到十多里外的镇上去，找到汽车站，这段路要走的话起码也要一个多小时。我又怕走得太慢，到了车站没有车了，只好一路顺着马路小跑。刚好那一天我肚子还不舒服，一路上肚子还不争气地疼着。

也许是老天爷同情我，走了没多久我就碰上一辆农用车路过，开车的是一位面容和善的大叔。我忙上前拦住车，给了他3块钱，让他把我送到镇上的车站。进了站后，我直奔售票厅打听去我们镇的车。还好，最后一趟车还没有发车。我赶紧买了车票去候车室等。这时，我的身上就剩30块钱了。等到发车的时间，我就检票上车，默默地与这里的一切说了声再见。

人生旅途中有许多事情是令人难忘的，尤其是那些让人感到极度痛苦的经历。我未及弱冠之年就离开父母去远行，无所依靠地在工地上干着繁重的体力活儿，仅仅靠着那双刚放下笔杆的双手去拼了命地劳动，靠着自己稚嫩的肩膀来挑起生活的重担。这些东西我都能承受，用自己的劳动来获取报酬天经地义，而且劳动能让我在家里出现那样的困难之后加速成长，尽快承担起这个家庭的责任。

可是，命运似乎觉得给我带来了这么多的打击还不够，还要让我处处受人欺负。有时候，我心里感到有千般万般的委屈却无人诉说，也无从哭诉。这时候，我才真切感受到当年父亲入狱前的那种孤独与无助。我在想，那时的他，会不会也同我一样，想找一个无人的地方痛哭一顿？

即使再坚强的男人，在他的一生中，也会有灰心丧气、迷茫无助的时候。人们常说，苦难是一笔财富，那段经历与体会让我记忆犹新。当我回首过往，我想说，没有这些刻骨铭心的经历，就不会有此后生活中的各种精彩。

这将近一年的时间是漫长的，我在这期间忍饥、忍辱、忍冻，心里留下了数不清的痛苦记忆。我又感到这一年来的时间是短暂的。我在这里也懂得了不少事，结交了朋友，挣了一些钱，开阔了眼界，抛弃了许多纯属"乡巴佬"式的狭隘与偏见……一切都好像才刚刚开始，可马上就要结束了。

那天我在车里经过几个小时的颠簸，终于看到了隐没于黑暗中的村庄，虽然周围是漆黑一片，但从前方投射过来的灯光以及远远近近传来的人声，让我感觉自己一下子又回到了村子里，回到了家人的怀抱。当我借着村庄各家各户淡淡的灯光回到熟悉的家时，母亲呆呆地望着我，看到我衣服破烂、裤管上沾着泥、脸上还有几道血痕的狼狈样子，直接就冲过来抱着我哭了起来。我知道，当时母亲心里一定很伤心，她原本还想着有姐夫带着我出去干活儿，一定比自己出去单枪匹马干要强很多，结果看到我这狼狈样，知道我一定在外面吃了很多苦才跑回家的。她心里有些愧疚，不该让我小小年纪就去外县干那么苦重的活儿。同样觉得愧疚的人还有我的姐夫。

在我到家之后没几分钟，姐夫也风尘仆仆地赶到了我家。他一见我的样子就自责起来，一直说着自己没有照顾好我，而且帮我结算了工钱，给我带了回来。当时的小工是15块钱一天，我干了两个多月，有900多块钱。当我拿到姐夫给我送来的工钱时，我发现，在工地里干活儿还真不错，虽然累却还能挣到不少钱。我把这笔钱全部给了母亲，有些自豪地对她说："妈，今年我们终于可以过个好年了！"

说这句话的时候，我想到自己终于能够凭借自己挣来的钱让母亲过一个快乐的年，心里非常自豪。母亲把钱小心翼翼地揣进怀里，拉着我的手慈爱地揉着。这个动作让我想起小时候，每当我考试得了满分，又或者为她端来一盆洗脚水的时候，她都会拿起我的手轻轻地揉着。一直以来，我都很享受母亲揉我的手，其中充满了母爱的情怀。我把她的这个举动当成奖励我的一种方式。可是这一次，我迅速把手抽出来，说："妈，我都这么大了，让人看到多不好意思。"

其实，我是怕母亲看到我在工地干活儿留下的伤疤和老茧，那样她会很难过的。这一年过年，算是父亲入狱之后，我和母亲过得最幸福的一个年。还记得过年之前，我买了比以往过年都要多得多的鞭炮。我家乡那边过年的风俗是在大年三十的晚上和初一的早上放鞭炮。那一年，当村子里别人家的鞭炮都放完之后，我家的鞭炮还在噼里啪啦地响个不停。我就是想让全村人都听到我们家放鞭炮的声音,让他们知道我们家还像以前那样会放全村最长最响的鞭炮。

果不其然,村子里的人知道是我家的鞭炮最响最长时,开始对我另眼相看了,以为我在外面挣了大钱,这让我第一次体验到了一种成就感。带着这种美妙的感觉,我决定过年后还去工地上干,而且这一次要去工资更高的工地干。母亲听了我的打算之后,就帮我一起想办法。正好哥哥过年也回来了,他了解情况后就对我说:"既然你要去工地,那就去我那儿吧,我那里的地面工一天能挣17块钱。"

母亲听完我哥哥的话,有些放心地说道:"文强,跟着你哥去吧。他是你的亲哥,在外面对你好有个照应。跟着他,我也放心。"

听了母亲说的话,我决定来年跟着哥哥去他那边的工地干活儿。哥哥是在架设高压线的工地上打工,因为他之前在部队里学过车,就在那里当驾驶员,条件待遇都很不错。于是,我在年后的正月初八,跟着哥哥去了工地,在那里干了整整一年。

那时候,我并不清楚自己的未来在哪里,也没有一个明确的努力方向,只是知道哪里有钱赚、哪里赚得多,就到哪里去。面对即将到达的新工地,我的心里充满着期待,不光是为了这比以前每天多了两块钱的工资,还有的是对于外面世界的渴望。经过前一年的劳动,我长高了不少,皮肤早已被晒得黝黑,扎在人堆里,几乎很少有人能看出来,我是一个才刚刚辍学一年的15岁少年。带着一个挣大钱的梦想,我即将出发。

▼感悟:一个人有些不幸的遭遇才好,不然是会不知不觉地消沉下去的。人只怕自己打倒自己,别人是打击不倒的。实现梦想的必经道路是苦难的道路。不要等待机会,而要发现机会、把握机会!

面对死神的少年

正月初八一过,我就跟着哥哥来到了架设高压线的工地。我去的第一天,看到高空中那密密麻麻如蜘蛛网的高压线,心里有些兴奋,那是在农村很难看到的景象。不过,当我正准备感慨一番的时候,接下来发生的一幕就给我上了残酷的一课。

正当我抬起头看着天空中的壮观景象时,突然不远处有一个人影急坠而下。等到我们跑过去的时候,我们就看到了惨烈的一幕:有一个工友的安全带脱落,从水泥杆上掉下来,脑袋直接砸到了地上的大石头上,脑浆流了一地,当场就没气了。看到那样的场景,我立马被镇住了,呆愣了很久才缓过神来。我不知道这是不是老天在警告我爬得高,摔得也重呢?

我是从地面工开始干的,一是我没有经验,干不了那样的技术活儿;二是我看到那一幕,对高空作业产生了一种畏惧心理。那时候我们吃住都在发电厂,把发电厂当成了一个临时的"家"。不过,这个"家"很简陋,像我这样刚进来的小工,连个床位都没有,晚上睡觉只能打地铺。好在电厂里面比较干燥,地上铺块破木板,把被褥往上一放,就能对付着睡。而那些老师傅是有床睡的。那一刻,我深切感受到地位悬殊的待遇差别。当时我就在想,什么时候我也能混到自己的床呢?那个时候简简单单的一张床,就是两类人的分界线,现实就是这么残酷,但又让人不得不去面对!

那一年,我已经15岁。

离开学校这两年，我一直都在干着体力活儿，个头长高了，身体也结实了不少。虽然我自认为已经是个大人，但在别人眼里，我还只是一个小毛孩而已。所幸的是，在这里工作，大家相处得还算好，工友们也很少因为我年纪小而欺负我。这也让我有了一些感动、一些感恩。

尽管地面工不像高空作业工那样需要有一定的技术基础，但也充满了艰辛与危险。在那些空旷的郊区野外，有许多铁塔承载的高压线支架，它们的钢铁之躯在人烟稀少的地方默默地发挥着它们的作用，就像是千千万万生活在社会最底层的揽工汉一样，平凡而安静地为社会做着贡献。我们地面工的工作就是在野外竖起铁塔，再把高压线挂上去。绝大多数情况下，高压线不会出现在人流密集的城市中心，因为它发出的电磁辐射很大，输电电压一般都在220千伏以下，非常危险，所以城市一般采用带绝缘层的电缆地下传输。在人烟稀少的荒郊野外就采用铁塔承载的架空线方式传输。

要知道，在这样的环境下工作本身就很危险，更何况是高空作业呢？生活啊，有时候就是这么无奈。虽然很危险，但又有多少人为了这每天多出来的十几块钱而心甘情愿地把自己的性命跟高压线拴在一起呢？不过，性命始终很重要，干这行的人也非常小心谨慎，生怕出什么意外。但是危险不能完全避免，事故也时有发生。

我印象最深的一次是我们立水泥杆，那时候已经有机器了，不需要我们人力来拉扶大铁架子。我们的活儿就是用钢丝绳绑好水泥杆，然后操作机器拉动钢丝绳把铁架子竖起来。工作的间隙，我们几个人正在边上休息，结果绑水泥杆的钢丝绳断了，其中朝向我们那一边的钢丝绳因为惯性直接就向我们甩了过来。就在一瞬间，我们一个同事的头咔嚓一下就给切没了。当时发生的一切实在太快了，谁都没有反应过来，甚至当那个同事倒下时，他的手还保持着去接别人的烟的动作。当时我们一个个都失声大叫起来，那血溅了我们一身。这场景，像极了多年以后美国大片《死神来了》中的一个镜头。可那不是在演电影，而是真真切切发生的，一个鲜活的生命就这样离开了这个让他拼搏奋斗的社会。此时此刻，我想说些什么，可是却什么话也说不出来，也许沉默才是对这位逝去的工友最好的祭奠。

对于我而言，印象深刻的还有两件事。其中一件发生在我第一次和哥哥架高压线的时候。架设高压线的地址在一个偏远的农村，那时候刚好是冬天，气温很低，正赶上农村大规模的灌溉。在河南的农村里，一般每年有两次这样的灌溉：一次是在冬天，为了防止冬小麦出现旱情，确保来年的收成；一次是在夏天，为了秋季有个好收成。由于当时刚刚灌溉完，农田里全是水，要在这些地里架高压线，其难度可想而知。

临出发前，工头给我们每人发了一双塑料胶鞋，让我们下地拉高压线。这绝对是个力气活儿，我抓着线一脚踩下去，鞋子就陷在泥水里拔不出来了，可我还要继续拉着线。鞋子越陷越深，没过多久就漫过了胶鞋的跟部，冰冷的泥水像找到了一个折磨的目标一样鱼贯而入。

那时候已经是晚上 8 点多，冬天太阳下山早，天早已经完全黑透了，只能看到天上清冷的月亮伴着几颗灰蒙蒙的星星。我们是每隔一段路安排一个人站在那里拉线，彼此之间隔得很远，周围就只有我一个人。我就孤零零地站在那里拉着线，只感觉到手里的高压线还在动。过了很久，我仍是扛着线在那里等，冰冷的水很快就漫上了我的膝盖。我在那寂静的夜里喊了几声，也没人回应。那时又没有手机，我冻得全身打战，双腿更是变得麻木。我不能撇下不管，还在咬牙坚持着。直到等了足足四五十分钟后，等到他们把线架完了回来，才把我从泥水里给拔了出来。当时我自己根本就走不了路，还是工友们把我扶上了出工的三轮车。

一直到住处，我的腿还是没有知觉，我真担心自己会成个瘸子，那样的话我还真不知道该怎样去面对未来的生活。幸好，发电厂一个有经验的老工人看到我这个样子，同情我，亲自给我熬了一碗热腾腾的姜汤，让我喝了驱寒。我感激地接过那碗姜汤，看到那一双满是老茧的手时，我想到的是一定要好起来，为我的梦想继续打拼，将来一定要好好感谢那些在我追梦路上帮助过我的人。喝过姜汤后，原先那种深入骨髓的冰冷感觉慢慢退却，血液也开始正常流动起来。到了后半夜，我的腿才完全缓过来。

2003年，又是难忘的一年。这一年刚好是"非典"暴发，闹得是人心惶惶。当时全国各地许多学校停课，工厂放假，剩下没有放假的也不让随便外出，一天都要消好几遍毒。而我们这些在荒郊野外干活儿的工人，只是每人领了一碗汤药，不是卖得紧俏的板蓝根，而是一些不知名的中草药熬的。虽然不知道有没有用，但出于对"非典"的恐惧，我们还是忍着刺鼻的药味把药给喝了下去。晚上睡觉前，工头安排人在每个人睡的地方撒上石灰。晚上当我拖着疲惫的身躯回到我睡的地方时，看到床板上的那些白色的石灰粉，我心里感到一阵悲哀。

我想，我们这些出门在外的工人，如果就这样死了的话，估计都没有人知道，更不会引起什么轰动。我们这些人的死，很有可能就像是一根草的死、一棵树的死、一只荒野之中小虫的死，静悄悄地走。我也慢慢觉得，一个人活着有多么不容易，我绝对不能就这样像一只荒地里的小蚂蚁一样，在大多数人的视野之外过着庸碌无为的一生。我不求自己死时有多么轰轰烈烈，但起码也要让人知道，我，周文强，曾在这个世界上活过！

还有一件事发生在在山上架高压线的时候，这活儿比在平地上更累。因为架铁塔的材料和高压线全部都要我们这些地面工抬上去。我当时只有80多斤，又瘦又黑又矮，脸上的皮肤全被晒得脱了皮。这么重的钢铁家伙，我哪里能扛得起？既然这活儿没法干，我哥就让我一个人在山上看工地，每天的工资还多15块钱。我一听，觉得这简直就是天上掉馅饼的事情，不用这么累了，而且工资还高，心里别提有多高兴了。

这看工地的活儿，白天倒也轻松，我就清点和归集一下材料就可以，不用费很多力气。到了晚上，我就傻眼了，我们工地在山顶，四周是一片荒地，全是一些上了年头的孤坟。除了我手里的一盏汽灯能照见的眼前的几米范围，周围一片漆黑。我胆子本来就不大，又是怕黑出了名的，当时一个人在山上，周围时而传来一两声不知名动物的叫声或者窸窸窣窣的声响，都能把我惊出一身冷汗。那天晚上，我就这样战战兢兢地抱着那盏汽灯，俨然已经把它当作驱散内心恐惧的唯一一根救命稻草。我不敢看周围，生怕从哪一个漆黑的方向冲过来一只野兽把我扑倒，更不敢胡思乱想，两只眼睛一动不动地瞪着浩渺无际的星空，逼着自己去数那些星星，一颗，两颗，三颗……

当时许多看工地的人都会临时搭个工棚，以便有个歇脚之地。工头临走前也给我配了一套，但我从没有用过这些东西，更不会搭，所以也就搁置在那里没有用。当时我想着不搭也行，反正现在天气这么好，如果下雨的话我就用篷布一盖，最起码也能对付一宿。结果这老天爷就像人的脸，说变就变，到了半夜真的就滴答滴答下起雨来。

没办法，没搭工棚，连个躲雨的地都没有，最后我索性找来篷布往身上一包。很快我就发现跟我原先想象的不一样，水还是能流进来。最糟糕的是，那种布包在身上根本就不透气，没过一会儿我就感觉头晕乎乎的，只好用手撑着，可我的手坚持不了一会儿又酸了。怎么办？我只好淋着雨，壮着胆子，踩着泥水，摸着黑在外面找了半天只找到一根杉树枝，我把它一头插进土里，另一头撑着篷布，这才让我不至于被憋死。

那时候真是叫天天不应、叫地地不灵，被子全湿了。虽然是夏天，但我却感觉身体有些冷，还包括我那颗因为抗争而疲惫的心。一个小时后，汽灯也受不了狂风暴雨的打击，悲催地结束了它的使命。周围一片漆黑，只有风雨声如故。对于我而言，汽灯是我能抓得到的最后一根稻草。这时候，我也真正崩溃了，哭得稀里哗啦，一直哭了很久。

我为自己的苦、为自己的无能，也为命运的不公平而哭泣。在那一个晚上，我心中积压的所有委屈都释放出来了，哭着哭着就觉得自己活着真的很累，内心也在一次又一次地问自己：我怎么能这么惨呢？这样的生活我再也不要过了。如果还要继续过这样的日子，我宁愿自己去死。但是，我能这样不负责任一死了之吗？我不能死，我还要照顾母亲，我还要实现自己挣大钱的梦想，承担起家庭的责任呢！

我感觉自己所有的委屈都随着眼泪掉进了土里，被博爱的大地给吸收得无影无踪。大雨过后，山顶的气温也比以前低了好几度，我的脑袋也慢慢冷静了下来，开始思考两个问题：第一个，我为什么这么苦？第二个，我要怎

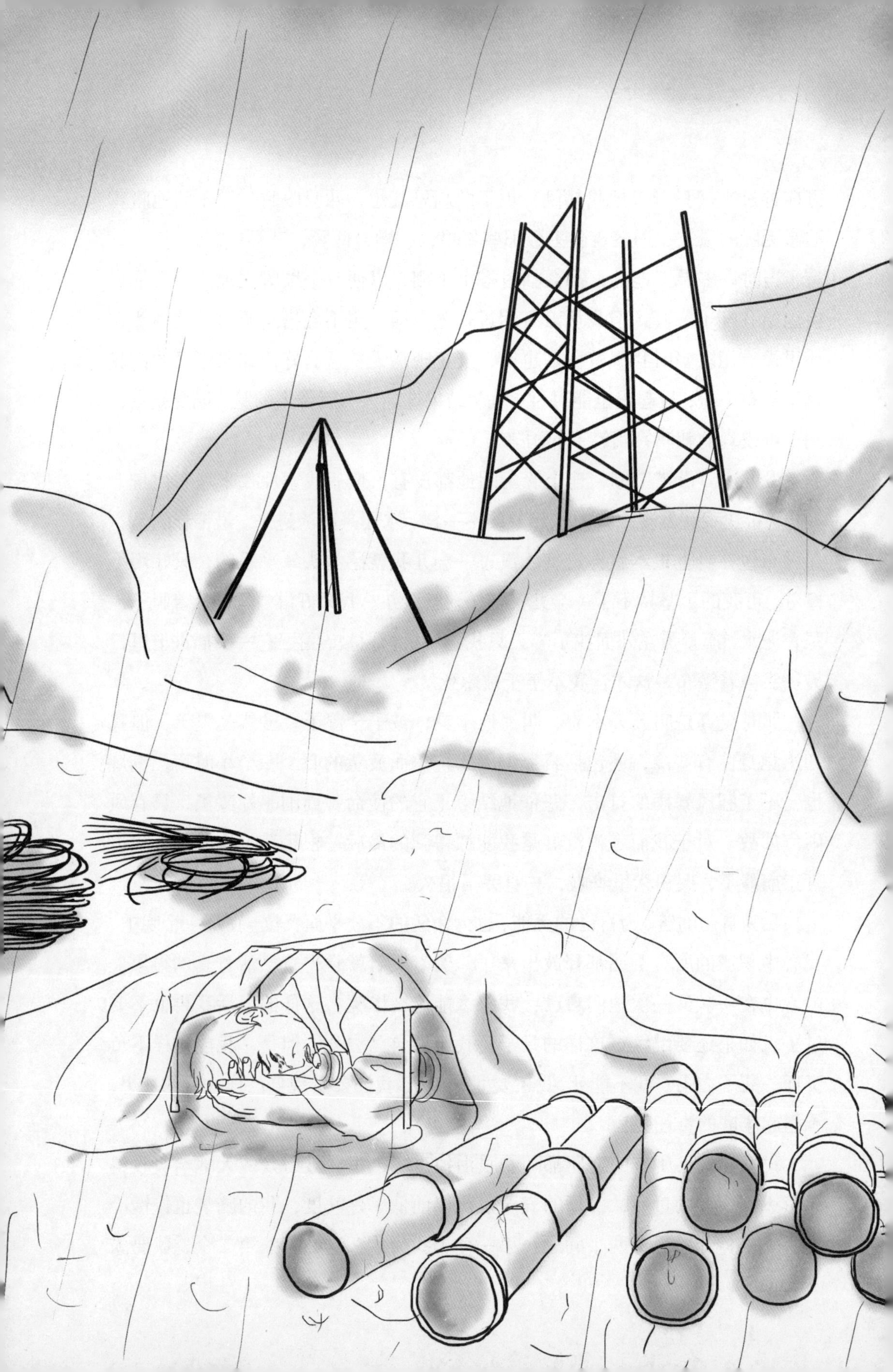

么做才能改变目前的处境呢？我再也不想抱着个汽灯像个小孩一样哭泣，也不要过这种连床都没有的苦日子。我要像工头一样开着轿车、喝着红茶。就在那一刻，我心中有了一个梦想：成为一个包工头，整天夹着个装满钱的大皮包，开着车，一声令下，手下的工人就开始热火朝天地工作。

人真是个奇怪的动物，明明在前一秒还是那样痛不欲生，转眼之间就能自我疗愈，当作什么事也没发生一样。就这样，我竟然趴在潮湿的棉被上睡着了。至今我还清楚地记得，那潮湿的被子直到五天后才干透。

第二天早上，我是被饿醒的，我等着我哥给我送早饭来，结果我哥到下午上班的时候才顺道给我带来饭，那会儿已经是下午两点多。当时我都快饿晕了，差点就去啃树皮。在这之后的一个多星期，我都是这么饿着。后来好几个工友常常在吃完饭后就帮我把饭送来再回去补午觉，还有人看我可怜掏钱给我买了饼干，这都让我非常感动。饼干我没舍得一下子就吃完，留在身边以备不时之需。

每当生活的狂风暴雨袭来的时候，我那一颗还很稚嫩的心总要为之战栗，然后便迫使自己硬着头皮去经受捶打。学徒工、车床工、农民工，这一次又一次角色转换的背后，我的心脏也渐渐地变得强有力起来，并且在一次次的磨难中也尝到了生活的另一种滋味。我觉得自己正一步步迈向了成年人的行列。我慢慢懂得，人活着，就得随时准备经受磨难，无论是普通人还是了不起的人，都要在自己的一生中经受许多的困难和挫折……

▼感悟：欲成大事，必先苦其心、劳其骨、空其身。人与人的"硬件"基本上没有太大的区别，核心区别点在于自身的"软件"，而这个"软件"将是缔造财富帝国与造成穷困潦倒的真正的区别所在。欲改变外部世界，必先改变自身的"软件"，而这个"软件"就是我们大脑里面所装存的思维模式。

骨子里的坚强

做地面工的时间一长，我的胆子也慢慢变得大了起来。看着那些高空作业的工人，他们每天都像在表演杂技一样，攀爬在高高耸立的铁塔上，我开始羡慕他们那样的工作。

如同父亲一样，我的骨子里也是倔强的，不想安于现状。那时候的我已经厌烦了地面工的工作，也看厌了工地上的景色，希望自己能同那些高空作业的工人一样，站在离地面100米的高空鸟瞰周围。我想，那种感觉一定很美。除此之外，对我还有一个诱惑是，高空作业的工人的工资是30块钱一天，比地面工人工资的17块，足足高了13块。当我怀着这些憧憬跑到工头那里申请高空作业时，本以为没那么容易成功，结果那时候正好缺高空作业的工人，工头很爽快地答应了我的请求。

就这样，经过这么长时间的地面工作之后，我终于要到高空中作业了。那种激动，让我热血沸腾，我兴奋地等待上杆。我还记得，是一个张姓老师傅带着我第一次上杆的。他让我先穿戴好装备，系好安全带，然后简单地跟我说了下工作要领，就让我开始爬杆。当时我们的那些杆都是些圆柱形的水泥杆，我的工作就是爬上去，穿好线挂上瓷壶。

瓷壶或许对于大家来说还比较陌生，其实就是我们看到的高压线上那些用来绝缘的东西。这活儿说起来轻巧，实际上做起来很难。线塔离地面有100多米高，在这么高的地方工作可不是件简单的事情，有恐高症或者心脏不好的人是不能做这项工作的。而且，要爬上那圆溜溜的水泥杆也没那么容易。我们穿的鞋子是特制的，土话叫脚扣，专业点叫 U 形橡皮牙。我们把脚扣扣在水泥杆上向下用力一踩，整个身体就起来了，然后再上另外一只脚扣，并且用双手交替着抱杆，协调好身体的重心，就这样一步一步往上爬。到达装瓷壶的高度后，再把两个脚扣十字交叉扣到水泥杆上，使两脚的底面平行，这样站在上面才不会累。然后把腰上的保险带环着水泥杆扣好，把保险带挪到臀部靠上，使整个身体向后倾斜 15 至 30 度，这样双手就可以解脱出来装瓷壶了。

当然，这一系列的动作要领让第一次爬杆的我做起来显然有些力不从心，两只脚扣加起来就有将近五斤重。刚开始穿上时，我都不知道怎么用力扣上去，那张师傅就已经嗖嗖地爬到杆顶上去了。等我如蜗牛般地爬到杆顶时，人已经累得够呛。

对于没有高空作业经验的人来说，第一次爬上去后会有一种脚软头晕的失重感，让你眼睛都不敢睁开，所以当我好不容易爬上去后，整个人都在发抖，更别提去看风景、穿瓷壶了。边上的张师傅看我这个样子，把我拨到一边，骂了句"废物"后，就自己爬到穿瓷壶的地方，三下五除二就把线给穿好了。我只好又灰溜溜地跟在他屁股后面滑下来。于是，我的第一次爬杆在自己狼狈的下滑中草草收场。

其实，张师傅虽然骂得凶，但他人很好。跟他学习高空作业的那段时间，我也就在他每天粗鲁的骂声中快速进步。没过多久，我也能单独穿线挂杆处理事故了。那一套爬杆的动作要领也被我练得很熟练，常常是一气呵成。在离地 100 多米的高空工作，看着底下的人就像蚂蚁一样小，这时一种自豪感油然而生，我觉得自己非常威风。

那段高空作业的时间让我觉得生活也变得有滋有味起来，我已经习惯了在高空中眺望远方的感觉，甚至觉得，就这样过一辈子也挺好的。本以为自己会安稳地一直干下去，但后来发生的一次小意外让我清醒过来，开始有了新的打算。

平日里，我们上去的时候腰上都要系着一根保险绳子。穿线的时候如果穿中间的话还比较好穿，但要是穿两边的杆子就很麻烦，需要人走横杆过去挂。横杆很窄，只有30厘米左右，而且人还要弯着腰，动作难度非常大。那一次意外发生时，我正好要去两边杆子上挂线，结果一个不留神，脚下一滑，人就栽下去了。当时我的脑袋里一片空白，在那一瞬间我就想到了刚来工地时看到的从上面栽下去的那个哥们。不幸中的万幸是，我腰上的保险绳救了我，没有让我一头栽到地上，而是由于惯性整个人甩到了水泥杆上，把我撞晕了。后来，还是我哥上来把我给扛下去的。事后，我躺在地板上足足歇了两天。两天后我不再去挂杆，转成地面工了，因为我觉得，无论什么时候，命都比钱重要。

在那一年的时间里，我足足挣了4300块钱。拿到钱后我就离开了工地，后来也没有再去。之前提过的我那个表弟在我离开后去那里顶了我的缺，我把我的挂杆心法传授给了他。后来，他倒成了挂杆高手……

高空作业的那些日子虽然又苦又危险，却让我的格局变大了。在这期间，我学到了许多东西，对人对事也不再用单纯的好坏来评价。我常常观察那些比我厉害的人，比如工地的经理，他是个四川人，干苦力出身，后来靠着自己的打拼做了老板。当时我就很好奇，他是怎么从和我一样的小工混成经理的。于是我就经常在下班之后跟在他后面端茶倒水，甚至还端过洗脚水。

还有一个人是老板的司机，他也不简单，以前是个百万富翁，后来因为破产才做了司机。我在工地上和工人们说不到一块儿去，但是和他们这一类人却走得比较近。因为我年纪小、肯付出，他们也很喜欢我。我是个心气很高的人，但是给这样的人端茶倒水我愿意，因为我敬佩他们，所以没有觉得丢人或者受侮辱，而是把这些看作是一种提升自己的学习机会。一直以来，我都是如此。如果碰到一个自己佩服的人，我恨不得一整天都跟在他屁股后面，哪怕是帮他拎包、为他提鞋、听他骂我也愿意。因为我觉得每次和他们交谈，都能使自己的头脑多开一扇窗户。不过这样的做法说得好听就是英雄相惜，也有一些看不惯的人说我是犯贱，但这就是我一直以来的看法。

直到前一段时间，我看了一本名为《比尔·盖茨十大工作法则》的书，里面谈到交友原则时，比尔·盖茨也提到了一点，他说自己从小就喜欢跟那些优秀的人做朋友，因为这样可以或多或少地受到感染和鼓舞，增加自己的生活阅历和见识。如果他们比我们强大，我们可以从中得到力量。

我突然发现，比尔·盖茨真是懂我，他说出了我当年的全部心声。所以我也建议读者朋友们有时间的话可以看一下这本书，特别是年轻人更应该注意身边的朋友和学习对象，一定要擦亮双眼，用心去寻找那些可以提升你的人。如果你能早一点发现他们，和他们做朋友，说不定你就能离成功更近一点。有时候，成功者与失败者的区别很小，也许区别就在于成功的那些人多走了几步路、多认识了几个人而已。

可惜，那时候的我并不完全懂得这些道理，只是我的潜意识告诉我，我要想成为一个包工头、挣大钱，就得多接触他们这样的人。这个梦想比之前开一个汽修厂的梦想更大一点。虽然我不知道怎样才能去实现它，但是心中一直都有渴望，整天想着自己梦想成真的那一刻，开着奔驰，拎着一包钱神气活现地发给工人。

当时，在工地上随便看到的一个小老板，都是喝着我在电视里才看见过的那种红茶，喝到一半就扔了，眼睛都不眨一下。看到那一幕，我一下子就震撼了，那一瓶饮料要3块钱呢，我得干上几个小时才能换来，当时就觉得那个小老板很牛，用现在的流行词叫"真土豪"！后来我表弟来看我的时候，给我买了一瓶红茶、一瓶绿茶，那是我第一次喝，感觉真是鲜美。当时还闹了个窘事，就是我喝红茶感觉很甜，喝绿茶的时候发现不甜，我就告诉表弟说："绿茶你买到假的了！"后来，我才知道绿茶是低糖的。这着实让我尴尬了好一阵子。每每回忆起这一件事的时候，我都会颇为自嘲地笑一笑。

经过这一年的辛劳工作，我总算是熬过来了。尽管吃尽了苦头，但无论怎样，我还是为自己能挺过来而高兴。这一切是多么不容易啊！让我更为高兴的是，我即将跨过15岁。从生理上来说，我已经成了大人。即使我现在到工地，也能像其他工人那样干活儿了；从心理方面说，我也已经有了强烈的独立意识。在以前,我总还觉得自己是个初中辍学的娃娃,得依靠大人。现在即使没有家人的帮助,我也感觉自己能在这个世界上生活下去。而这一切,的确是刚刚才开始。

▼感悟:世上没有绝望的处境,只有对处境绝望的人。坚定的信念是人生中最必要的力量源泉之一,也是成功的利器之一。没有它,天才也会在矛盾无定的迷径中徒劳无功。

第五章

追寻适合你走的路

BORN TO DREAM

一切为了改变命运

2003年,我跟着哥哥去了好几个工地,基本上都是在人烟稀少的荒郊野外。在这一整年的时间里,我一直都在与高压线打着交道。年底结工资的时候,我领到了人生第一笔"巨款"——4300元!

这是我在修车厂和小工厂时想也不敢想的数字,这也证明我当初所做的选择是对的。若是我还待在原来的地方,根本挣不到这么多钱。还记得当时我手里拿着那厚厚的一沓钱时,心里别提有多开心了!领完钱后,我就在地摊上买了一个钱包,4300块钱放在钱包里鼓鼓的,这种感觉特别好。我终于体会到"挣大钱"的自豪感,迫不及待地想要把这笔钱拿回去给母亲看,向她证明自己的儿子已经长大了,也能够为这个家分担更多。

俗话说:"紧腊月,慢正月,不紧不慢在冬月。"吃过腊八粥,年关也就从那远处的雪地里大步大步地走来。我那两年回去都正好赶上腊八节。天刚蒙蒙亮,母亲就早早起床,到厨房里忙碌起来。她一个人洗米、泡果、剥皮、去核,像是在那里默默地进行一种庄严的仪式。稍后,她把红枣、杏仁、核桃仁、花生仁等干果放进一个大锅里,开始烧火煮粥。灶膛里的火,忽闪忽闪地亮着,像极了浓雾中的晨星。"腊月八,家家煮得吧嗒嗒",那一天早晨,村子是在"吧嗒""吧嗒"的声音中苏醒过来的。

进入腊月,那些忙碌了一年的村民都停下了手中的活计,开始带着小孩去集市上置办年货,买一些过年用的生活用品和馈赠亲友的礼品。对于许多土生土长在这里的农民来说，这是他们最开心、最大方的几天，即使是平日里省吃俭用的人家也会毫不吝啬地拿出早就预备好的过年开支。

按照我们家乡的风俗，年前农历二十三要过小年。传说，这一天灶王爷会上天向玉皇大帝汇报凡间一年来的善恶功德。为了不让灶王爷向玉帝反映本家人的所作所为以及辱没神灵的不良行为，村民们就想要粘住灶王爷的嘴，在那天一大早拿糖粘在厨房灶王爷神像的嘴上，这样灶王爷嘴巴里说的都是甜言蜜语。然后再撕掉原先的旧画，塞进灶膛里就算是把灶王爷送走了。所以那天早上，我就在母亲的催促下去送灶王爷，嘴巴里念念有词："灶王爷啊，我今年给您的糖是最甜的，您就多多美言，别让我像现在这么苦了，明年再给您吃糖……"

母亲就在旁边，微笑地看着我，说："文强，你都这么大了，就别这么调皮了，灶神可是保佑我们一家人平平安安的！"

在准备过年的那段日子里，我没事就喜欢去人流嘈杂的集市上玩，暂时忘却了自己这一年来的艰辛。对于当时的我而言，那一年虽然很累，但起码能让母亲不用再为我操劳，而且我对自己的收获也是比较满意的。当我看到母亲饱经风霜的脸上露出久违的微笑时，我觉得所有的汗水与泪水都没有白流。

年前的那几天，集市上的大人都在紧张忙碌地置办年货，小孩子们也是在一旁兴高采烈地吃着刚买的零食，一派热闹喜庆的气氛。看到这些，我也下定决心打算花些钱好好犒劳犒劳自己。结果，我逛了好几遍也没有找到感兴趣的东西，索性就到书店去买了几本关于致富的书看。碰巧路上有人在发传单，我随手接过来，瞄了一眼就习惯性地把它丢掉。传单落在了地上，反面朝上，一行醒目的大字映入我的眼睛——知识改变命运，学习改变人生。

一刹那，我感觉内心颤动了一下。于是，我又弯腰捡起来，把传单上的那句话再读了一遍："知识改变命运，学习改变人生。"顿时我感觉醍醐灌顶。这一刻，我突然搞懂了自己在山顶看工地时没有明白的两个问题。

为什么我会这么穷呢？因为我没有文化，靠的是自己的力气挣钱，那些靠头脑挣钱的人都是坐在宽敞明亮的办公室里，穿着精致的西服，轻轻松松就能赚到比我赚的多得多的钱。我不甘心自己就这样过一辈子。那么，我要怎样才能改变现状呢？

命运是紧紧掌握在自己手中的，如果我不思进取、安于现状，那么等待我的人生将是黯淡无光的。我绝对不能让自己年纪轻轻就过早地知道了自己的命运，更不愿意让自己看到一个留有遗憾的凄惨结局！

英国著名哲学家培根说过，知识就是力量。是的，知识这种力量可以改变一个人，甚至可以重新塑造一个人。那时候的我，兴奋地想要通过学习来改变自己的命运。我看到那几个发传单的人都穿着笔挺的西装，比我看起来好多了。我穿的还是工地上带回来的那双沾染过无数地方泥土的回力鞋和又脏又破的衣服。看到他们的样子，我很羡慕，他们简直太帅了！这要是放在现在来说，我当时那是羡慕嫉妒恨。就在那一刻，我找到了今后的奋斗目标。

看着那张传单，我一直在琢磨着那一句话，没过多久就在心里发誓：我周文强一定要抓住这次机会，靠学习来提升自己的能力，改变命运！当时我的心里一直有个声音在高喊："我要当白领，我要和电视里放的那样，在高档的写字楼里上班！"

想到这些，我差点就因为兴奋而喊出声音来。在那一刻，我感觉自己的思想境界也提升了许多，觉得自己比以前更加成熟老练了，心里也有了自己确切的计划和打算。我终于发现自己的理想并不遥远，它就像我的影子一样在那里，离我很近。之前是因为自己身处黑暗而无法看到，现在太阳终于出来了，我感觉到了它的炙热，就顺着往前走，最终让我清晰地看到了它。

于是，我怀揣着一个新的梦想，手上紧紧抓着那张宣传单，飞奔着跑回家，去找母亲商量。当时，我抑制住内心的激动，对母亲说："妈，我不想去工地打工，我要学电脑。"

本以为母亲会一如既往地支持我的选择，让我跟随着自己的选择向前。但这一回，母亲却一反常态地反对我去学电脑。她有些激动地对我说："文强，你以前学什么我都同意，但你现在要去学什么电脑，我可不愿意！那东西是咱农村人能搞懂的吗？到时候你学完找不到工作还不是要回工地？那时钱也花了,年纪也大了,找个老婆都找不到,我可不想你打光棍!你在工地上一年挣 4300 块,两年 8600 块。只要干两年我们就可以把房子修一修。干三年有 1 万多块,就可以给你张罗一个媳妇!"

我是个倔强的人,尽管深爱着自己的母亲,但也没有妥协。我有些大声地对母亲说:"妈,我不想就这样一年又一年地过下去,我不想像其他村里人那样靠卖苦力挣钱,当一辈子的农民工!我有自己的梦想,我要改变自己的命运!"

那天,我和母亲发生了这一生中唯一的一次激烈的争吵,两个固执的人就像是两头角力的牛,相互对峙了很久,谁也不肯让步。其实我们两个都没有错,只是她为我规划的路与我自己想要走的路有所不同。我不知道该怎么劝一个没有出过辉县的农村女人,她也不知道怎样去劝告一个一心想要挣钱、出人头地的十几岁少年。母亲知道我个性倔强,只要是我决定的事情,就是十头牛也拉不回来。

也许,母亲怕我太倔强会出事,她态度软了下来,恳求我说:"文强,你就别跟我犟了,我也是为你好,为这个家着想。你爸已经进了监狱,我不求你发大财,只求你平平安安。我给你算过命,你和你哥一样,这辈子只能做个靠力气挣钱的工人,到时娶个媳妇,生个娃,在农村过安稳日子。"

我一听母亲的话,心里苦笑了下,有些悲悯地对母亲喊道:"妈,我不信,我不认我就是这样的命,我一定要改变这个命运。"

一夜无话。

第二天一大早,我毅然决然地把铺盖一卷,带着手上还热乎的 4300 块钱,准备离开家。

临出门前我给母亲留了一封信:"男儿志在四方,而不能太安于小地方,外面的世界更加精彩!"

那天我站在村口,望着自己家的方向,两只手抓着自己的胸口。当我面对那晨雾萦绕的村庄时,眼泪就在眼眶里打着转。原谅我吧,母亲!我将要去市里学电脑,去追寻我的梦想。别了,村庄;别了,母亲……

2003年，当时电脑还不是很普及，尤其是在我们农村。在去培训学校的路上，我看到了附近还有许多招生的广告，有电工、厨师、司机、美容美发、影视表演等。看到这些种类繁多的学习班，我想，既然要改变自己的命运，我要扩大一下选择范围，把每一个学习班都考虑了一遍，再综合自己的个人爱好和未来前途。最后我为自己安排了两条路走：第一条是学习影视表演，因为我从小就喜欢唱歌和表演，当时流行的F4，不知道迷倒了多少少女，我也想成为那样的明星，被更多的人熟知；第二条，我还是去学电脑，希望通过学习这条路走上更大的舞台，扮演更好的角色。

我知道要实现自己梦想的唯一途径就是努力学习。就这样的两条路，让我思前想后，考虑了很久。最后，我还是觉得学电脑靠谱点，而且学费刚好是4300元，跟我头一年挣的钱是一分不多一分不少。这仿佛就是冥冥之中的安排，给了我这样一个改变命运的机会。

电脑学校不远，就在我们辉县城里。等到我去报名时，我看到好多家长都带着大包小包，送孩子来学校报名。而我只是孤单一个人，扛着被子和简单的行李过去报了名。学校的名字叫方远电脑学校，我在那里学了整整一年。在这期间，母亲也不知道我在学校的具体情况。她不识字，稍微坐一会儿车就会晕车，也没法去学校看我，只知道我在城里学电脑。

现在回想起来这段经历，觉得当时的我真的很有魄力。要知道，那时的我仅仅只有16岁，我却能够为了自己的梦想，将用一年时间挣到的、在身上只留了仅仅几天的4300元血汗钱，悉数交给了学校。

为什么我小小年纪就能下那么大的决心去做呢？

因为我已经强烈地意识到，我跟那些整日在工地上靠力气吃饭的工人是不一样的，他们只想每天吃得饱、穿得暖，每年能挣点小钱回家，再娶个媳妇生个娃，日子就美美的了。我当时真的不想再过那样的生活了！我曾无数次幻想过，当我成功之后，一定要穿戴一新，开着车，到修车厂看看，到小工厂看看，或者再到工地看看，让那些曾经嘲笑我、欺负我的人看到我成功的样子。我不是为了炫耀，而是为了让他们看看，我周文强并不比他们差！

那时的我，已经隐隐约约感觉到未来互联网技术将会是一种新的发展趋势，虽然电脑没有改变我什么，真正改变我的是自己对于美好生活的那种向往，以及迫切盼望改变命运的那种闯劲儿，但最起码电脑让我一个从农村出来的孩子也与时代的发展轨道并列前行。这对我来说是一种鼓励，更是一种指引，让我回到了阔别两年的校园，开启了新的人生篇章。

▼感悟：思路清晰远比卖力苦干重要，心态正确远比现实表现重要，选对方向远比努力做事重要，做对的事情远比把事情做对重要。成长的痛苦远比后悔的痛苦好，胜利的喜悦远比失败的安慰好！永远坚信这一点：一切都会变的，无论受多大创伤、心情多么沉重，一贫如洗也好，都要坚持住。太阳落了还会升起，不幸的日子总会有尽头，过去是这样，将来也是这样。

追逐梦想的人永不停歇

这次回到学校，我不再像以前那样是为了考高中、上大学，而是为了学技术，让自己有一技之长，以便出人头地。两年艰辛的打工经历已经让我成长了许多，也让我更加珍惜这来之不易的读书机会。我不是一个整日在学校无所事事的迷途少年，而是个追梦的年轻人，一直在这条路上没有停下。

从进电脑学校的第一天起，我就发誓一定要好好学习电脑知识，将来要靠着这门技术找一个好工作，拿一个比之前在工地上高得多的工资，不然我对不起鬓角已经生出许多白发的母亲，也对不起正承受牢狱之灾的父亲，更对不起自己，还有那辛苦一年才挣到的 4300 块钱。面对生活压力，有些人选择了逃避和退却，他们是失败者，大都会随波逐流，被生活折磨得不成样子；有些人选择了争取和奋斗，这部分人是毫无争议的生活强者，总会在同命运抗争中迸发出积极向上的火花……

每次上课我都很努力，认真地听讲，用心记笔记。可是，我离开学校已经整整两年，虽然人长高了，胳膊也粗壮了不少，但学习能力却下降了不少，许多知识都还给老师了，加之辍学时我初中还没有毕业，学的东西比较粗浅，因此一开始在电脑学校学习起来很有难度。从那时起，我知道自己在之前的两年里，虽然有了不少生活阅历，也挣了一点钱，但由于我一直待在工地上，对外界的信息知之甚少，知识面也很窄，这成了我的软肋和痛处。那段时间，我经常会感到郁闷，毕竟平日里和周围的同学们讨论生活和学习话题时，我成了个旁观者，总是插不上话，开始变得有些不自信了。

过了一段时间，又发生了一件对我来说很难忘的事情。当时我才到学校一个多月，不知道学校也是个小社会，许多人都会拉帮结派，有自己的势力，而我们这种刚进校门的新生，都得乖乖地"受教育"——挨一顿打，对他们那些人表示顺服。那些人知道我无论白天多忙，晚上都会去教室上自习，而且还是同一个教室。在摸清了我的这些规律之后，他们就准备教训我了。

还记得那一天晚上，我同往常一样从自习室里出来，就被一群染黄头发、穿着奇装异服的人给截住了。一看他们嚣张的气势，我就知道是来找我打架的。我观察了下，对方有几十个人。虽然我以前也很能打架，但是我并不鲁莽，打架不能瞎打，得看形势。那么多人，我肯定打不过，只能明哲保身——双手抱头缩着身子，被他们拖到操场上痛打了一顿。

他们把我痛打一阵后，领头的人对我恶狠狠地说："小子，你要么请客吃饭，要么单挑，要么找人过来，我连他们也一起打！"

我强忍着身上的疼痛，硬撑着站了起来，吐了下口中的血水，对打我的人说："大哥，不好意思，我没有钱请客吃饭，单挑我也不敢，更不打群架。我是来学校学习的，不然白费了 4300 块的学费。"

或许他们当时也打累了，也没怎么纠缠就散了。我没办法，只能忍着，更不能告诉母亲，怕她担心。胳膊被打得三天都抬不起来，我知道那是被人用钢管打的，还留下了很重的病根。直到现在我讲课时间一长，肩膀就会疼。那些人打完之后并没有罢休，因为我没有请客吃饭。他们一直盯了我一个月，还好学校老师知道了，一直都在帮我，连校长都出面协调了好几次，他们这才肯放过我。

这件事平息之后，生活又归于平静。以前在村里和学校总是一大堆朋友围着我转，来到这个新的环境，我还有些不适应，没有主动去交什么朋友，每天都是一个人孤独地上课、下课，心里很烦闷。其实我并不是个安于现状的人，来到学校后，我就一直试图改变这种不利的处境，可总是无济于事。直到有一天，我无意中在河南都市频道看到这样一段广告语："人生就是一个舞台，每个人都扮演着不同的角色，今天你活得不开心、不快乐、不幸福，有可能你没有找到适合你的角色。"

当我看完这一段广告语后，我仿佛又有了当初看到"知识改变命运"这句话时的那种震撼的感觉。可以说，是这句话彻底打开了我那段时间的一个心结，让我的格局一下子变宽了。当时兴奋的我甚至觉得那句话是专门为我而说的，我千辛万苦来到电脑学校学习不是为了做配角，而是要当主角，学习知识，改变自己的命运。想通这一点之后，我就开始打开自己的心房，以一个全新的姿态面对每一天的学习和生活。这样的我，才是真实的我！

从那之后，我开始积极主动地和同学们聊天，讨论问题。班上的许多同学其实也是一些附近乡镇来的较贫困的学生，我同他们很快就建立起很深的友谊。由于我出门在外的经历多，很多同学很爱听我讲工地上的一些见闻趣事，尤其是我"加工"过的一些神鬼故事。我其实也算是能说会道，语言组织能力还不错，讲的鬼故事通常能把一群人都听得一惊一乍的。这一点使我非常高兴，觉得自己也有很多特长，并不是什么都低人一等。

没过多久，我和同学们就打成了一片，不久通过竞选，顺利当上了学生会的文体部部长。当时香港偶像明星谢霆锋很火，他刚出道时是那种穿着风衣、扎着小辫子的造型,我在学校就是那个打扮。而且,我除了在工地穿得很差以外,在学校穿的衣服还是不错的。我本身就能说会道,有些文艺特长,更喜欢搞一些新奇的娱乐节目来逗大家开心。做了文体部部长之后,我就带领同学们自编自导了许多节目,参加了学校的好几个活动。学校里的生活是枯燥无味的,学生们整天对着冷冰冰的电脑,总是想找些"乐子",所以我策划的那些节目都非常受欢迎。一段时间下来,我就成了学校里的小名人。

我成了学生会的干部,身边的朋友兄弟也是一大堆,很快就成为同学们眼中羡慕的对象。不过我从没有带人去打架闹事,而且我成绩很好,老师们也很欣赏我,总是让我配合着管理。慢慢地,我在学校里找到了自己的位置,后面总是跟着一百多个兄弟,再加上有很多女孩子追求我,我也开始变得自信起来,感觉自己真的成了学校和生活的主角,要风有风,要雨得雨。

尽管我在学校里有了这样的知名度,但我并没有像以前的那些老大那样做事情,我仍是不忘自己来学校的初衷,每天都认真学习,而且要求我结交的那些兄弟朋友也要重视学习。因为我觉得,既然我成了他们的老大,就要对他们负责。我不能让他们在学校里瞎混,等到毕业后一无所长。那肯定不是我希望看到的结果。

因此,我常常利用课后或周末时间把他们召集在一起,大家围在一圈,由我跟他们说自己以前在工地时的艰苦,希望用自己的这些亲身经历刺激到他们,鼓励他们能够好好珍惜在学校里读书的机会,学得一技之长,避免像我以前一样走弯路,吃那么多苦。我经常对他们说:"你们一定要记住,命运掌握在自己手中,想要什么样的人生,就必须付出同等的努力!"

在学校生活的那段日子,我每天都过得很充实,也很开心。那帮兄弟对我更是佩服,因为以前他们大都觉得在一起很风光、很潇洒,从来没有遇到过哪个老大会跟他们说那些人生道理,也从没好好想过这么深刻的问题。我的到来,无疑给他们的头脑来了一次风暴,给他们的心灵带来一次久违的洗礼。

我们每周都有一个聚会。以前大家都是一起在操场上哄哄闹闹、脏话连篇、喊打喊杀的。学校也非常头疼,担心会出什么大事,有好几次都要出面制止这样的聚会。后来在我的引导和努力下，我们那一群人的聚会无非是坐在操场上安安静静地讨论人生，交流专业知识，真是有百利而无一害，学校的风气也为之焕然一新。这样一来，学校也开始默默支持我举办聚会的事情，让我觉得很有成就感。

通过这段经历，我体会到了知识的力量的伟大。当一个人的格局变大之后，他的梦想也就会慢慢改变，上升到一个新的高度，人生的道路也就会慢慢偏移原来的轨道，最终完全踏上一段全新的道路。我始终相信事在人为，同时我也希望能够让那些追随我的兄弟有更好的未来……

▼感悟：滴水足以穿石。每一天的努力，即使只是一个小动作，持之以恒，都将是明日成功的基础。所有的努力，所有一点一滴的耕耘，在时光的沙漏里滴逝后，萃取而出的成果将是"掷地有声"。先相信你自己，然后别人才会相信你！

努力前行

感谢那句广告语给我带来了惊喜和转折，让我在学校混得风生水起，成绩也好。除了上课，我每天还有一大帮兄弟追随着，但我的日子还是过得紧巴巴的，饱受着贫困的煎熬。可以说那时候的我是一个精神上的富翁、物质上的可怜虫。

开始去学校的时候，因为自己挣的4300块钱要交学费，身上根本没有多余的钱。后来学校催交住宿费，一个月要100块钱，我实在拿不出来，就硬着头皮回家去住了。

我家离电脑学校也不是太远，骑自行车一个来回大概是一个小时。学校催交住宿费后，我就把来学校时带的铺盖一卷，又带回了家。母亲看到我这个样子，一开始还以为我那4300元钱打了水漂，正急切地要上前询问我。我看到母亲的样子，赶紧给她解释道："妈，我的钱都交了学费。现在学校要交住宿费，一个月就要100元。我觉得不划算，就决定回家住，每天骑自行车往返。"

听完我的解释，母亲舒了一口气："你自己的事情自己拿主意。"我想，其实她还是对我学电脑的事情不理解，只是担忧我在外的生活才急切地要问我我的状况。我也没有多说，只想着学成之后找一个好工作，挣好多钱，以此来证明我当初的选择是对的！

从那以后，我每天骑着家里那辆古董级自行车，往返于家和学校之间，每天要走上好几个来回。那一年里，不管是风吹雨淋还是烈日炙烤，我都一如既往地坚持着，仿佛那段路就是我梦想的路，我需要一直坚持着把它走完，才能实现自己靠知识改变命运的梦想。寒来暑往，春夏秋冬，那段路骑得久了，我也对它愈发熟悉起来，感觉它是有生命的，一直在默默注视着我。从它坑坑洼洼的表面，我也知道了自己实现梦想的道路不会是通途，但我会一直努力前行，永不停止追逐梦想的脚步。

临近毕业的最后几个月，每天的学习任务越来越重，我嫌每天在路上浪费三个多小时太奢侈了，就考虑到学校边上找个安身之所。可是，我本来就是因为没钱才回家住的，要留在学校周边，租房子肯定是没钱的。正当我一筹莫展之际，我的一个兄弟知道我这个"老大"的苦恼之后，就给我出主意。当时学校边上有很多网吧，他就建议我在网吧找个兼职做。他们班就有个人在其中一个网吧做兼职，只上晚上的班，后半夜基本上都可以睡觉，不怎么影响白天的学习，而且网吧还管吃管住，一个月给200块。

听完兄弟给我提供的消息后，我立马眼里放光，的确，这样的工作正是我想要的。没有迟疑，我马上就动身，沿着学校的"网吧一条街"，挨个问招不招兼职网管。问了几家之后，找到了一家网吧正好需要招个兼职的，工资也是每月200块，于是我立马就答应了下来，从此开始了我半工半读的学习生涯。

现在回过头来想想，当初在那种小网吧当网管也太容易了，根本没什么技术含量。还记得我做得最多的就是帮客人重启电脑。每当客人喊"网管，电脑没声音了""电脑死机了""电脑黑屏了"时，我都会千篇一律地回答他们："重启！"

其实，那时候他们不懂也情有可原，毕竟当时在我们那个小县城，大家对电脑这种新潮的东西还是处于好奇和探索阶段，很多人去了那里也仅仅是听个音乐、看个电影之类的，根本不会玩什么网络游戏。不过，做网管的活儿虽然很简单，但也不容许你偷懒，因为总是有声音从不同的角落传来，都是在叫着"网管"。我只好循着声音一个一个地跑，去帮客人们开机、重启、切换输入法……

当然了，有时候也会遇到一些人走的时候"啪"的一声把显示器一关就以为把电脑关了；有的人看电影的时候嫌电影里说的是粤语也要找我帮忙；还有一些人去上个厕所回来，发现电脑显示屏幕黑了就说机器是坏的，其实只是屏保……而且那些人总是一个劲儿地在那里大声喊，让你不得不硬着头皮尽快去解决问题。当网管的日子是辛苦的，这还不算什么，关键是这项工作一点技术含量都没有，加上网吧嘈杂的环境，让我觉得在这里也是浪费时间，对自己一点提高也没有。

后来，我辞去网管的工作，在学校周边的一家卖电脑的店里做学徒工，尽心尽力地跟着一个叫四海的老师学习修电脑。这个老师家里也特别穷，但对我很好，修电脑的技术也很棒，而且把他会的都毫无保留地教给了我。做完学徒之后，他就带着我去一家网吧当网管，这份网管的工作不同于以前，不再像个服务员一样在客人那边忙前忙后，而是一直在一个小工作间里修那些出了问题的电脑。

一开始我还是什么都不会，不过在四海老师的耐心教导下，做了两个月后，我修电脑的水平有了很大的突破，基本上电脑出了问题都能修好。结果网吧的老板太精明，把他给开了，留下了我，只因为给我开的月工资只有200块钱，而请四海老师一个月要300元。一开始我不知道，后来我知道了，非常后悔，觉得老板不厚道，就为了每月省这100块钱把师傅给开了。这还真是应了中国的那句古话："教会徒弟，饿死师傅。"

从这一段经历中，我也明白了许多，比如现实中并不是每一个人都同四海老师那样，把他赖以为生的手艺都教给我，还有许多商人只顾着自己眼前的利益，而不顾他人的死活，这样子做生意是做不大，也做不长久的。

就这样，我白天在学校里，充实地学习；在校外，我每天都充实努力地工作。我安心地享受着兄弟们的拥护，享受着女同学们的殷切关怀，更是伴随着我的一些意气风发与后悔，度过了这充实有趣的一年。因为那是一年制的，一年结束后，学校就给我们发了一个结业证，这意味着我的这一段校园生活也告一段落。

对于毕业后的生活，我一点都不感到迷茫与伤感，恰恰相反，我感觉自己的内心充满了力量，有一种迫切踏入社会的欲望。我急于验证自己在这一年的学习之后，各方面的能力有没有提高，提高了多少。更重要的是，我想要快一些踏入社会，以便在社会的检验下，出人头地，实现自己的梦想。

那时候的我，又踏上了人生之路的一个十字路口。这次我少了以前那些不切实际的念想，决定朝着自己期望的方向，脚踏实地，一步一步地向前。我期望自己能够不断超越原来的自己，也在内心告诉自己：无论在今后遇到什么困难，我都要以一个不服输的姿态，坚定地向前迈进。因为，我不希望自己的人生留下遗憾，也不知道我的终点会在何方，但我相信，在远方的某一处，一定有我要实现的梦……

▼感悟：梦想是指路明灯。没有梦想，就没有坚定的方向，而没有方向，就没有生活。人要敢于接受挑战。经受得起挑战的人才能够领悟人生非凡的真谛，才能够实现自我无限的超越，才能够创造魅力永恒的价值！

第六章

学会销售，打开一个全新的世界

BORN TO DREAM

难忘的一课

生活的轨迹总是在冥冥之中不断向前,向着一个更大、更宽广的天地前进。心有多大,舞台就有多大。有时我也在想,当初在电脑培训学校学习的目的是什么?答案显然是脱口而出的。我不想再和那些大字不识的揽工汉一起做卖苦力的工作。不是我看不起他们,而是我不想成为他们那样的人。对我而言,我想要靠着一门技术离开农村,离开辉县,到大城市里去工作和生活。

许多专业培训的学校都承诺毕业后负责安排工作,我们学校也不例外。之所以当初的学费那么高,就是因为这其中包含学校给我们找工作的费用。当时我们已经拿到了学校发的结业证,名义上已经毕业了,实际上大家都在等着学校安排工作,并没有离开学校。

临近年关,学校方面终于传来了消息,将会组织我们到新乡市的电脑城里参加面试。听到这个消息之后,我们这些毕业生都很激动,毕竟对于绝大多数同学来说,这将是他们第一次踏入社会。当然,我也很激动,虽然我两年前已经踏入社会,但毕竟干的都是一些学徒工、车工和杂工的活儿,根本没有什么技术含量。现在我听到"面试"这一个词语,立马就感觉非常高端大气,仿佛通过这个面试,我就能有个好工作,到时候能挣好多钱,离自己出人头地的梦想也就不远了!

自从参加了电脑培训之后,我就憧憬着将来有一次真正意义上的面试:在我面前的不再是粗俗、满嘴脏话的工头,而是西装革履、头发梳得油亮的老板，面试我的老板更关注的是我的头脑，而不是身高和力气。我甚至幻想着，自己也穿着笔挺的西装，坐在办公桌前和老板侃侃而谈；老板激动地握着我的手说："太好了，我们需要的就是你这样的人才，你明天就过来上班吧！"

当然，这样的情景只是出现在我的想象中，这是我当初渴望被认可和改变的真实写照。临近面试的时候，我用做兼职赚来的钱买了一套崭新的西装，虽然很便宜，但穿在我身上也很合身。面试的那一天早上，我早早起床，洗漱完毕后，看着镜子中的自己，对自己的形象还是挺满意的。简单地吃过早饭后，我斗志昂扬地和其他同学坐上大巴车向新乡市的电脑城出发。

我们这一群人跟着老师来到了面试的一家公司，负责面试我们的是一个矮矮胖胖的老板。他一过来就问："你们知道自己来这儿是来做什么的吗？"

同学们一下子就被问住了，愣在当场，没有一个人说话。看到这个情况，我就主动站出来说："老板，我们是来随便看看，学习一下的。"老板听到我这回答，似乎非常不满意，他没有理我，只是兀自招呼别人去了。对我打击最大的是，就单单因为这句话，那天过去的所有同学都被录取了，除了我。命运又一次跟我开了一个大大的玩笑。回来的时候，我看着自己身上的西服，突然觉得有些好笑。我想不通自己为什么没有被录取，就凭一句话吗？可是我当时又有什么错呢？

人生中，常常有许多经历是令人难忘的，尤其是那些人生之初感觉蒙受打击的痛苦经历。我在尚未成年时就独自外出闯荡，明白了没有人会抬举你，除非你很优秀，自我感觉良好是没有用的。同时，那样痛苦的经历也会磨炼自己的精神，为以后的人生和生活打下一个良好的基础，甚至还可以创造一个机会，让那段不平凡的经历成为拼搏人生的新起点。

对于我而言，在经历了这次赤裸裸的讽刺之后，我抛下了原先的张狂与不切实际的幻想，面对真实而残酷的生活，重新开始选择自己的人生之路。

不过，人间自有真情在。当经受了那个老板的打击之后，我的同学们为我打抱不平。他们一时无法接受大家公认的大哥没有被录取，竟然联名给学校领导写了一封信，要求学校领导出面给我解决就业问题，让我能和他们一起去工作。尽管到最后，学校也没有回应那封信，但我还是很感动。我感恩自己的幸运，在漫漫人生路上，我能结交这么一群重情重义的好兄弟。不过，学校不闻不问的做法激怒了等着结果的同学们。当天晚上，他们就想要去闹事，嚷嚷着要把学校的玻璃都给砸了。我知道这件事后，立马制止了兄弟们这种冲动的做法，让他们在毕业后好好工作，不要和学校过不去。

学校组织的集体面试结束之后，班上的同学们除了有门路自己找工作的之外，其余的人都在学校的安排下有了工作，只剩下我被拒绝在职场门外。那段时间我没有痛哭流涕，也没有灰心丧气，而是衷心地祝愿那些找到工作的同学。

参加完集体面试之后，很快就到了毕业离校的日子。在他们走的前一天晚上，我就找来几个最要好的兄弟，到学校旁边的小饭馆要了几个菜、几瓶啤酒，算是为他们饯行。席间我有些激动地对他们说："兄弟们，我知道你们还在为我的事情抱不平，这一番心意哥哥我心领了。但是我不希望你们去做出格的事情，这对你们以后很不好。做哥哥的就在这里给你们送行，希望你们以后能好好工作，闯荡出自己的一番事业！"

说完这番话，在场的兄弟们眼圈都红了。最后大家把酒都喝完了，突然不知道谁哭出了声，然后大家就都抑制不住自己的情绪，大声地哭开了。我们一直等到小饭馆的老板催了几次才昏昏沉沉地结账，然后相互搀扶着，唱着那一年流行的《水手》，回到宿舍，仰头便睡……

第二天，等待我的是更大的一场离别。那一天，老天爷好像知道我们要分别一样，一大早就纷纷扬扬地下起了鹅毛大雪。我是一个重感情的人，虽然不是那么多愁善感，但也不忍心面对这样一次分别。在这一年时间里，我们每天一起吃饭、一起上课，早已经建立起深厚的感情，而现在就要分别，现实是多么残酷，而人在大多数情况下只能无条件顺从。我不知道，下一次的相聚会在什么时候；但我知道的是，他们之中的一些人，我这一辈子都可能无法再见！

学校安排的车已经早早停靠在校门口。同学们在学校领导的催促下来到操场。这帮人当中大都是我的兄弟，他们看到站在一旁孤单的我，纷纷过来与我道别。看到他们那充满兴奋和期待的样子，我心里很烦乱，不想让大家看到我伤心不舍的样子，于是就跑到了教学楼二楼的阳台上喊住他们，同他们挥手告别。我对他们大声喊道："兄弟们，你们不要过来了，赶紧去坐车，去了那里就一定要好好干，混得不好别跟外人说是我小弟！"

楼下想来跟我告别的同学们站在雪中，听到我说的话后停在那里。几个女生早已经是哭红了眼睛，有几个带头的男生喊道："周文强不去，我们都不去！"

我大声地对他们吼着："你们谁不去，谁就不是我的好兄弟！"其实，我这么大声，是因为这样他们就听不出来我已经哭了。

他们被我这么一吼，这才有些不情愿地走出了操场，挤上学校的大巴车。汽车发动机的轰鸣声此起彼伏，马上就要出发了，他们一个个探着脑袋，搜寻着二楼阳台上的我。此时我早已别过身去，不让他们看到我的眼泪。

那段兄弟情义让我难以割舍。是的，我们在一起的时间没有超过一年，大家只是萍水相逢，却能够成为难能可贵的异姓兄弟。虽然多年以后，当年的那些兄弟早已各奔东西，但那珍藏在心灵深处的记忆永不消逝。一直到现在，我对我的学员，对我的合作伙伴，对我的团队，都如同对待当年跟随我的兄弟一样情深义重。我想，这是另一种方式的纪念吧！

送走兄弟们后，我一个人从二楼走下来，有点惆怅地走在学校旁边的公路上，站在雪中泪如雨下……就在几个月前，我还看见一行大雁正从头顶的天空向南飞去。而现在冬天已经来临了，四周除了几个稀疏的行人之外，没有任何生气。此时的我猛然记起，现在已经快要过年了。时间啊，这么飞快！可是生活的道路又如此曲折而漫长……

在大街上走了一段时间，我也平复了离别的愁绪，开始为自己的今后打算。我心里想着，电脑城不要我，我也不会死皮赖脸求着去，就考虑自己出去找工作。毕竟在这一年时间里，我在半工半读的经历中也积累了不少工作经验。当时我想，在电脑城就是卖电脑的，还没我修电脑有技术含量呢！销售有什么好，靠个嘴皮子忽悠别人，我最看不起的就是销售了！

这样一想，内心的失落和惆怅早已一扫而光，我开始庆幸电脑城的老板

全国教育连锁组织

方远电脑学校

fang yuan

http://www.xxxx.com　　电话：xxxxx

没有要我，我好歹也是个技术人员，要去也是去修电脑，而不是卖电脑。想到这里，我心里豁然开朗，对于自己的未来也更有信心了。在确定好职业方向之后，我开始考虑工作的地方。若是做技术的话，只能去新乡市的网吧修修电脑，那样是混不出头的。那里没有技术的环境，更没什么成长空间。既然这次是学习了一年之后再走入社会的，我一定要选个平台大、资源多的地方，起点高才能更快地实现自己的梦想。

这个想法其实就是我读《资治通鉴》得来的经验。通过品读历史，我知道了秦国的开国丞相李斯的故事。他原来只是一个潦倒不得志的楚国上蔡小吏。有一天他发现了一个有趣的现象，他看到吏舍厕所中的老鼠，吃的是肮脏的粪便，又经常受到人和狗的侵扰，长得又瘦又小。而当他来到粮仓，看到那里的老鼠吃的是堆积如山的谷粟，住着宽大的房舍，而且没有人来干扰。李斯对老鼠的遭遇很有感慨，他感叹道："人之贤不肖譬如鼠矣,在所自处耳!"这里的意思就是说，一个人有没有出息就像这老鼠，在于能不能给自己找到一个优越的环境和平台。

后来，李斯离开了上蔡，转而去投奔秦国，最终身居丞相高位，实现了自己的伟大抱负。这就是所谓的"老鼠哲学"。当然，那时候我并不懂这些，只是单纯地认为,待在小地方绝对没有出息,我要去大城市才可能有大的发展。

就这样，到外面去闯荡世界的想法伴随着对于现实的不满，也越来越强烈了。想到自己就要去大的地方，我内心为此而炽烈地燃烧，有时甚至激动得像打摆子似的颤抖。我意识到，要走就得赶快走，要不，我可能会丧失时机和勇气，那个梦想将永远成为梦想。现在正当年轻气盛，我一定要去实现我的梦想！哪怕我外出闯荡一回，碰得头破血流再回到辉县，我的人生也聊以自慰了。若是再过几年，迫不得已成了家，那我的手脚就将永远被束缚在辉县了！可是凭我在电脑学校学习一年的经验，去一线城市肯定不行，于是我就在河南的地级市中选择，最终我把目的地确定在我最喜欢的洛阳。

命运无常，它常常让我捉摸不透。面对命运，我又能选择什么呢？要么在熟悉的环境安于贫苦，要么在陌生的环境中接受未知的挑战。对于这个选择，我没有犹豫，果断选择了后者。因为在实现梦想的道路上，我没有退路，只有去更大的地方，我才能更有希望！

▼感悟：有时失败并非是你没有努力，而是选错了方向；有时成功并非是你有能力，而是借助了平台的力量。只要有一种信念，坚定对梦想的追求，什么艰苦都能忍受，什么环境也都能适应！

去洛阳见"大世面"

当我从电脑学校毕业时，时间的指针已经指向了 2004 年的末尾，看着空空荡荡的宿舍和教学楼，我也开始收拾东西准备回家过年。有钱没钱，回家过年，这是中国人最传统的一种观念。到了家后，母亲总是隔三岔五地问我毕业后在哪里工作，因为我之前告诉过她，我们学校给安排工作。每当母亲问我这个问题时，我都感到比较棘手，心中感觉被压了几团厚黑的云朵，让我沉闷得不知道该怎样去拨开它，跟母亲说个明白。

本来，母亲就认为学电脑没有用，让我好好在工地做一个工人，再把房子装修装修，将来给我找个老婆，安安稳稳地过一个普通农民应该过的日子。后来我坚持自己的选择，去了电脑学校，她又担心我毕业之后找不到工作。可怜天下父母心！所以，当母亲提到这个问题的时候，我就告诉她，学校已经安排工作了，我过几天先去市里把网吧兼职的活儿干完，年后再去那边报到。

这样一说，母亲总算是不再纠缠。当我说出这个善意的谎言时，我的心里也不是滋味。我不想欺骗母亲，但更不想让母亲知道全班同学都有了安排的工作，唯独她的儿子没有。

从学校回家的那几天，我待在家里非常煎熬，我怕母亲知道我的真实情况，只好提前去向网吧老板辞职要回工资。在电脑学校上学的一年期间，除了一开始母亲给的一百多块钱之外，我再也没向她要过一分钱，都是靠着半工半读来养活自己。所以当时虽然我已经计划去洛阳闯荡，但是连去洛阳的路费都没有着落。本以为自己能轻轻松松拿到工钱当路费，可是事情远没有我想的那么简单。之前跟网吧老板讲好的是，我要在那里干满一年，每个月200块钱工资。在离开学校之前我已经干了10个月，只差两个月就一年，不过我早已经是迫不及待地想要去洛阳发展了，不想再浪费两个月的时间。

之前我一直没跟网吧老板说过自己要走，其实是怕他知道后不给我工钱，提前找碴把我给开了。通常我都是在本月中旬领上个月的工钱，等于老板压了半个月的工资。我想等到中旬领了工资后就向他提出辞职，剩下那半个月工资我压根没想着要。当我去跟网吧老板说了我的想法之后，他很恼火，当场就拍桌子把我大骂一顿，说我不讲信用，说话像放屁，拿了钱就想拍屁股走人，要我把工资还给他。

我就跟他讲理，说这钱是我上个月应得的。结果他可不吃这一套，当时就喊了两个人过来，那两个人一进来就把我摁在地上。我以为他们要打我，结果他们把我的200块钱工资给翻了出来，将我的铺盖卷扔在外面，让我马上离开，不要影响到他们做生意。我当时就跪在地上，哭着对老板说："这笔钱是我回家过年的钱，我家里还有年迈的老母，你不能把钱拿走啊！"也许是我的眼泪唤起了老板仅存的一点良知，最后他给我留下了100块钱，但还是把我身上穿的棉衣给扣下来了。

我怀揣着剩下的100块钱，穿着单薄的秋衣，走在阴冷的街上，不时遇到路人对我指指点点。但我却根本没有在意他们说什么，脑中还是在反复盘算着这100块钱肯定不够去洛阳的花费，我必须再想办法筹些钱来。可是我不知道要去哪里筹钱。

就在这时候，我想起了住在学校附近的一个兄弟武韩，就去找他。他正好在家。我和他说了自己的近况，以及我对未来的打算。然后我告诉他："兄弟，辉县没有前途，在这里干一辈子，混得再好，顶多也就是一个卖电脑的老板。我不能做井底之蛙，我要到洛阳去见大世面。"

一直以来，我都发现自己挺能说的，鼓动性很强。那天我说了足足有半个小时，直接就把我那兄弟说得热血沸腾，想要和我一起去洛阳实现自己的梦想。于是，半个小时后，原本穿着单薄秋衣的我，已经穿上了兄弟的棉袄，带着兴奋得满脸通红的兄弟，雄赳赳气昂昂地出门了。我们出门干什么呢？当然还是借钱去。因为他也没钱，我身上的100百块钱连路费都不够，只好再想办法，找别人去借。

后来，我又从另外一个从小玩到大的好兄弟张金雄那里借到了350块钱。他当时只有400块钱，借了我钱之后只剩下50块回家过年。这样的兄弟情义让我感动至今，一辈子也忘不了。

兄弟是什么样子的？这才是真正的兄弟！不管自己是什么情况，只要兄弟有所求，都会竭尽全力去帮忙，甚至比做自己的事情还要认真。在物质条件贫乏的时候，钱对于一个刚出校门、没有任何家庭背景的少年来说很重要，但是在真正的朋友眼里，钱远远比不上友情重要。直到现在，我仍和当初的这些朋友保持着联系。不论谁遇到困难，只要一句话，我们就会像那时一样尽一切可能相互扶持。

时间弹指而逝，一转眼，2005年的钟声早已响起，我已经17岁，迎来了人生的雨季。或许现在这个年纪的人在大人眼中还是个孩子，每天还在学校里安逸地生活。那一年的我，决定在这个多梦的季节，去洛阳寻找我的梦。

也许一个17岁的孩子谈梦想，会让人感到既好奇又好笑，但对我来说已经是3年前就有的事情了。自打14岁辍学开始，我就被生活磨平了棱角，也磨去了这个年龄阶段的孩子应该有的纯真。没办法，当时那样窘迫的环境，我不努力，拿什么撑起这个摇摇欲坠的家？生活就是这样，越是残酷，就越能逼着一个人产生梦想，然后在快速的成长中去一个个地实现它们。

在出发前几天，我和武韩揣着450块钱，买了3月8号的车票。一切准备齐全后，我才回家和母亲说了要去洛阳的打算。我之所以选择这个时间才和母亲说，也是经过深思熟虑的。我是怕母亲不舍得我，和我哭闹，我怕这样会动摇自己的决心。其实，当时我姥姥刚去世没几天，母亲很脆弱，眼睛红肿红肿的，显然哭过好多次了。

按照当地的风俗，我这个外孙是要去送葬的，但我已经买好了票，最后我没有去。很多人不理解，觉得我不孝顺，但我觉得，真正的孝，要给活着的人、给身边的亲人，这样才是对逝者最大的安慰。当时母亲也很伤心，她不明白我为什么放着老家的工作不干要去那么远的地方，更怕我人生地不熟的会被人欺负。

"妈，你不要担心，我和同学一起去，到了洛阳那边直接就去公司报到了。我向您保证每周都会打电话回家的！"我说。

母亲流着泪默许了。其实真到要走的时候，我心里也比较害怕，毕竟年纪还小，才17岁，就要独自去一个陌生的地方，以前去工地都是姐夫和哥哥带着去的。天知道外面的世界是个什么样！但不管怎样，我一定要出去闯闯，到更大的平台去。而且当我想起自己的梦想和对未来的期待时，心中的紧张也就少了许多。

临走前一晚，我陪母亲在客厅坐了很久。我知道这次真的要出远门了，不能随时回来看她。姥姥又刚刚去世，父亲还在牢里，而我却要远离她，母亲心里面肯定很不好受。我走后，她连个说话的人都没有！想到以后，家里只剩下她一个人独守，我就很不舍。母亲也很不舍得我，她反复跟我说："文强，你一个人在外面一定要照顾好自己。人心隔肚皮，凡事一定要留个心眼，身上的钱物要保管好，外面的贼很多。如果是真遇到了，你要舍财保命。外面万一待不下去，一定要回来，别怕没脸面，脸皮能值几个钱……"

母亲絮絮叨叨说了很多，每句话我都一一应着，因为只有这样，自己的心里面才会好受些，她也才会少担些心。

临走前的那一天，我在村子旁边的河畔坐了一上午，腿都有点发麻了，才站起来慢慢往回走。走了一段路以后，我又回过头来，怀着复杂的感情，向河对岸那早已废弃了的砖瓦厂投去最后的一瞥。别了，我的村庄，我的母亲，我洒过无限欢乐和伤心泪水的地方。我将永远不会忘记这里的一切！明天我就要远走他乡，但愿我还能在梦中再回到这里来……

晚上，我和衣躺在床上，一直是半睡半醒的状态。明天我就要走了，走向一个前途未卜的世界。也就在这时，我才感到了一片令人心悸的渺茫，不由得手心里捏出两把汗水……睡梦中，我感觉有人轻轻地摩挲我的头发，我知道那是母亲的手。我憋住急于奔涌而出的泪水，也没有睁开眼睛，直到母亲叹息着离开……

2005年3月8号，我和武韩坐上了去洛阳的火车。还记得临走时，张金雄兄弟和我的一个干姐姐送我们上车，他拍着胸脯对我说："兄弟，你去了之后办个卡，没有钱就打电话给我。"说到这里，不得不提一下送我上火车的干姐姐。她跟我关系非常好，因为我在学校的时候救过她的命。我这个干姐姐对人很真诚，也很有脾气。那次是她和男朋友闹分手，她很冲动，一个人跑到教学楼楼顶要跳下去。当时我正在和一个兄弟在楼顶聊天，看到边上坐着一女生，低着脑袋，抱着肩，呆呆地坐在那里。我一看觉得很奇怪，心想：一个女生大半夜坐在楼顶上干什么呢？于是我就特地留意了下。结果过了一会儿，她突然就站起来朝楼边走去。我一看这形势，心说不好，都顾不上和兄弟打声招呼就一个箭步冲上前去伸手一把拽住了她。由于惯性的作用，结果差点把我扯下去。不过还好，我算是把她给救了下来。在此之前，我们根本不认识，我们之间的情谊也就是建立在这样的基础上的。

我和武韩都是第一次坐火车，很紧张。之前听说火车上的小偷非常多，我就把450块钱分开，一人各拿一半，以防被贼一窝端。后来，我才知道这个做法就是很有名的经济学观点"不要把鸡蛋放在一个篮子里"。看来，年少时我就很有经济头脑呢！不怕你们笑话，当时为了藏钱，我们还特地买了条有拉链的内裤，临走前就把钱放在内裤里，时时刻刻都注意着各自的裤裆，生怕把我们的家底给丢了。现在看来，我们那时的做法无异于"此地无银三百两"。

当火车启动后提速后，我看到那车窗外一望无际的原野，铁路旁那零零落落的几棵桃树和杏树也早早地开出了花。我望着窗外的美景，顿时觉得呼吸舒畅了一些。我想：这次我要去洛阳这样一个从未去过的大城市，不知道那边的情况怎么样。原来我一直生活在辉县，也深深依恋着故土，从来也没想过在外地待个三年五载的。但现在我很愿意离开村庄、离开辉县，到外地好好闯荡一番！

傍晚时分，火车喘着粗气停靠在一片昏黄灯光的洛阳站。我和武韩迷迷糊糊地背着行李，深一脚浅一脚，跟着游蛇一样的队伍，穿过熙熙攘攘的人群，在出站口找到了举着牌子接站的王哥。他是干姐姐的男朋友，因为我们刚来没有地方住，只能住旅馆。王哥问我们想住什么标准，我揣着为数不多的盘缠，就让王哥给我们找最便宜的那种。王哥看我们的样子，就把我们带到一家旅馆，10块钱一晚上，是那种大通铺。我们住的那个房间大概有20平方米，以门为界，左右两侧各钉起一排木板床，铺盖卷依次摆开，中间留有一米宽的过道。当时房间已经住了20多个人，我和武韩挑了两个紧挨着的铺位打算对付一宿。

我们知道，住在廉价的大通铺的，都是些生活在社会最底层的人。我们进来时，有人主动打招呼，有人冰冷着脸，有人叉着腰和邻铺的说话，有人自顾自地抠着臭脚丫。地上堆满了行李和鞋，空气中混合着令人难受的浓烈的异味，床铺上面杂乱地堆着早已辨不清颜色的被子，又潮又冷。

这是我第一次住旅馆，又是在人多杂乱的大通铺，所以我非常谨慎，就凑到武韩耳边，轻声跟他说："兄弟，这里人太杂，我们要多加小心。不要多说话，也不要接受别人的东西。"

武韩也没出过远门，当时被我搞得紧张兮兮的。他有些颤抖地回我："强哥，我都听你的。"

到了晚上睡觉的时候，我又怕随身带着的东西被人偷了，就商量两人轮流睡，上半夜我睡，他值班；下半夜他睡，我值班。结果我头一碰到枕头就呼呼大睡，一觉就到大天亮。醒来后，我看着已经成熊猫眼的武韩还坐在那里，就责怪他不叫我。武韩委屈地说："我喊你来着，你睡得太死了，我怎么叫也叫不醒，又怕把别人吵醒。自己也不敢睡，怕有人偷我们的东西！"

第二天晚上，我不能再让他当一回"熊猫"了，就让他睡觉，我来守夜。那晚邻铺来了个新舍友，人很热情，主动跟我们打招呼，问我们是干什么的。武韩看着我，不敢说话。我谨慎地说是来找工作的。他说："咦，你们这么小就出来工作了，真有出息，还不到18岁吧？"

我说："我都19岁了，早成年了，只不过看起来显小罢了。"

几句话之后，他见我们不怎么热情，又给了我们俩一人一个橘子。我推说太凉了，不要。他就把橘子放在我们被子边上，就拿过被子躺下了。当时，我其实很渴，一路上过来都没有喝水，那个橘子对我的诱惑太大了。可是我不敢吃，因为我听说在外面很多坏人会把注射了迷幻药的食物和水给别人吃、喝，等那些人睡着了就把他们洗劫一空，或者拐走卖身、卖器官。我怕橘子被那个人打了药，一直忍着口渴。第二天他退房走了以后，我和武韩互相看了一眼，就立马默契地剥开橘子吃了。这时才发现之前的担心是多余的。

那几天，我们白天去洛阳七里河王城公园附近的世纪电脑城找工作，晚上回大通铺睡觉。干姐的男友王哥在电脑城工作，他只是简单地带着我们去电脑城门口，告诉我们这就是我们要找的地方，又问我们是不是想在附近上班。我和武韩同时点头。他建议我们在附近租个房子，这样比住宾馆便宜，而且离将来上班的地方还近。我们一听都觉得可行，就问附近哪边的房子便宜、价位都是多少。他给我们说了个范围，就急忙去上班了。

我和武韩就开始找房子，转了一圈之后，把电脑城周边出租房的大概价格摸透了，最后决定租一个老奶奶家的房子。为什么要租她家的房子呢？一方面是因为便宜，差不多的房子，别人都要100块左右，而她只要70块；另一方面是老奶奶人很和善，看我们初来乍到，人又小，非常照顾我们。最后她还主动降价，把房子以60元一个月的价格租给了我们。

这个老奶奶对我们很好，经常做了好吃的给我们送来，还督促我们要勤晒被子和衣物。她的这些举动常让我想起自己的奶奶，也让我感觉到了洛阳人的善良和温厚。

我们租的房子是那种小平房，小到放下一张床和一张桌子后就没有人转身的地方了，不过对于我们而言，总算有个落脚的地方，我们还是很满意的。那间房子现在看来真是简陋，但那时就是我们的家。前段时间，我还去了一趟那个地方，老奶奶还健在，看到我很高兴，她竟然还能认出我来，这让我非常感慨。对于这样纯朴善良的人，我又能说什么呢？唯一的心愿就是希望老奶奶身体健康、长命百岁。

洛阳，我带着梦想来了！

▼感悟：自古忠孝难两全，今日的亲人暂别只为造就明日的辉煌。人生时刻都面临着各种选择，选择没有对与错，只有得与失，有时不选择也是一种选择。因果法则告诉我们，种什么样的因，就会得到什么样的果。张开双手，将会拥抱整个世界。

一个月成为销售冠军

几天下来，我们总算是找到了个安顿的地方，不用再去挤那又脏又乱的大通铺了。头一天晚上住进小平房，我们都感觉很舒坦，睡得很香。第二天一大早，我和武韩起床洗漱之后，在路边草草地吃了俩包子，直奔电脑城去找工作。

第一天，我们蹲在电脑城门口都不敢进去，傻傻地看周围的人上下班，一看就看了一整天。这里上班的人都衣着整洁、谈吐文明，不像工地上那样脏话连篇。我对这里的印象又好了许多。更让我们惊叹的是他们一般都是早上9点上班，下午6点下班，很多人下了班打个车就自己就走了，特别潇洒。

这些景象都深深震撼了我。我心想："这才叫上班，这才是生活！如果我能来这里上班，就再也不用汗流浃背，不怕酷暑严寒，也不用再风尘仆仆，更不用为自己的生命提心吊胆。这不就是电视里说的白领生活吗？"相比我在工地的时候，每天早上五六点天刚蒙蒙亮就起床赶工，一直要干到晚上10点才下班的日子，简直是一个在天上、一个在地下。我有些兴奋地对武韩说："看到没，这才叫工作。咱们就要做这样的人。"

第二天，我对武韩说："要在这里工作的话，就要先进去看看。知己知彼，才能百战百胜，不能让人家一眼就看出我们是小地方来的，瞧不起我们。"

于是，一大早，我俩就随着拥挤的人流走进了电脑城，里面的情形更让我们震撼。那天碰巧是周末，电脑城楼上楼下共两层，处处都挤满了人，全都是商铺，里面的商品更是琳琅满目，电脑、打印机、各种配件和新产品让人眼花缭乱，身边到处都是工作的人和顾客。

我一下就喜欢上了这里。电脑城的公司都有空调，冬暖夏凉的，不像我们在工地上班，夏天热，冬天冷，当时我就想着要到这里工作一辈子。我心想，这里公司这么多，肯定有很多工作岗位。于是，我拉着武韩楼上楼下转了一圈。因为有之前修电脑的经验，所以我还是想做修电脑的技术工。这种技术工在第二层比较多，楼下一般都是卖数码产品的。

几天下来，除去房租和吃喝，我们身上的钱已经花得差不多了，找工作的事也显得越来越紧迫。我终于鼓起勇气去电脑城一楼的盈诚科技有限公司应聘，他们主要是卖爱国者的数码产品。面试时我说要做技术员，可是老板告诉我："技术员现在已经招满了，你能做销售吗？我看你条件挺好的，能说会道，做销售的话我马上就能要你。"

当时我一听，差点就哭了，心里想，要是做销售在新乡我就做了，干吗还跑洛阳来，而且销售是300块钱一个月，技术人员是450块钱一个月。不过我转念一想，我要吃饭、要住房，必须得赶快挣钱，马上就答应了下来。老板很高兴，就让我回去准备准备，第二天来上班。就这样，我开始做销售，也开始了我人生的新旅程。

那次公司一共招了四个销售人员，我是其中之一，另外三个都是女孩，而且是本地人。第一天上班，负责带我们的部门经理就告诉我们，新来的员工的试用期是一个月，试用期结束后只要销售最好的两个人，剩下的两个就得卷铺盖走人。这就意味着，这个月我一定要好好干，不然我就没有饭吃，很有可能得回老家去，这是我最不愿意看到的结果。怎么办？只能努力！

对我来说，销售是一项全新的工作，之前不仅没有接触过，甚至对销售还有一些排斥。不过好在另外三个新来的同事说她们也没有工作经验。我安慰她们说："没事，公司会培训我们的。"

结果让我们意外的是，部门经理只说了一句话："不管用什么方法，只要把产品卖出去就行。"他给我们每个人发了一个MP3样机，让我们自己下

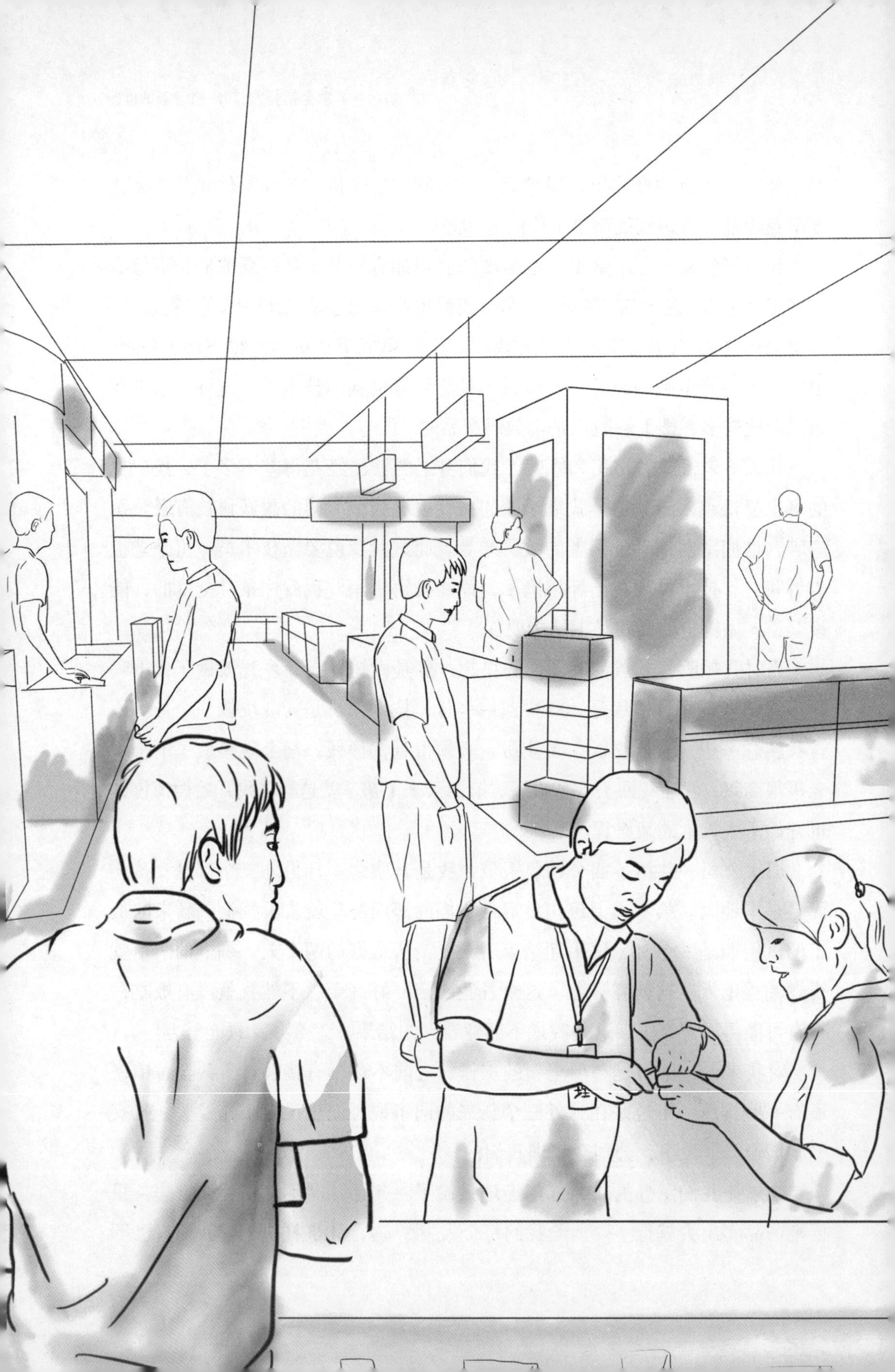

去熟悉，培训就草草告一段落。我们几个甚至连什么是销售都没有弄懂，只好拿着样机自己琢磨着推销。

经理一走，我拿着MP3样机，陷入了苦闷之中。虽说我能说会道，但在这之前我见都没有见过MP3长什么样子。怎么办？要先卖必须先会用吧，我就拿着MP3的产品说明书回到住处一字不漏地读了一遍，边读边操作。就这样，头天晚上还对MP3一无所知的我，第二天早上上班时已经完全精通了。可是会用并不是我的目的，我明白，做销售的目的是要把产品卖出去。怎样把我手中的MP3卖出去呢？我又开始思考这个问题。

通过仔细观察，我发现来店里看MP3的人很多，买的人却少。怎样能让这些人买呢？我觉得要卖一个产品肯定要先让客户感兴趣，然后再让客户心动。这一阶段很是重要，也是整个销售环节的重中之重，需要讲究策略。在明白这个道理后，我就开始研究，看别人是怎么销售的。我的同行、同事和领导都是我的老师。我看他们都是怎么销售的，然后分析他们的销售方式存在哪些优缺点，还琢磨他们为什么能卖那么多产品，成功的地方是哪里。然后，我就开始模仿他们，从声音到语调，从吸引客户的手段到成交商品的方法，我都一点一滴地学习实践。当时我们的经理是公司的销售冠军，每月他的成交量最大。我发现他的成交方法是采用让客户很开心的服务方式。这一招让我很佩服，所以一开始的时候，我就模仿他。

几天的学习模仿下来，我发现自己的销售水平也提升了不少，而且在学习的过程中逐渐体会到了销售的乐趣，也掌握了销售的一些精髓。我觉得销售就是个人魅力的展示，销售商品其实就是在销售自己。慢慢地，我把销售商品当成了一种享受，把客户当成了我最好的朋友。销售时我感觉自己不是在卖东西，而是在和朋友分享一种感受。就这样，我每天的努力工作也给我带来了回报：一个月后我顺利留了下来，第二个月我就成了公司的销售冠军。

得知自己获得公司的销售冠军之后，我感觉福从天降，这个消息就如同一道耀眼的电光在我眼前闪现，照得我一下子头晕目眩了！当我反应过来这是怎么一回事的时候，我极力压制住自己奔涌的情绪，跑到马路上幸福地哭了起来。那时候的我，感到一股巨大的暖流在我的胸膛汹涌澎湃；感到整个世界都在对着我眉开眼笑，成为另外一个样子，不再是冷漠与喧闹。

不过温暖的激流很快就退潮了，我立刻就回到了自己所处的实际生活中来。自打成了销售冠军之后，原先带我们的部门经理就开始不淡定了，他主动示好，向我请教"销售秘籍"。我告诉他，自己都是跟着他学的。他一脸狐疑，根本不相信，还说我小气。想到以前他不肯教我，这次我也就打了个哈哈过去了。不过，他这么一问，我又想明白了一件事情：模仿别人只是销售的第一步，我不能一味地去模仿别人；我应该创造出一些自己的方法来，这样才有提高的空间。

那段时间，不管我怎样劳累，一旦是跟销售有关的事情，浑身的劲儿就来了。有时简直不是在工作，而是在倾注一腔热情。是的，在公司的每一次付出，都将给自己带来很大的收获。只要能切实地收获，我就对销售这份工作有着一种艺术创作般的激情……

我更加深入地研究适合自己的销售方法与策略。首先，我分析了一下自己的优势：形象好，给人的第一印象是没有坏心眼，值得信赖；还有就是，我能说会道，语言表达能力很强，等等。不过，我也知道自己常常一味地推销产品，没给客户插嘴的机会，反而把客户给说走了。在分析完优缺点之后，我心中就有了一套为自己量身而定的方案。

从那以后，我更加注意自己的言谈举止，说话做事开始把握分寸，在销售的时候点到即止，让客户自己来判断，然后用别的语言去引导他们完成消费。我常常站在客户的角度上来为他们介绍产品，甚至告诉他们某些商品的缺陷。这样一来，客户觉得这个销售太好、太实在了，竟然还告诉他们产品的缺点，于是他们就会放心地听从我的建议买下产品，甚至还为我介绍新客户。没过多久，我的销售水平又提升了一个档次，有客户开始主动找我了。

到了第三个月，我的业绩理所当然又是第一，底薪加提成，我足足挣了1100多元钱，创造了我们公司有史以来的最高纪录。就这样，我顺理成章地成了公司的王牌销售。有趣的是，这时候老板突然找到我说："现在公司修电脑的职位有空缺，你可以选择做技术工，450块钱一个月，工资每一年根据你的工龄来加，增长一年加 100 块钱。"

我毫不犹豫就拒绝了，心想我现在做销售的月工资有 1100 多块，一个月能顶修电脑几个月呢！就这样，在洛阳落脚后，我第一份工作是做销售，也是销售改变了我之后的命运。

▼感悟：在别无选择之时，选择活在当下。一个排斥或诋毁销售这项工作的人，要么不是做销售的，要么销售做得不太好。众人皆不知，销售是这个世界上最伟大的工作！销售的关键在于成交，因为成交一切都是为了爱。

与潜在客户成交的秘诀

从一个销售的门外汉到销售冠军，我只花了短短一个月的时间。正当我为了业绩而沾沾自喜的时候，有个同事告诉我："周文强，你别高兴得太早，现在你很厉害，是因为你在客户多的楼上待着。你有本事就到楼下去，那里客户很少，生意难做得很，估计你去了也只能拿个底薪。"

当时我刚刚尝到甜头，正是干劲儿十足、心高气傲的时候，哪能受得了同事的这一番刺激。我当即就放大话说："你等着，我凭的可是实力，即使到了楼下我也一样能拿到销售冠军！"

就这样，我主动找到部门经理，要求去楼下工作。不光是同事，就连经理也很惊讶我的做法。当我劲头十足地去楼下时，迎接我的是一片惊讶声和看好戏的眼神。我不为所动，自信满满地开始迎接新的挑战。

平日里，我一直都在楼上做我的销售，到楼下拿货的时候并没有感觉到楼上与楼下有什么区别。这下可好，在楼下待了一天，我发现楼下与楼上的差别真的很大。首先，楼下的客流量少，只有楼上的三分之一。其次，楼下的利润很低，同行打的都是价格战。这就决定了来这里的客户多是些没有什么经济能力的学生和打工族，这部分人买东西都很谨慎，还会拼命砍价。对他们来说，砍掉一分钱就相当于赚了一分钱。

还有一个不好的情况是，在楼下我们销售的产品和价格都是和楼上一样的，这让我很头疼。结果，第一天我只卖出了1个，接下来的一个星期里累积起来我也只卖出了10个。照这样下去，到月底我只能拿基本工资。许多同事就等着看我的笑话呢！不行，我得再想想新的销售方法。

带着这个想法，我抽空去当地的书店买了几本关于销售方面的书。每天下班回去后，我就把自己关在房间里研究。短短十来天时间，我就把奥格·曼狄诺的《世界上最伟大的推销员》和汤姆·霍普金斯的《就这样成为销售冠军》反复阅读了好几遍。同时，在上班空闲的间隙，我又开始寻找新的老师学习，想要进一步提升自己的销售能力，应对楼下的情况。

在这时候，我认识了我们公司边上的未来数码公司的一个销售，他的名字叫贾默，在他们公司的销售水平是一流的。平日里我们两个人的关系很好，经常在一起谈天说地。他们公司主要经营的是韩国的艾利和与国产的魅族，而我们公司只卖国产的爱国者，不存在直接的竞争和利益冲突。所以，每次我请教他一些销售的方法时，他很愿意跟我一起探讨交流。他不但传授给我很多实用的销售经验，让我学会分析销售的数据，利用数据来调整自己的销售方法，还向我推荐了一本《销售心理学》。从这本书里，我也学会了许多心理学上的知识。

那一个月的时间里，我每天基本上都是晚上学习和研究销售的理论方法，白天通过所学的理论指导实践，把自己掌握的销售知识运用到实操中。由于太过投入，每天我甚至忘了计算自己卖出去多少个、能挣多少钱，只是忘我地沉浸在知识带给我的喜悦中。每一天，虽然我表面上还是和以前一样，但只有我自己知道，通过专业和系统的学习，我感受到了前所未有的充实，也有了更大的野心。

在这之前，我主要销售 MP3。但是卖了几个月之后，我发现 MP3 的利润太小了，于是把销售的目标锁定到了移动硬盘上。2005 年，移动硬盘才刚刚进入中国市场没多久，厂家的定价都很贵。当时我们公司是洛阳爱国者移动硬盘的独家代理。我一开始也没有特意去推销这个，毕竟那时候公司卖的 60G 的爱国者移动硬盘的标价是 4000 多块，全国还没有几个销售员能够将它卖给个人客户。现在这样的硬盘只要 300 多块钱，只有当年价格的十几分之一！不过，我在一个月的时间里就卖了整整 9 个，基本上只要我的客户对移动硬盘感兴趣，我都能保证卖得出去。

我印象最深的一个客户是一个学生，当时他是和几个同学一起来的。本来他是想买一个普通的小 U 盘，那时候的 U 盘大都是 256MB 以内的闪存产品，但价格也很高，要 300 块钱。那个学生是学设计的，经常需要拷贝很大的文件。256MB 的 U 盘根本就满足不了他的要求，他也一直都想要买一个大一点的 U 盘。

了解到这些情况之后，我就给他推荐移动硬盘。一般的销售看到客户是个学生都不会这样做。你想一个普通的大学生，怎么可能有能力去买这么贵的东西呢！可是我就这样去做了，而且在推荐的时候我没有给他谈价格，而是站在他的角度，设身处地对他说："同学，你有这样的需求其实更应该配备更专业的储存设备。普通的 U 盘存储空间小，而且要是中了病毒那就更悲催了，必须格式化，里面的文件就全没了。我现在给你看的这个硬盘就好很多，它可以分成不同的区，分成不同的种类储存文件，那样也就安全了。而且容量有 60G，能满足你的需求。"

说完这些，我又假装不经意地在电脑上给他演示了分区的效果，让他自己感受到拷贝文件时硬盘和 U 盘的速度差别。这样一套流程下来，他果真就对移动硬盘产生了兴趣，开始主动问我那款硬盘的最低价。我也不含糊，马上就把最低价报给他。当然，这个价格绝对是市场上的最低价，他在别的地方肯定拿不到这个价。这时候我还是没有说让他买，反而对他说："不过呢，这个移动硬盘要 4000 多块，对于一个学生来说太贵了，要是几个同学合买的话绝对值得。"

当时他们几个人听完后，对我说回去再商量商量，并且向我要了张名片。我一看，觉得肯定有戏。果不出我所料，三天过后，他就带着宿舍的 7 个同学，一起合买了一个移动硬盘。

通过这件事，我愈发觉得销售的魅力是无与伦比的，它能让一些潜在的客户成为实实在在的买家，购买你要推销的产品，而且还心甘情愿。销售，也真真正正与我结下了不解之缘。

▼**感悟：每个人的骨子里都存在着一种不服输的精神，关键在于找到一个点，激发自我内在的强大的原动力。销售的核心在于价值而非价格，站在客户的角度设身处地为其着想，可以在任何时间、任何地点将任何产品销售给任何人。**

他给了我一个梦想

有"世界上最伟大的推销大师"之称的汤姆·霍普金斯说过:"卖什么不重要,怎么卖才重要。"这一理念现在已经成为营销界的共识。靠着晚上的理论学习和白天的实操,我的销售水平突飞猛进。

第三个月,我在许多同事等着看笑话的时候赚了1500多块钱,稳坐销售冠军宝座。这一次毕竟是在业绩普遍低迷的楼下,而且比在楼上还要高,把老板都震惊了。他对我刮目相看,每次看我的时候,都是那种欣赏的表情,这让我很是受用。

到了公司月总结大会时,老板特地把会议地点换成了他家,请我们30多个员工去他家开会。这也是我第一次参加公司的大会,之前这种会议是轮不到我这种新人参加的。那天恰好是老板30岁生日,他想借着这个机会好好庆祝一番。

老板的家在郊外的别墅区。那天他开着车,车里坐着我和那个部门经理。老板亲自点名让我去坐他的车,使我有种受宠若惊的感觉。不过还闹出了件尴尬事,之前我从没坐过这么豪华的轿车,连车门都不会开,还是我们经理给我开的。车子一路疾驰,我坐在车里丝毫没有感到颠簸。我心想,这可比我以前坐过的车好多了,既平稳又舒适,速度还非常快!以后有钱了我也一定要买这样的轿车来开。

过了大概10来分钟,车子拐进了别墅区,绕了几下就到了老板家门口。

到他家里后，我坐在豪华舒适的沙发上，脑子还是感觉轻飘飘的，像是在做梦。我在想，等我30岁的时候，我也要有这样舒适的车子、豪华的房子，管理着手下30来号员工。正当我浮想联翩时，老板走了过来，他好像看穿了我的心思一样，亲切地拍了拍我的肩膀说："好好干，将来你一定比我厉害！这样的一切，你都会有！"

这一天，老板给了我一个梦想，一个17年来能看得到、摸得着的梦想。如果说梦想的高低能够影响一个人未来成就高低的话，我想那些没有目标的人最终注定会一事无成。

没过多久，老板就当着全公司30多个人的面说："我觉得你们这批人当中也就小周会有出息，为什么呢？因为你们大多很普通，让人一眼就能看得到下一步会做什么，而小周做事情的方式跟常人不一样，总能做一些让人觉得出乎意料的事情。这样的人，一定会很成功。"

当老板说完这一段话后，周围的同事一个个都侧过身来，用赞许的眼神看着我。而我当时还沉浸在老板对我的评论之中。我很感谢老板对我的评价，也觉得自己这段时间的所有努力和付出都得到了肯定。人啊！尤其是在还是懵懂少年的时候，若是得到肯定的评价，很有可能就会迸发出更强的力量，努力去做得更好！

老板的家中装修得非常豪华，除了考究的家具以外，还有一套家庭影院，这在当时的大多数人家中是看不到的。他家的多功能放映厅、超宽屏电视、环绕音响设备看得我眼花缭乱。席间，老板让我分享这几个月来的销售经验，就当是给其他同事讲一堂销售课。虽然在学校里我也当过学生会会长，自然是能言善辩的，但这算是我第一次走上讲台，之前并没有演讲方面的经验。这次突然让我这么正式地站在几十号人面前，说实话，当时我有点怂了，迟疑着不敢上台。老板看到我这个样子，立马对我说："小周，你大胆点，他们都不如你，你怯什么。他们就是想知道你是怎么连续两个月都是销售冠军的。把你怎么做的说出来就可以了。"

听老板这么一说，我觉得自己心里就有谱了。因为我刚来到这家公司时，也是对销售一无所知,那时我是多么渴望有一个人能像今天的我这样教授我销售知识。他们中肯定很多人也和我当时一样,有着这样的渴望。我给他们分享了我的经验,其实这也是对我自己这段时间的总结:"我能取得这些销售成绩,并不是我有什么秘诀,而是靠着平时一点一滴的学习积累出来的。我从最基础的学起,跟书本学,跟周围的同事、同行和领导学。大家都在帮我成长,教我销售知识。"

也许有人会说,为什么别人只帮我而不帮他们呢?其实原因很简单,我是一个注重细节的人。比如在我们电脑城,很多人都要卸货。这是个体力活儿,很多人走过去要么装作没看见,要么就是找各种借口脱身。而每次我遇到这样的情况,都会主动上前搭把手。因为我之前在工地上干过,这点苦力活儿根本就没放在眼里,我也很乐意去帮别人出点力。这样一段时间之后,我就积累了一些人脉,到了我需要求教的时候,他们也会帮助我。

后来,我总结了关于销售的几点心得:

第一,人一定要有乐善好施的精神。

第二,做事情要专注,要么不做,要做就要做到最好,这也是我的做事原则。做销售如此,做任何事都是如此,对于我的客户,我从来都不会轻易放弃。当时我满脑子想的都是销售的事情,甚至做梦我都是梦到自己在卖东西。

第三,要主动学习。知识的力量是伟大的。我在学习过程中买了许多销售类的书籍来研究,从销售技巧到客户心理,每一部分我都逐一研究,并且是理论与实践相结合。

这次大会之后,同事们对我很尊重,连那些以前想看我笑话的人都主动向我示好,请教经验。我也深切感受到了分享知识带来的快乐与取得成就后的荣誉感。我要感谢销售,它给我带来了前所未有的全新体验,也给我打开了一个人生的窗口,让我透过它,看到一个更加精彩的世界!

▼感悟:将所有精力集中于攻取一个点并做到极致时,耀眼的光环将笼罩全身。老板只为结果而经营,当取得被众人和老板认可的结果之时,便是

成功之门为你敞开之时。把握每次站上讲台分享的机会，分享越多，成长越多，学到的越多，悟到的也越多。

一本写满"传奇"的书

"热爱书吧！这是知识的源泉。"这是苏联著名文学家高尔基说的一句话。书籍是人类的一笔宝贵的精神财富。很多人的一生都是因为阅读而发生改变的。那时候的我，也在书本的影响下潜移默化地发生着改变。

第三个月，我挣了1500多块钱，口袋鼓鼓的，同时充实的还有我的大脑。那段时间，我或买或借，看了许多销售方面的书。我自认为已经掌握了销售的诀窍，感觉做销售太简单了，只要一天成交几个客户就可以轻轻松松当上销售冠军。

于是，我开始有些放松，经常会干些别的事情，听听歌、聊聊天之类的。那段时间我特别喜欢周杰伦，经常关注他的一些情况。我听说他为了自己的国外的歌迷，特地请了英文教师，从起床到睡觉，只要有时间，就让老师教他英文。老师说一遍，他自己重复一遍，这样没多久他就能熟练应答国外记者了。当时我很想了解他是怎么学习的，就去找相关的资料，碰巧未来数码公司的同行说他们店里的电脑里有，让我自己去找。

当时我们每个店里都配有一台电脑，是为客户下载歌曲准备的，不能上网。我就跑到他们那里去找，也不知道具体放在哪里，就那么随便一翻，没想到这一翻就把我翻到了人生的一个新阶段。我找到了一本电子书，名字叫《富爸爸穷爸爸》，这个书名让我很好奇。我点开一看："我有两个爸爸：一个穷，一个富……"我当时想这个作者真奇怪，怎么有两个爹呢？

接下来，我抱着好奇的心态看下去，发现完全不是我想的那么回事。大致看了后我才知道，这本书写得真好，特别是书中所说的"富爸爸"的观念——"不要做金钱的奴隶，要让金钱为我们工作"，这句话一下子就把我点醒了。之前我只知道为钱工作，从没想到过可以让钱为我工作，罗伯特·清崎太牛了！原来可以这样改变命运！激动的我立马就把它拷到我的电脑上。之后我找了一些白纸，准备把那本书抄下来。155000个字，一字不漏地抄，还要时刻小心谨慎，担心被经理看见。这本书里面的每个字都让我为之欢呼。

抄完后，我小心翼翼地把那堆纸放入背包里，摸了又摸。那份担心与郑重如同当年把钱放在内裤里一样。那时候，每天我都期盼着下班回家，这样就能读上一段书了！以前回家没事做，总是听听歌消磨时间，现在我开始研究这"两个爸爸"，也是这本书让我明白了观念和梦想的可贵。

从那之后，我开始纠正自己对待金钱、财务、职业和事业的看法，也希望自己能人穷志不穷，在年轻的时候就打造自己的被动收入，从而获得源源不断的持续收入，最终实现财务自由的财富梦想！

我看书习惯边看边做笔记，把那些经典的句子反复地抄，写着写着，这些文字就转换成我自身的能量了。这本书对渴望提升的我来说，简直就是一本武林秘籍。它改变了我的世界观，也改变了我的命运。

渐渐地，我每天都沉醉在读书中。下班之后，我就躺在自己简陋的小床上没完没了地看。就是在周末去公园转悠的时候，我胳肢窝里也会夹着那本手抄书——转悠够了，就找个安静的地方看。后来，竟然发展到上班间隙或者上厕所的时候，我也会拿起其中一张看看。就这样，我被这本书引到了另外一片天地。每天都贪婪地读着这一份仿若上天赐予的礼物。我的灵魂开始在这个大世界中游荡。

读了一段时间之后，我才知道这本书是可以在书店买到的，而且不止一本。于是我又跑到书店把一套都买了下来，总共花了300多块钱，但我一点都没有感到浪费。对于学习上面的投资我向来都很大方，因为我知道，知识给我带来的好处是无法用金钱衡量的。买到书后，我来来回回看了十多遍还觉得不过瘾。

这些书将我的格局和梦想都放得更大，让我在之后毅然选择辞职去了郑州，开始为新的梦想而战。

▼感悟：书中自有黄金屋，不间断大量获取知识充实大脑，随之而来的机会和转机是相辅相成的。人生就是不断学习、不断使用所学知识，再学习、再使用的过程。当我们将所学的去使用之后才会发现所学的有用，反之亦然。

第七章

世间商道

BORN TO DREAM

成功的秘诀

思维决定高度，格局决定结局。一个人只有思维开阔了，才能打破自己的原有格局，开辟一片新的天地。那段时间的学习和读书提高了我的格局和思维，也放大了我的梦想。

从14岁辍学开始，在修车厂做学徒，到工厂做车工，再到工地做农民工，后来又去学电脑，再到做销售，不管多苦多累，我始终都没有忘记最初那个赚大钱当老板的梦想。为了实现它，我咬牙隐忍，认真做好每一件事，因为我始终都清楚，我做的每一件事情都是为了这个梦想。我幻想有一天，当我的梦想实现的时候，我能开着轿车，车里载着我的父母，风风光光地回到生我养我的家乡。我知道那一刻，我带来的不仅是个人的荣耀，还有一种无声的宣告：我们周家又站了起来！

《富爸爸穷爸爸》这本书让我重新审视了自己的梦想。我最初的梦想是书里面提倡的实现财富自由，而我的家庭状况和生活经历让我比任何人都渴望财富自由。在看过很多书后，我知道要实现这一梦想，打一辈子工绝对是行不通的，必须自己创业当老板。这一想法如烙印一般烙在我的心中。在之后的工作中，我都精神高度集中，伺机而动。

如果自己明确了未来的方向，上帝都会为你让路。在盈诚科技干了半年后我就跳槽了，确切地说是被挖走的，挖走我的就是以前公司旁边的未来数码公司老板李志华,公司人都称他"华哥"。

佛家讲一切皆有因缘,我和未来数码也是有因缘的。我之前经常去他们公司向一个叫贾默的销售请教问题。我们俩聊得来,关系也很好,只要不忙,我都愿意去他们那里待会儿。他们的总公司在郑州,洛阳这边的公司只不过是总公司设的一个网点。听贾默说过,他们总公司规模很大,老板是个很厉害的人。他能把公司打理得井井有条,所有员工对他都服服帖帖的。即便他们公司的员工底薪和工资都比周围同行少,员工也愿意死心塌地为他工作。

一提起他们老板,贾默就一脸的崇拜和敬重。他和我说:"文强,你应该认识下我们老板,绝对能让你收获很多。"听他这样形容,我也感到很好奇,毕竟在当时的我看来,贾默就是一个非常优秀的人才,能让他这么夸赞的,一定是个非常了不得的人物。我常常想:他们老板究竟是什么样的角色,能够让这么多人都佩服呢?本来我就愿意结交比我优秀的人,所以我当时就对贾默说,有机会一定要给我引见一下。

机会说来就来,有一天,我去找贾默的时候,他们的老板正好在。这是我第一次见到华哥,我们的因缘也开始于此。我们每个人在生命中都会遇到一些对自己影响至深的人,他们与你最初的相见也是各有差异。不管怎样,他们总是能走进你的心里、你的记忆里,让你需要花几十年,乃至一生的时间去记住他们。对我而言,华哥就是这样的一个人。我当时还不知道这个人会对我今后的影响有这么深,但他给我的感觉的确很特别。第一次见面我就知道,他就是我要学习的目标。

华哥给我的第一印象很是瘦弱,戴着眼镜,言谈举止、穿着打扮都与平常我见到的老板不一样,却又说不出具体差别在哪里。我发现生活中有很多这样的人,他们往往站在人群中就能和别人轻易区别开来。同样的衣服穿在他们身上就是与别人不一样。一起聊天谈话他们常常能主持和控制局面。即使是坐在那里一句话也不说,也能把其他人的视线和注意力都吸引到他们那里去。他们就是天生的管理者和领导人。后来,我明白了,这就是人的独特气场。华哥气场很足,这种感觉让我很羡慕,我非常渴望也能像他那样到哪里都能成为人们的焦点。

如果说华哥初次见面就用气场把我折服,那么接下来的事情更让我感动。华哥在这以前也听贾默说过我,所以这次当贾默向他介绍我时,他就亲切地握着我的手说:"你就是周文强?我听说你刚到你们公司两个月就做到销售冠军,很厉害啊!之前做过这一行吗?"

我如实回答:"我没有做过,这份工作算是我第一次接触销售。"

接下来,他又问我是怎么能保持那么长时间的高销售业绩冠军的。我就把我感悟的销售心得和买书学习的过程跟他大概讲述了一遍。

华哥很是赞同。他说:"你很聪明,也很有才。我就爱才。今天能认识你,我很高兴。饭点也到了,走,我请你去吃个饭!"

我连忙回绝,但华哥坚持把我们带到了饭店。这份重视和待遇让我感动,也让我受宠若惊。这么多年来,第一次有人请我吃饭,而且这个人还是我羡慕的对象,我当时的心情很激动。华哥不但让我感觉到自己的价值,而且也为我重燃了人生的梦想和面对生活的勇气。直到现在,我还记得那次的情景:他带我们去的不是普通的小饭店,而是电脑城边上最好的一家饭店,点了满满一桌子的菜,很多菜我都叫不上名字。他让我坐在他边上,从服务员手里接过一道菜放在我面前说:"这是专门为你点的。我觉得人就像这道菜一样,在别人眼里可能就是一个裹着酱的面块,但是我们自己必须清楚地知道自己是一块美味的肉。不懂你的人可能就是迷恋于外面的那层酱的味道,但真正懂的人会知道美味在里面。"其实这是一盘普通的糖醋里脊,虽然以前也吃过很多次,但那天我却感觉它是人间最美味的极品。直到现在我都觉得那是我吃过的最好吃的一次。

席间,华哥问了我现在的状况,我简单地说了一下。他又问了我以后的打算,我有点迷茫了。虽然我知道自己的梦想是实现财富自由、要创业,但要怎样才能做到这些,我还没具体想过。华哥就说:"文强,你要学会规划自己的未来,人跟人的区别就在于此。虽然你和别人不同,你很优秀,但你一定要规划自己的未来,这样你才能掌握命运!"

华哥这句话让我醍醐灌顶，我也终于知道了为什么有些人能成功，有些人的一生却在浑浑噩噩中度过。这都是因为人的思维方式不同，有没有明确的未来规划。如果一个人有了目标后，能对自己的未来有详细的规划，那他就可以一步一步坚定不移地朝着目标前进，最终就能获得成功，这就是成功的秘诀。明白这一点后，我就发誓坚决不能浑浑噩噩一辈子，我一定要成功，要做人生和命运的主人。因为我有目标，只要我能规划好我的人生，我就能成功。

我对华哥说："华哥，谢谢你，你让我明白了自己多年来一直感到迷惑的一个问题。我有目标和梦想，也想当老板，不想打一辈子工，但我现在没有一个好的规划。你能再指点我一下吗？"

华哥听我这么说，就从事业、家庭、社会三个方面出发，给我提了一些建议和规划。他站在我的角度为我着想，对我的未来做了一个美好的规划。他的格局特别大，观点也都是我没有接触过的，分析的每一点都正中我的要害，让我非常佩服。

席间，他说："你现在这个状态在这里已经没有多少发展空间了，而且与你的梦想背道而驰。如果你想要创业，首先要换一个大平台。但你现在没有资本，所以你现在最好先锻炼自己的思维，只有从各个方面接触并站立在一定的高度，你才能一步步实现你的梦想。"

是的，我当时确实是一点资本都没有，要想实现自己的梦想还是很困难的。只有自己积累的销售经验，管理和运营都不懂，靠什么创业？想到这里，我又有点迷茫了。

华哥看我有所感悟，就跟我说他现在正准备成立一个新的部门，自己将手把手带几个人，开辟一个新的项目，从筹划到市场、运营、销售、服务等一套体系都将全程参与，问我有没有兴趣参加。

对于华哥抛来的这根橄榄枝，我觉得实在太有诱惑力了，那正是当时的我需要的。虽然当时我想直接答应华哥的邀请，但又觉得有些欠妥当，几年闯荡社会的经历让我成熟了不少，也能经受住一些诱惑。于是我强迫自己冷静下来，很谨慎地问华哥："我行吗？"

这时华哥向我伸出右手，说："来吧，我们公司需要你这样的人才。跟着我干，我会尽我所能助你成功！"

这一瞬间我被感动得稀里哗啦，这不就是我曾经无数次幻想过的场景吗？终于有人赏识我了！就这样，一顿饭下来，他彻底征服了我，他不但点燃了我的梦想，也为我的梦想提升了一个高度，让我决定跟他走，义无反顾地跟他走！这样决定的结果是，最后连工资都没有谈，我就答应跟他到郑州去工作了。

▼感悟：一个人的格局和境界一旦被打开放大后就再也回不到原来的大小了。生命在演绎的过程中，不断会涌现出相助的贵人。今天能够吸引贵人相助，是因为昨天你已成为你贵人的贵人，即便不是，在今后定要做到成为你贵人的贵人！

君子爱财，取之有道

我始终相信，有的机会是从天而降的，有的机会则是需要亲手创造的。但机会只会在有准备的人手里才会发挥它的效用。在追逐梦想的道路上，我始终伺机而行，无论是什么时候，只要机会来了，我就能紧紧握住。在我的内心里，我相信这次华哥邀请我去他们公司也是一个难得的机会，我一定要好好把握住。

答应华哥之后，我就开始着手做离开洛阳的准备了。月底的时候，我走进了老板的办公室，主动请求辞去盈诚科技的工作。当时我还不敢说自己要去隔壁未来数码，只说家里有些事情，要回家待较长一段时间。盈诚科技的老板一直很看重我，他当时有些不舍，主动要给我涨工资，希望我能留下来。但对于一个一心去大的平台实现梦想的少年来说，金钱已经不能使他放弃对美好未来的追求了！我婉言谢绝了老板的好意。老板没办法，只好吩咐会计给我结了工资。

拿到工资后，我就直奔洛阳火车站，打算当晚就回家。我知道，如果我要去郑州工作的话，将来回家的机会就更少了，所以我这段时间一定要安顿好家里的母亲和监狱中的父亲再出去，这样我才能放心。这也是我作为一个儿子的责任！

去火车站的路上，我去商场给母亲买了当时销售火爆的脑白金，那时候只有我们村支书家的儿子给他妈买过，为此支书媳妇还四处炫耀。这件事是前几个月母亲打电话的时候跟我说的。于是那次回家，我果断给她也买了。我是想让母亲认为，我在外面混得很好哩，让她不要为我担心。

第二天上午，火车就载着我到了新乡。下了火车，我无心留恋新乡的热闹，直奔长途汽车站买了到辉县的汽车票。傍晚时分，我就带着简单的行李，还有那盒贵重的脑白金，出现在我们村子的路口。几个迟归的村民看到风尘仆仆赶回家的我，一开始不以为意，直到他们看到我手里拿着的脑白金，立马就围了过来，一脸羡慕地对我说："文强，你回来了啊，在外面赚大钱了吧，还买了脑白金呢！"

我不置可否地笑了笑，简单地问候了下就走向我那熟悉的家。母亲在那里吃着晚饭，看到我回家，脸上就露出了笑容。细心的她问我："文强，你怎么回来了？是不是遇到什么事情了？工作怎么样？不过年过节的怎么就回家了？"我知道母亲其实非常担心我在外面出什么事。对于一个经受打击、辛苦支撑家的农村女人来说，稍微来一点可能的变故都会让她战战兢兢，她已经承受不住任何打击了！

我赶紧告诉她，我很快就要去郑州工作的打算。母亲问我到那里去做什么工作，我一想跟她说做销售她也不懂，还可能认为我又要在外面风吹日晒地受苦，我就说是天天在办公室用电脑。母亲这才舒了口气，高兴地说："上过学就是不一样。文强，妈妈现在才知道你之前去学电脑是对的。你看现在，学了一年电脑就不用再像以前那样风吹日晒去外面受苦了，只需要坐在办公室敲敲电脑就可以，我们周家总算是出了个坐办公室的！以后你做什么事情妈妈都支持你！"

我感激地抱了下母亲，然后把脑白金拿给她。母亲见到是脑白金很高兴，拿着脑白金的盒子看了又看，笑着问我："这就是电视里卖的那个脑白金？是支书家的小子给他妈买的那个？"我说是。

母亲说："那得多贵啊？净浪费钱！"

我说："不贵，你儿子我现在可能挣钱了。到时候，我给你买好多，咱们当水喝！"

母亲听着听着就笑了。我在家陪母亲过了一段幸福的时光。临走前我又去看了看父亲。父亲问了下我最近的情况。我跟他大概讲了下，然后跟他说自己要去郑州发展。虽然他对我的工作并不懂，但他很赞同我去外面见见世面，他认为好男儿志在四方。临走前，我给父亲留了半年的生活费，跟他说："爸，郑州离家远些，我回来的趟数就少了。家里我都安排好了，你不用担心。钱花完后，我再给你寄生活费。"在那一刻，我感觉自己真真正正在父亲面前成为了一个男子汉。我接过了他的旗帜，并且立志要走得更远。

父亲点了点头，一再叮嘱我："文强，你能去外面闯荡，爸爸很高兴，但爸爸希望你能够记住一句话，'君子爱财，取之有道'。"我知道，监狱的生活已经对父亲造成了很深的影响，他不希望我将金钱看得太重，甚至因为钱而去触犯法律。这是父亲对我的要求，也是我的做事原则。

"君子爱财，取之有道"，父亲的这句话我一直恪守至今，所以在我的择业和创业过程中我宁愿承担风险去突破体制上的障碍，也不会为了谋取私利干违法的事。这是我的行事原则，也是我的处世之道。

所以，我在看待金钱这方面的东西时早已很平静，心理上也不再产生任何异常的反应。生活早已经在我面前展现出了更宽阔的内容，我的眼光也开始向更远的郑州迸射。一切安排妥当之后，我就怀揣着满满的希望和做一番事业的激情动身前往郑州，为我的未来和梦想开拓新的篇章。

▼感悟：善于创造机会并能够把握机会的人都具备成大事的人的共性。成大事者皆知行孝尽孝的重要性，且做到孝为先。

初到郑州

追随着梦想的脚步，我来到了郑州。17岁的我又踏上了一段新的旅程。有人说人生就是一场修行，那么正是一段又一段的旅程才组成了这场修行。在旅程中，我们度过的每一个阶段都有它存在的意义，每个人、每件事、每段时间、每个地点都能给我们带来新的体验和感悟。

这段旅程中，如果我们有幸得到一个大舞台，那么就能成就大的梦想。在郑州，我得到的不仅仅是一个大舞台，还收获了很多人生的宝贵经验、事业成功的秘诀和珍藏一生的友情。

初到郑州，我不再是那个漫无目的四处瞎逛的城市过客，而是一个带着梦想奔驰在希望路上的追梦少年。我知道自己到了一个更高更大的舞台，就应该像秦国的丞相李斯那样，在这样一个平台实现自己的梦想，成就自己的一番事业。我也罗曼蒂克地相信，郑州这个五朝古都既然能成就三皇五帝，那么也应该能成就不甘平凡的我。

所以，在郑州的最初几天，我并没有忙着去欣赏这个城市的繁华与美景，而是更多地关注公司的状况。经过几天的观察，我发现华哥的生意确实很大。他是靠做渠道销售自己打拼出来的，现在是河南省的总代理，代理了很多种产品。郑州市电脑城里的很多产品都直接或间接地受他控制。不过到了总公司后，我发现公司的现实状况并没有原先介绍的那么乐观。公司确实很大，有八个股东，但是现在却面临着一个问题：这几个股东正在闹分家。以至于表面上看公司还正常运营，但暗地里各大股东都在相互拆台、挖墙脚。这样的直接结果就是郑州市里面最大的三个店面都处于亏损状态。

这种状况让我最初对公司、对华哥以及对我们未来的判断产生了动摇，认为这一切并没有原先说的那么美好。华哥很有经验，他看出来我的疑虑，单独把我叫到了办公室。他上来就直截了当地告诉我，新公司项目已经选好了，而且很快就送工商局去审批。接着他又从公司最初的规划和每个阶段的发展以及目前所处的状况，为我逐一分析。他一再强调，就是公司现在的状况，我才更应该珍惜这次机会，因为他会利用这次机会实施一个宏伟计划，这也是他招我们这批人来的主要原因。他让我把眼光和格局都放大，跳过现在的阶段，看到公司的未来。

他说："文强，你一定要有一个长远的眼光。等过段时间公司稳定了，我会把我之前做销售的方法都教给你，你跟着我就行了。到时再招几个人来，等我们的项目做起来了，就交给你一个分公司打理，这样你就是真的老板了。我是真心这样想的，而且这种机会也不是什么时候都有的。我的性格是只要自己认定的事情就会坚持到底。我很欣赏你，我也希望你不要放弃自己的梦想，所以你一定要相信我，并能跟着我坚持到底！"

听了华哥的这番话，我有些后悔自己之前的想法了，我怎么能怀疑华哥呢？他这么为我打算，我应该要成熟点，像他那样认定的事情就坚持到底，这样才能成就自己的梦想。想到这里，我又斗志满满，并再一次被他的大度和宽容感动。他这样才是一个有气度和眼光的老板。我要想成为老板，就不能鼠目寸光。经过这一次思想的洗礼之后，我很快就调整好自己的心态，满怀期待地等着公司成立。

没过几天，华哥就给我带来了好消息，新公司已经通过了工商局的审批，我们现在就可以着手引进产品和招兵买马。听到这个消息后，我很兴奋，感觉终于可以大展身手了。新公司主要经营的商品是 MP3 和它的配件，包括耳机、数据线、接头、屏幕等，经营手段主要靠产品代理，而我们的工作就是找产品代理商。

然后华哥就开始招人了。除了我之外，他又招了三个顶尖的销售人才，一个叫范格，一个叫陈伟，还有一个就是祝鹏飞。范格和陈伟是从新乡市场招来的，鹏飞是从巩义市场招来的。当时我们的队伍加上老板就四五个人，后来又招了几个小姑娘做客服，公司就正式起步了。我们四个人就组成了一个阵营，成为华哥的左膀右臂，也开始了公司艰辛的起步之路。在之后的工作中，我们四个人相扶相携，共同走过了一段辛苦却又美好的时光。其中我和鹏飞的关系特好。我俩的性格很像，他是 1982 年的，比我大 5 岁，常常以老大哥自居，对我就像对待亲弟弟一样，在工作和生活上都很照顾我。我们一起开辟市场，一起经历磨难，所以我们的关系就如同战友一样。我很依赖他，遇到事情都会找他商量。

人员和项目齐了之后，我也真正踏上了为梦想而战的征途。这次经历对我今后的人生道路产生了很深的影响，虽然现在看来这次还只是一次为别人打工的经历，但是在这个过程中，我把自己的梦想也融入进来了，甚至在我心目中，都把它当作是自己的一个创业的过程来做。正如周鸿祎说的："创业有很多种形式，不是只有自己办公司、自己当老板才叫作创业。当我们的人生还处于起步阶段时，虽然有梦想，但现实中却还不具备足够的经验和能力，就需要给人打工，需要学习和积累。在这个过程如果自己能把理想和经验学到了，这也是一个创业。"

这段经历拉近了我与梦想的距离，让我找到了通向成功的途径，并在这个过程中学到了一种精神，那就是永不言败、永不放弃的创业精神。这个收获让我受益至今，因为这种精神不但在创业中有用，在人生的每个阶段都是很重要的，也是因为拥有了它，我才能在接下来的工作中夜以继日地为自己奋斗，为梦想奋斗。

▼感悟：创业有很多种形式，不是只有自己办公司、自己当老板才叫作创业。当我们的人生还处于起步阶段时，虽然有梦想，但现实中却还不具备足够的经验和能力，就需要给人打工，需要学习和积累。在这个过程如果自己能把理想和经验学到了，这也是创业的一种形式。

得中原者得天下

2005年，工业持续高速增长，有效带动了电子元器件产业的发展。在这种市场大环境的催生下，MP3的市场已经趋于成熟，进入厂商的增多以及价格战等许多因素都导致了产品利润空间的缩减。这时传统的销售途径、利润和市场空间已经很饱和了，要想在这里分得一杯羹非常困难。经过较长一段时间的市场分析后，华哥决定让我们公司走渠道销售这一途径。

这也是我第一次接触渠道销售，因为我以前是做店面销售的，对渠道销售很陌生。不仅是我，在我们这四个人中，只有陈伟做过渠道销售，所以一说做渠道销售，我们另外三人都一头雾水。但我们老板华哥却是靠渠道销售起家的，所以他就为我们讲解了什么是渠道销售。原来渠道就相当于水渠和过道，是连接、承载产品和服务的载体。渠道销售就是采用渠道作为销售形式的销售，主要指如何开发与选择经销商，经销商的日常管理，如何协助经销商进行市场推广、日常维护等，并能根据市场的变化提出对应的策略，有效激励经销商共同成长的销售过程，当然还要处理一些市场冲突的问题。这些都是很考验和锻炼人的。

他还形象地给我们画了一条水渠，告诉我们，普通的销售就是在地面上掘井，走一个地方掘一次，再换个地方就要重新挖；然而当我们开掘一条水渠后，我们每个井里的水就都能相互利用，而财富就像源源不断的水一样流过来了。水渠修好之后，不需要投入太多就能够让水依旧自己流过来。我们的工作就是开发和寻找经销商，也就是挖渠道，并且做渠道可以每天出差，出差费用公司还可以报销。

经华哥一解释，我明白了，原来渠道销售是这么一回事，确实比我以前干的店面销售有意思，而且能到处出差，去不同的地方，肯定能见识不同的场面。我本身就喜欢旅游，工作的时候兼顾爱好，何乐而不为呢？

组织好队伍后，华哥就开始为我们划分区域，那种气魄颇有指点江山的感觉。他划分区域时战略性很强，这一点我非常佩服。现在很多人常说我是个有战略意识的人，这种意识其实都是华哥教会我的，包括今天我们对新思想的规划，很多都是来源于他给我的启发。

华哥把整个河南市场划分成三门峡、新乡和许昌三个区域。当时范格因为经验足、人老到，被任命为我们的主管，负责管理我们这个团队。我、陈伟、鹏飞我们三个分管河南。华哥告诉我们，我们五个人就是一个团队，这个团队就是个军队，得中原者得天下，得郑州者得中原。河南向来就被称为中原，今天公司划分河南，把这些地区交给我们打理。只要我们能开辟市场，打赢这一仗，争得自己的地盘，那么这个地盘以后就交给我们自己打理。他培养的不是打工仔，他培养的是老板，所以从没有把我们当一般的打工仔看待。他希望我们现在出发时是业务员，回来时就是河南省赫赫有名的老板。我们四个听后都很受鼓舞。

我从小就喜欢历史，对历史我有种莫名的亲切，每当来到一个地方时我都想知道，在这片土地上曾经发生过什么轰轰烈烈的事情，又有多少英雄豪杰在这里叱咤风云。上学时我的历史总能拿到满分，后来在工地打工时我偶然捡到的那本《资治通鉴》，更是让我对历史人物如数家珍。我尤其喜欢战火纷飞、枭雄四起的三国时期。当我看着我们的区域划分时，我仿佛看到了鲁肃的"三分天下大计"，而自己就是魏、蜀、吴中的一员。

提到历史、提到刘备，就不得不提我最敬佩的刘家三个人：第一个是刘邦；第二个是刘秀；第三个是刘备。刘邦、刘秀和刘备，一脉相承，皆为帝王。在帝王创业史里，这三个人很厉害，因为他们都是白手起家奋斗成一代君王的：刘邦从一个小小的亭长到一代帝王；刘秀身为一介布衣却能登基称帝；刘备从市井之人到一代霸主。在这三个人中，我认为刘邦打江山的含金量最高，刘秀次之，刘备又次之。

刘邦得天下时是秦朝末年，当时天下已大乱。刘邦毫无出身地位，却能凭借非凡的心胸和领袖魅力，招引各路精英汇其门下，成就帝业，确实很了不起！

刘秀称帝时是西汉末期，当时王莽篡权，天下复乱，饱经战乱的人们开始怀念之前安稳的生活。刘秀乘运而起。虽然他前期依赖刘氏祖业和兄长，后期摧枯拉朽才得来天下，但能在众多枭雄中称帝为王，实属不易。

而刘备称帝时是东汉末年，这时刘氏统治已失去人心，刘备只是刘氏远系苗裔，还不被那些正支刘氏血脉认可，所以他不能像刘秀一般占祖业便宜。同时，刘备面临的对手是曹操和孙权，皆是雄豪。相比之下，刘备略显逊色，实力有限，魅力不够，不能如其祖上刘邦一样吸纳那一时代最优秀的人物，当时很多精英反被曹、孙得去。大约人才们觉得跟着刘备混，不如跟着曹、孙更有奔头。他麾下文臣除诸葛亮外，人才寥寥，武才中五虎上将关、张、赵、马、黄虽然勇猛，但怎能敌得过曹、孙众多精锐？但刘备最终却也能成就一番伟业。

在三国人物中，我最敬佩的就是刘备，很多人说刘备没有本事，但如果刘备无能，他是如何统领那么多英雄的？他麾下的关羽、张飞、诸葛孔明、赵子龙、黄忠等人，在历史上可都是赫赫有名的文臣武将。刘备当时虽然是一穷二白，什么都没有，什么都不会，但他唯一的优势就是懂得用人之道。

大家都认为曹操有本事，可是，如此有本事的曹操在刘备未立蜀国、四处落难时却说："今天下英雄，惟使君与操耳！"这足以说明，刘备与曹操同样是一代雄才。

在我心目中，刘备从一市井织席之人到成就三分天下霸业之主，其过程和我现在的状况很像。若用现在的观点来分析刘备之所以能称王，主要是因为他善于搞营销，发展了四条好下线，一条是诸葛亮，一条是关羽，一条是张飞，一条是赵子龙。下线安顿好了后他们就开始共谋大事了。时势造英雄，我们也不必羡慕这些人，若想也如他们那般功勋卓著，让世人仰目，就应该有自己的目标，并善于把握身边的每次机会，时刻保持理性与自信，坚定地走自己的路，发挥自己的潜能。也许冥冥中，在某一领域，你就是绝顶天才，做伟大的事业，造福社稷兆民。这个时代的人，也会因为你的横空出世而自豪和庆幸。

我觉得华哥带领我们就如同刘备当年领着诸葛亮、关羽、张飞、赵子龙一样，怀着同样的梦想，揣着同样的英雄情怀，开始共谋天下大计。

▼感悟：历代帝王的成功史，都在向我们演绎一个如何从无到有的过程。我们悟得其精髓后再加以复制和创新，将会发现成就一番大业并非难如登天。从悟到到得到是一段人生历程。你愿意为你的人生历程付出什么，你的人生将会收获到什么！

销售的"内功"

古时用兵打仗，都讲究地形和地势的划分，《孙子兵法》中就说："夫地形者，兵之助也。"

好的地形是用兵打仗的辅助条件。正确判断敌情、考察地形险易、计算道路远近，是高明的将领必须掌握的方法。懂得这些道理去指挥作战的，就必定能够胜利。

做销售就如同带兵打仗，也讲究区域的划分。我比较看重地理位置。古往今来很多事情之所以能成功，都是因为占尽了天时、地利、人和这三个因素。如果没遇到合适的时间和地方，即使一个人再有才能也只是空有一番抱负。

所以在华哥划分好区域后，我就首先挑选了三门峡，负责南阳、信阳、驻马店、商丘、洛阳等地的销售。我之所以选这里，是因为我之前就对三门峡做过研究，对它的地理位置和状况都比较熟悉。三门峡市位于河南省西部，河南、山西、陕西三省交界处，是三省交界的经济、文化中心。

相传大禹治水，用神斧将高山劈成"人门""神门""鬼门"三道峡谷，河道中由鬼石和神石将河道分成三流，如同有三座门，三门峡便由此得名。而且三门峡是伴随着黄河第一坝——三门峡水利枢纽的建设而崛起的。这是一座新兴城市，近几年的经济发展速度很快。我料定这里对于新型电子产品而言肯定是一个潜在的大市场。后来事实证明我的判断是正确的，因为挑的地方好，我的业绩在第一季度就拿了第一名。

来到三门峡后,我的战役就开始了。在我负责的六个区域中,我开辟的第一个市场是驻马店。由于之前并没有跑业务的经验,所以这次是华哥带我去的,也就是在这时他才开始传授我跑业务的经验,让我收获了很多。

跟着他的这段时间我受益匪浅,我才明白之前我在洛阳那段时间的销售成绩是靠销售额度来维持的。这虽然也能说明是一种能力,但我看到的只是一些简单的数字累积而已,没有体会到销售的精髓。跟华哥跑了一段市场之后,我才知道销售如同武林大赛,各个门派都使出浑身解数,刀枪棍棒舞得让人眼花缭乱,但真正傲立到最后的却是内功深厚的人。他们不屑于那些刀枪棍棒和武术招式,只要自己功夫修炼到位,各种武器都能信手拈来。

销售也是如此,不论是打价格战、语言战还是促销手法战,这些都是外在的形式和招式,而真正地掌握销售心理战术才是"销售的内功",这也是销售的精髓。只要掌握了它,无论在什么时候、销售什么,成功的概率都会很高。这段时间华哥传授我的就是"内功"。

除此之外,他还教会了我三个技能——形象、格局和战略,这些是我之前从没有接触过的。

他告诉我,不管谈什么业务,出发前必须做好三点:第一,要有自己的战略规划,随时调整自己的心态,这样才能在合作中把握主动权,让别人跟着你的思路走;第二,要注重自己的形象,扮演好自己的角色,坚信自己是这个行业里最牛的,不跟我们合作就是对方的损失;三是合作模式和谈判技巧要创新,抓住客户的心理,吊住客户的胃口。这三点就是销售的诀窍。我把它们都牢牢地掌握住并融会贯通,运用到我的工作中。

我也开始庆幸之前读了那些销售和理财的书籍,正是得益于这些理论知识的铺垫,在华哥带我跑业务的过程中,我才能用心感悟理论联系实践的益处,让那些原本高高在上的书中的理论知识接了地气。对我来说,这些书就如同"武林秘籍",有了内功后,想要掌握运用任何武林门派的秘籍,我都能做到手到擒来。

在华哥身上,我学到很多东西。他的销售水平确实很高,只要他出面,基本上没有谈不成的事。在他带我做销售的过程，我时刻都关注他，他的每一个动作、说每句话的表情，我都认真揣摩。慢慢地，我也掌握他的套路了，甚至他说前一句话时我就知道他后面将要讲哪些了。看我在这一方面慢慢上路了，后来碰到一些简单的客户，华哥就让我去应付，然后再逐一指出我的优缺点。我学习能力很强，通过这种方式，进步很快，一个月后他就放心让我自己去跑市场了。

任何事情都是说起来容易做起来难，当时MP3市场都是以代理为主，产品代理之间的竞争也很激烈。不过我们还是有一定优势的，很多客户选择我们的产品就是因为我们没有代理费。虽然这个条件很优惠，但找到合适的代理商还是蛮难的。在开辟市场时，我用的是地毯式销售，划定一个区域一家一家谈，这种方式肯定会有好多家拒绝。刚开始的时候，被第一家拒绝后我就不好意思去第二家了，怕再被人拒绝，也怕别人看见了笑话我。

那段时间，我有些苦恼，看了大量的销售书籍，也学会了抽烟。每当被一家拒绝后出来，我就坐在马路边上，边抽烟边告诉自己，一定要征服他！一定要征服他！一支烟抽完，我的状态也调整得差不多了，拍拍身上的灰尘，又意气风发地走进第二家。就这样，一家家地谈下去，慢慢地就什么都不怕了，一家拒绝我后我直接就奔第二家，最后总有那么两三家会成交。这时我用的就是华哥传授给我的第一点，有自己的战略计划，随时调整自己的心态。所以我的销售业绩每次都是最高的。月终总结会议上，他们几个基本上都是几千元的数额，而我每次的销售额基本上都是几万块，这让我很是骄傲。

许多刚踏入销售行业的新人，多半会因为被拒绝而气馁，其实被拒绝是销售过程中最司空见惯的事情了，有句话不是说，"销售就是从被拒绝开始的"吗？一个优秀的销售员必须要学会淡忘客户的拒绝，如果客户想要拒绝，他总会有一堆的理由。

每次被拒绝时，我也很沮丧，但我会分析这个客户为什么拒绝我，是他的原因还是我的原因。分析后我发现失败的多数原因都是我太心急、功利性太强，不能站在客户的角度来思考问题。找到了具体原因后，我就像给车胎补气一样，只要找到了漏气点，很快就能补好。在之后的销售中，我被拒绝的次数明显降低了，成交率也提高了不少。所以被拒绝并不是一无是处，起码我们可以从拒绝中吸取教训、总结经验，才能保持高度的热情与自信，开始新的征途。

在这样一个忙碌的过程中，我的精神上反倒充实起来。我现在可以用比较广阔一些的目光来看待自己和周围的事物，对于生活也增加了一些自信和审视的能力，并且开始从不同角度来处理和看待一些问题了。当然，从表面看，我和以前的样子没有什么不同，但实际上，很大程度上我早已不是原来的我了。

我的工作大都是和老板直接对接，如何让那些人精里混出来的老板接受17岁的我呢？这时我用了第二个技能：注意形象，扮好角色。首先我必须让他们觉得我很专业、很有范儿。为了达到这个效果，我会特意把自己装扮得很成熟，虽然我吃住很差，但是对出门装扮这一块我向来都不含糊，这个就是华哥教会我们的。我平时也比较在意形象，但他用实际操作告诉我，如果我希望自己变成什么样，就把自己打扮成什么样，这样自己就会慢慢变成那种样子。这是一种职业礼仪，也是一种心理暗示。这种形象意识我一直都保持着，慢慢地也就成了我的一种习惯。

经过无数次和客户洽谈，我不仅接触了不同层面的人，也对销售有了全新的体验。我自认为自己是个富有创新意识的人，喜欢依照自己的方法做事。当我尝试向店里的老板推销自己的产品时，我觉得这是没有多少固定的方式去参照的，没有人可以告诉你应该用什么方式来吸引客户的兴趣，一切都要靠自己去研究。在这个过程中，我发现销售其实是件很有趣的事情，当你点头哈腰地去和对方谈互赢的事时，他根本都不正眼看你；而当你牛气哄哄地过去对他评论一番时，他往往会对你另眼相看。虽然两者的项目和目的都是一样的，但他们往往只吃后面那一套，所以我大多都是这样成交的。

每天我都会穿上西装，打上领带，夹着公文包，对镜子自我欣赏、鼓励一番，然后就甩着七分头昂首阔步出门去谈业务。很多公司对上门的业务员很反感，不但不愿搭理，还会嫌碍事把人轰出去，但他们看到我却不敢怠慢，因为我

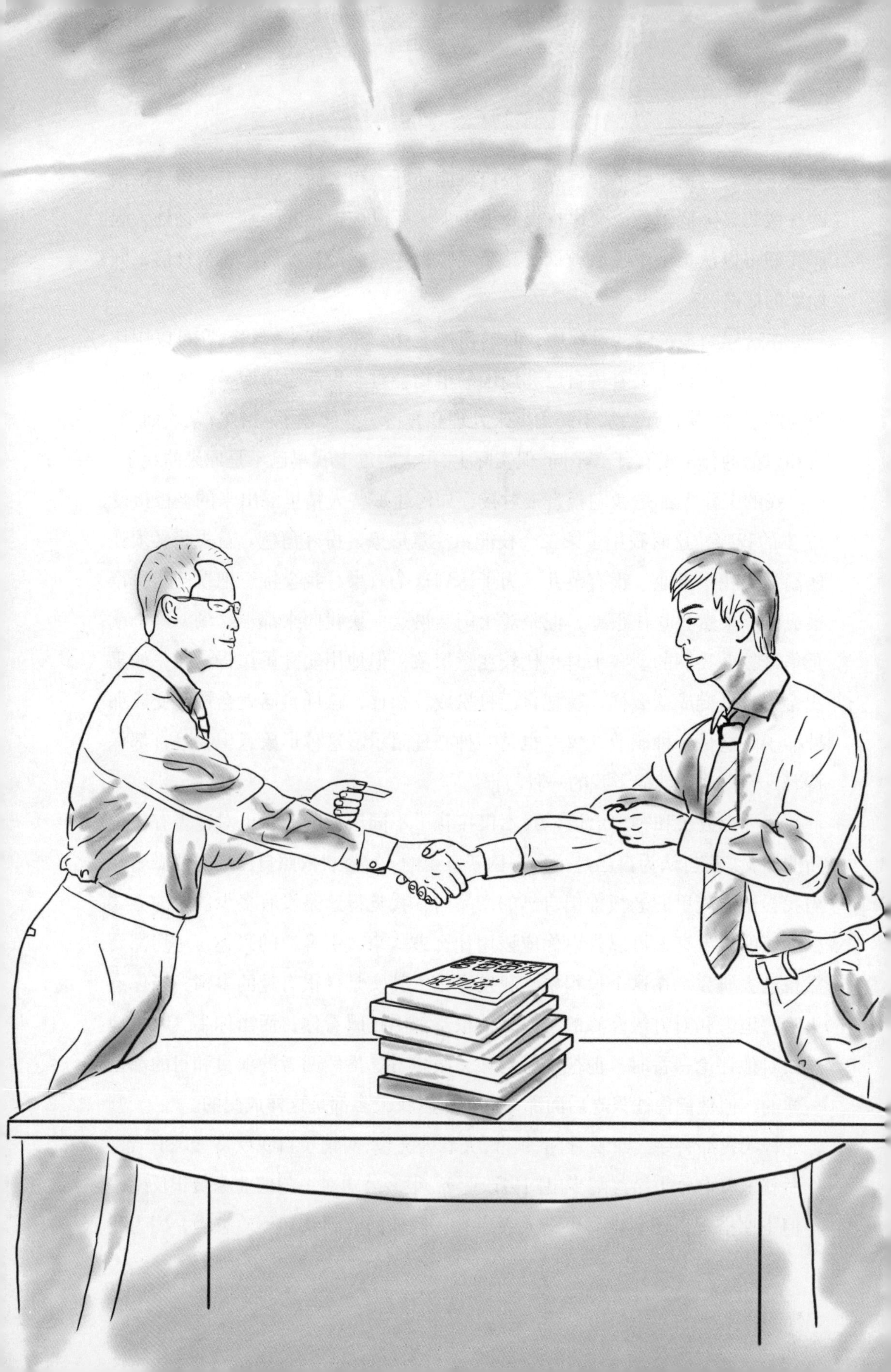

派头很足，而且打扮得比较成熟，所以他们摸不透我什么来路。我经常到客户店里直接就问："谁是这里的负责人？"往往他们经理就会过来接待我，我就跟经理说："把你们老板找来，我有个商业模式想跟他谈谈。"一般有点头脑的老板都会对我的商业模式感兴趣，于是机会就来了。大多数情况下，只要老板出面和我谈，我基本上能保证合作成功。

我记得有一次我和一个主要经营MP3的老板谈项目，因为我之前做过MP3的产品直销，所以我对他们的运营模式和盈利点了如指掌。刚开始，他还不把我放在眼里，跷着二郎腿，靠着沙发，鼻孔朝天地听我说话。我就问他："咱们公司目前的产品盈利点是多少？"那个老板告诉我有15%。我一听就知道他在说谎，因为我当时在盈诚科技做的时候，盈利点只有8%，而他现在这个规模和状况都不如盈诚科技。于是我很直接地说："就你们公司的规模和经营范围来看，我估计肯定不到10%。"

我一说完，老板的态度马上就变了，他放下二郎腿，坐直了身子来听我分析。我就着重对他们的产品本身和经营方法做了一个详细的分析。听着听着，他已经慢慢朝我倾斜过来，只剩下半个屁股坐在沙发上了。很明显，这个分析结果老板很赞同，最后那个老板就彻底被我折服了，他认为我专业，对我很快就产生了信任。我一看时机差不多了，便开始引导老板，问他想不想提升公司的盈利点，他连忙点头称是。我说："我这里有个商业模式，是最新的一种形式。我们的产品可以让你达到100%甚至200%的盈利点。如果你感兴趣我们可以谈下。"

一般的产品能达到80%就很不错了，所以听到这么高的盈利点，老板两眼都放光了。我看时机差不多了，就接着说："先不说我的新模式，我们来分析一下你现在这种投资MP3的模式。市场价一个MP3如果卖500块钱，刨去产品流程和租金、水电费等，最后算下来，一个产品才能挣50块左右，赚钱很少。照这样下去，你投资几十万元，才能赚几万块钱，所以这种商业模式就有问题，不能给你带来最大的利润。我的商业模式只需投资几千块钱，但业绩却能翻一倍。具体是什么模式，我给你举个例子你就明白了。"

老板点了点头。我就拿边上那个卖相机的公司来举例："你看那里，表面上人来人往，客户成交量也挺大，但如果去问他们卖相机挣钱吗，回答肯定是挣不了多少，因为利润太透明了。买相机的人一天能有几个？一个人能买几次相机？但他们的利润是从哪里来的呢？他们主要靠的是卖三脚架、电池、镜头这些配件盈利。所以今天你卖MP3挣不了多少钱，那你就该换个思路，和卖相机的模式一样主营配件。比如现在市场上卖一个耳机，就能给你带来200%的利润，而一个MP3的接头利润能高达300%。我公司现在就有这些配件，而且准备在这里找两家代理商，不知道你有没有兴趣加入？"等我说完后，老板就迫不及待地要和我合作，成了我们的代理商。

正如销售大师齐格·齐格勒说的，"销售人员卖的不是产品，而是产品的功能"。同一个正确的观点，可以有很多种不同的表达方式，可是很多销售人员在面对客户时，总是习惯说千篇一律的话。试想，你讲的这些东西和你的思路，客户们早已经听过，这些内容他们都太熟悉了，也就没有了好奇心，又怎么会愿意坐下来与你谈合作？

所以，我们必须要用一些让人耳目一新、闻所未闻的东西，来激起客户的兴趣，再为他们展示自己专业的一面，这样他们就会认为你是权威的，会对你格外信任。因为在很多人的潜意识里，都有一种相信专家和权威的倾向。如果我们让大家心悦诚服的话，我们离专家和权威就不远了，那么不管我们销售什么产品，都只是几句话的事情。这也是我常用的第三种技巧：合作模式和谈判技巧要创新，抓住客户的心理。

这三个销售技巧是名副其实的销售"内功"，如果销售新人能读到这篇内容，一定会受益匪浅。

▼感悟：

1. 销售的关键在于成交，爱他就要与他成交，只有彻底成交才能彻底帮助他。

2. 销售是在被拒绝5次以后开始的，拒绝越多，离成功越接近。

3. 坚定相信自己可以在任何时间、任何地点将任何产品卖给任何人。
4. 成交一切都是为了爱！

同道中人

我们常讲"道不同，不相为谋"，意思就是意见或志趣不同的人无法共事。"道"在这里既指人生志向，也指思想观念和处事原则，可以说每个人都有一个"道"，碰到与自己的"道"相同的人时，我们才能共同欣赏；不相投的人我们往往会与他们分道扬镳，所以我们常称与自己趣味或志气相投的人为"同道中人"。

每个人都有自己的兴趣和志向，各个行业都有自己的道，就像我在商场中所要遵循的商道。虽然我之前一直都在社会上打拼，但从这一年做渠道销售开始，我才算是真正地入了商道，也常与商界和生意场中的朋友打交道。

可能一提到商界，大家都觉得与算计和利益有关，其实在任何时候物质利益都是根本，也只有在保证利益的前提下，人们才能有精神方面的追求可言。在生意场上，大家也不是只认金钱，虽然有时候人在江湖身不由己，但我相信在这里每个人都有自己为人处世的方法和坚持的原则。我一直坚持的原则就是"交益友，傍大款，走正道"。其中，"交益友"是为了成为强者而结交优秀的朋友；"傍大款"是为了结交好企业，自己成为大款；"走正道"就是为人处世有道德底线。这不但是我的原则，也是我的"道"。多年来，我都把它放在衡量一切事情的首位，而且我也发现了很多同道之人。

销售目的比销售方法更重要，我的工作是销售，销售的目的就是双赢，也就是我们经常讲的利益双赢，赢者不全赢，输者不全输，皆大欢喜。我在找代理商时，不仅供货给他们，还会教他们怎么去销售；我去拜访客户的时候，如果看见别人卖MP3，我就去帮助他们一起卖，不但帮商家把MP3卖出去了，同时也把我们的产品卖给了商家，这就实现了双赢。不论是在工作还是生活中，对客户和朋友我都能用我的"道"来与他们和谐相处。所以我和很多代理商不但成为商业上的合作伙伴，私下里还成为好朋友，也就实现了我们生活和商业上的双赢。

我在洛阳就碰到过这样一个老板。我去他们公司谈业务时我们俩是第一次见面，他听我简单介绍完产品后就把我请进了他的办公室。在他的办公室里，我们两个聊了很久，从事业、梦想到生活，唯独没有聊工作。他的性格和我很像，也很豪爽健谈，他对生活和事业的很多观点都能引起我的共鸣。我们都爱看书，他的办公室里堆满了书，我看得出他并不像别的老板那样，把书纯粹当装饰。他是真的爱书，爱学习。他说无论多忙，每天都会坚持看书，平均每周都会看一本新书。提起书，我们更有话题。我才深深体会到，什么叫"酒逢知己千杯少，话不投机半句多"。跟知己交谈，你开个头，他就明白你的意思。他对我也很欣赏，我们很快就把彼此当成了朋友。在生意场上能交到这样的志同道合的朋友真是不易！

高兴之余，我就想要跟他分享我刚得到的宝贝。我说："我给你推荐一本书，这本书太厉害了，它改变了我的命运，叫《富爸爸穷爸爸》。"我刚说完，他立马起身走到办公室里间去了。不一会儿，他就拿了6本书出来，我一看正是6本一套的《富爸爸穷爸爸》书籍系列。我激动地握着他的手高呼："同道中人啊！"他也连呼知己，说："我没有想到你年纪这么小就有这么高的境界。你这个朋友我交定了，和你合作我放心。你要我订多少货，随便安排。"

我相信我们身上的品质就像磁石一样，会将同样具备这些品质的人吸引到一块。就像"吸引力法则"那样，它能帮我们吸引到很多同道中人。所以我们每个人都不孤单，因为上帝在我们身边安排了很多趣味相投的人，只要我们有自己的标准、有一颗敏感的心，就能找到他们。我们也能从一个同道中人的角度看到另一片天空，打开一片新的领域，因为他们带给我们的不仅有物质上的收获，更多的是精神上的共鸣和内心的富足。

▼感悟：对于创业者来说，要有广博的知识和见识。唯有眼界开阔，才能更有效地拉近自己与成功的距离。人生中所交之友，都值得珍惜。交友是相互的，交友才能交心，交心才能交钱。

江湖险恶

人们常把跑业务比喻成跑江湖，我觉得很恰当。《武林外传》中说"有人的地方就有江湖"，在做销售的这段时间我可谓体验了江湖的百态，人在江湖，悲喜自知。这些年一路从江湖中走来，最大的收获莫过于让我明白了这样一个道理：保持一颗平常之心，相信江湖虽险恶，人间亦有暖；凡事只要坚持自己的江湖道义，就能在江湖中进退自如。

2005年，我刚刚17岁，对于一个17岁的少年来说，心里最看重的就是江湖义气、兄弟之情。虽然我相对于同龄人已经经历了很多，但我内心深处却还是有些孩子气，所以对残酷的江湖体验也最深刻。那一年我做了一年的渠道销售，需要到处出差，出差的途中难免会遇到很多事情，其中我记忆最深刻的有三次，其中有阴谋、有凶险、也有无奈。我现在把它们都写出来，希望能给大家提一个醒，也希望能唤醒大家的一些勇气和担当。

第一次是在驻马店的高速公路上。我平时很节省，为了省钱，出差时如果坐汽车，我一般不会去汽车站买票坐车，而去高速路口截车，因为这样会便宜不少。比方说，从驻马店到洛阳，在汽车站买票是35块钱，在高速路上就可以讲到30块钱。所以高速路口就经常有很多人在截车，司机也都会带上我们。那一次我又在高速路口等车，我身边不远处也有几个人在等车。来了一辆后我就开始和司机讲价，后面就有一个人走过来跟我说："不要坐，他这辆车要得太贵了。我带你去前面坐车。我经常在那里坐，只要28块钱。"

一起等车的另外几个人一听就跟他走了，我当时想可以便宜7块钱呢，也跟着他们一起去了。结果还没走多远，那人就神秘兮兮地跟我和另外的几个人说："兄弟，我刚捡了前面那趟车上一个人的包，包里有4万多块钱，估计一会儿他们就找来了。这样吧，咱们见者有份，我们把它分了，我拿多你们拿少，等他们来找钱我们就说没看到过。"

另外那几个人都很开心，还一个劲儿地感谢那个人，催他快分钱，于是那人开始分钱。我当时就有点懵，还没有搞明白情况，那人就要把钱塞给我。幸好我突然清醒过来了。我听鹏飞说过这种事情，鹏飞说他曾经也遇到过这样的情况，结果被人宰了一笔。我知道我现在就进入他们的骗局了，捡钱的和催着分钱的这些人都是一伙的，等下还会有一帮人来，挨个把我们都搜刮干净。第一次遇到这样的事，我心里很恐惧，但是我知道这时候不能表现出自己害怕，于是我坚持不要那人的钱。他还一个劲儿地往我手里塞。我边退边估计形势：他们现在就有5个人，这里前不着村后不着店，我必须尽快摆脱他们，让他们知道我不是好骗的。别的也顾不得多想了，我就使出全身的劲儿朝他们大吼道："滚开，少跟老子玩这一套，我在家玩的比你们高明多了。别在老子面前丢人现眼！"

这一吼竟然把这帮人给镇住了。他们都愣在那里，以为真的遇到行家了。瞅准机会，我就马上转身，故意大摇大摆往车站方向走。其实这时我的心都快从嗓子眼里跳出来了，腿也在打战。我强撑着往前走，一边走我还一边留

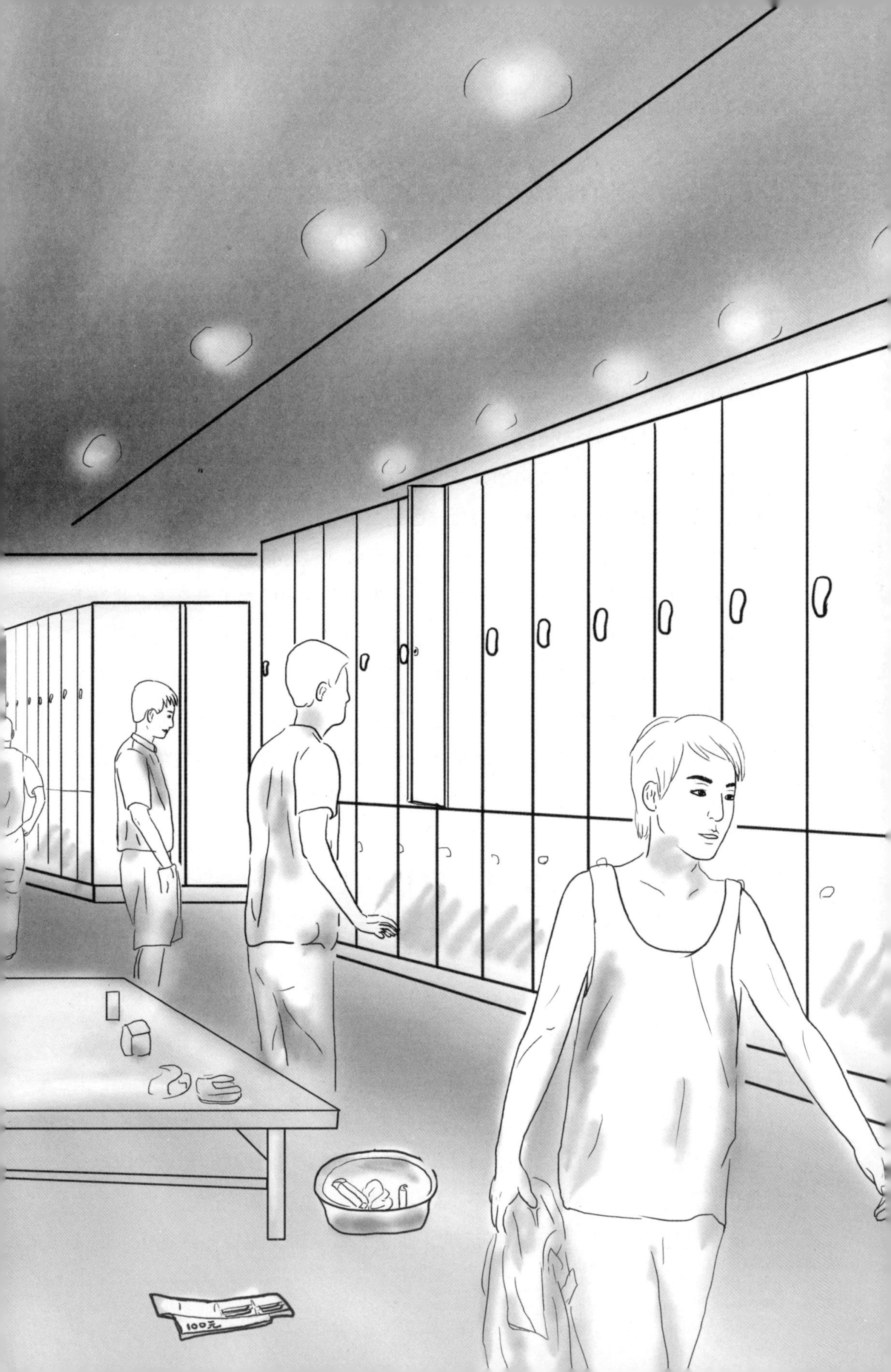
100元

意后面的动静，我怕他们反应过来追打我。其实当时我心里很想撒腿就跑，可是我知道我不能跑，因为我一跑他们反倒马上会追上来。很幸运，他们没有追上来，可能他们做贼心虚，也可能觉得追我不划算，还不如等下一个目标。

最后我都不知道自己是怎么走到车站的。来到车站后，我也不管多少钱了，立马就上了车。上车后我才发现我的腿抖得厉害，浑身都被冷汗浸透了。这次是我因为贪小便宜才险些误入他们的圈套。这个教训我印象非常深刻，之后我再也不去高速路口截车了。

第二件事情，发生在去南阳方城的路上。南阳位于河南的西南部，南交湖北襄樊，西接陕西，属于三省交会处，也是三不管的地方。方城很穷，都说穷山恶水出刁民，果不其然，那天我在车上闲来无聊，听着MP3迷迷糊糊就睡着了。突然车停了下来，我也一个激灵醒来，一摸发现我身边的箱子没有了。我马上意识到是被偷了，血气方刚的我立马站起来大声吼："谁拿了老子的箱子？"这时候就有个人走了过来，他满脸横肉，手里提着刀，顶着我的腰说："别乱叫，箱子已经给你打开了，没有什么值钱的东西，给你。"说完，他就把箱子扔给了我。原来他们已经把我的箱子撬开了，发现里面没有值钱的东西才还给我。我箱子里本来就没有什么钱，只是几件换洗的衣服和一些耳机样品。

这帮贼一共才五个人，却把车上三十多个人的包都翻了个遍。全车的人竟然都很配合，没有一个人敢反抗。还有一个三四十岁的大老爷们，明明知道小偷在翻包，还死死抱着自己的包装睡觉。结果小偷拉半天拉不开，很生气，就把那人叫醒："喂，别装了！包拿来。"

这哪里是偷，简直就是明抢了。我当时年轻血气方刚，碰到这种事，第一反应就是想打电话报警，可是转念一想，我要是拿手机出来了，手机被他们拿走了怎么办。车上这么多的人都不说话，我一个17岁的孩子能干吗？并且我觉得这种情况，即使我大无畏地站起来，那五个人打我，车上也不会有人站出来说一句话，于是我选择了和他们一样沉默。虽然我知道这种沉默是如此让人惭愧，但是在那种情况下，做无谓的牺牲更是得不偿失。

此刻我多么希望，我不选择沉默，而是大喊一声，振臂一挥把车上的人都唤醒，当大家都不沉默了，那么这些小偷就不会这么嚣张了。这种人性的懦弱和冷漠深深刺激了我。我希望大家都能觉醒，找到我们的正义和勇气。只有我们都觉醒了，小偷才不会这么嚣张。我相信，这一天很快就会到来。

还有一次是在商丘，当时为了省钱，我又住了大通铺。大通铺只有公共澡堂，晚上我去公共澡堂洗澡。等我洗完从浴池里爬出来后，我发现在我的衣服上面多了一个钱包，那是一个半旧的男士钱包，钱包的口故意开着，露出厚厚的一沓人民币。我知道，这次又是有人故意设的计想骗我。骗局见多了，这种场面我也不再慌张了，我从容地抖掉钱包，拿起自己的衣服就走了。

这个世界上永远没有免费的午餐，更不可能有天上掉馅饼的好事，之所以有很多人会上当受骗，就因为一个字——贪。所以在那些人痛哭流涕着高呼上当、痛骂骗子的时候，往往就忘了其实真正害自己的是自己那颗贪婪的心。从17岁开始行走江湖，直到现在这么多年，我可以自豪地说，我从没在钱财上栽倒和受骗过，因为我一直信奉父亲跟我说的那句话，"君子爱财，取之有道"。

"善有善报，恶有恶报；不是不报，时候未到。"有的人做了很多的坏事，还活得很好，是因为他的杯子（心量）非常大，而且水（德行）又多。做坏事是在往外漏水。虽然漏了很多水，由于他水很多，还没有漏完，所以你看他还是活得很好。等他继续行恶，杯子的水漏完了，恶报就显现了。

有些人做了很多善事，情况还是很差，是因为他杯子可能比较小，水又非常少，虽然做善事是往里面加水，但同时也在漏水，杯中的水还没有达到一定的量，福报还没有显现。等他坚持行善，减少漏洞，水逐渐增多后，福报就显现了。任何事情都是由量变到质变的一个过程。

▼感悟：有云的地方就有天，有天的地方就有人，有人的地方就有江湖，江湖险恶，人心叵测，人生如江湖。当身在江湖时，所有的人生陷阱与困苦都是有用意的，这是老天爷在磨炼你，终究是为了将重任交付给你。正所谓君子爱财，取之有道，不义之财不可取。

人间有暖

江湖多样，人生百态，我们能体会到江湖的险恶时，也会感受到世间温暖的亲情和友情。无论在什么时候，我们都要坚守自己做人的原则。相信正义始终存在。只要心中有爱，江湖虽险恶，人间更有暖。

这种温暖来自亲情、友情和兄弟情，这一年我都深刻地体会到了。那时虽说是在郑州工作，但我在郑州每个月顶多也就待三四天，剩下的时间都是在外面跑。这一年，我把所有的时间和精力都花在了工作上，和家人朋友都很少联系。我的朋友们经常问我："你为什么老这么忙呢？而且还是不分昼夜地苦忙。"

为什么他们说我是"苦忙"？因为我们工作这一年从来没有领过工资。华哥跟我们说，我们的公司刚刚起步，为了公司的未来发展，钱要积累起来，作为储备资金。等稳定了，我们都是大股东，大家都是老板，每年会按股分成。我们就想，是啊，我们都是大股东、大老板，怎么能要工资呢？为了公司的未来，为了自己能早日成为大股东，我们就更拼命地跑业务。

虽然华哥不给我们发工资，但是对我们很好。每次我们出差回来，他都亲自开车来接我们，对我们说："兄弟们辛苦了！"然后他把我们带到最好的酒店吃饭，为我们接风，并且每人从上到下买一套新衣服，还说以后我们公司做起来了，兄弟们就天天如此。每每此时，我都感到很温馨，就觉得外面吃的所有苦、受的所有累都值了。华哥对人的心理很有研究，所以做事说话都能点到你的柔弱点。

记得我17岁生日,是在石家庄过的,当时是华哥带我去石家庄开拓市场。他知道那天是我生日后,就请我去石家庄最好的酒店吃了一顿。吃完了饭,他说:"今天你成人了,华哥要送你一个最好的礼物。"然后他让我把包间的门拉开。当我疑惑地拉开门时,却惊喜地看到门口站着鹏飞和范格,他们两个当时都在外地,是华哥打电话让他们专程来石家庄跟我一起过生日的。我很感动,因为对我来说,兄弟团聚就是最好的礼物。

没有工资,我平时的生活很苦。我苦点倒没什么,主要是我还要给家里和父亲寄钱。还好,在出差的时候,每天公司给报销30块钱的住宿费,我就在这些地方省吃俭用。每次我都只住10块钱的通铺,这样我能省下20块钱。如果碰到附近有朋友,我就住朋友那里,就又能省下30块钱。出差基本上都是坐火车,说是"坐火车",我却很少坐过,因为工作太忙没有时间买票,都是上了车补票。有时候很幸运,没补票就下车了,火车票的钱就赚到了。我把这些节省下的钱都寄到家里。

那段时间大家都很苦,正是在这种情况下,我和鹏飞他们之间的兄弟感情也最珍贵。记得那一年农历腊月二十三,也就是我们那里传统的小年夜,当时下了好大的雪,我还在洛阳出差。我和鹏飞之前就约好了小年夜在郑州一起过。我坐的是下午1点的车,本来从洛阳到郑州只要3个小时的路程,但那天因为下大雪,火车走走停停,开了有十几个小时。在路上我接到了鹏飞的电话,因为他知道我很节省,从来不在火车上买吃的,他就叮嘱我说:"文强,你是不是还没吃饭?赶快买点东西,还不知道什么时候到,一会儿火车上的东西肯定都卖完了。"

正如他说的,我已经五六个小时没吃东西了。当我挤过人群来到餐车时,我才发现车上所有的东西全部卖光了,水都没有,我想买都买不到了。那天到站后,我都快饿晕了。鹏飞在车站等了我有7个小时,看我出来后,他马上就从怀里拿出早已给我买好的零食。那一刻我感动得稀里哗啦。那晚我俩喝了很多的酒,醉了后两个人就相互搀着跑到附近的小广场上,躺在雪地里谈人生、谈理想，谈彼此的童年和未知的未来，说着说着两个人就抱头痛哭。我和鹏飞就是这样一种感情，能交到这样一位朋友，在开心时陪你一起笑，在患难时与你一起扛，得意时为你庆生日，失落时陪你躺在雪地里痛哭，我觉得这一生，值了！

到年底时我发现，我们四个人中，陈伟业绩做得最差，可是他却最有钱；我的业绩最高，也最穷。陈伟经常借钱，而且他借了钱从来不还。我记得这小子欠我的钱现在还没有还。他不但向我借，还向我们老板借。结果等钱借得差不多了，他就在外地给华哥打了个电话，主动离职了。所以后来四人团队只剩下三人了。陈伟走时也快过年了，他的走给我们的冲击很大。华哥就把我们三个请去酒店住，先泡温泉后按摩，最后又带我们去酒店大厅点了一桌子的菜，席间挨个向我们敬酒，感谢这一年来我们的辛苦，说我们是他带过的最棒的团队，是他最好的兄弟，他愿意把自己和公司的未来都押在我们的身上；陈伟的离开是他的错，他能力不行，不能尽快给兄弟一个应得的承诺。华哥说得很是感慨，把我们感动得眼泪哗哗的。席间他说，今年公司在我们的辛苦努力下能正常运营了，今年是我们把公司扶起来了，明年我们要让它站起来，带着我们跑，所以今年是最苦的一年，但再苦他也会让兄弟们过个好年。他终于给我们发钱了。华哥说文强的业绩最好，工资要高点，然后就给我发了700块钱，鹏飞他们每人只有500块钱。

虽然钱很少，但我觉得跟着华哥还是有奔头的，明年肯定能实现我的愿望。那年回家，我花了500块钱给母亲买了台彩电。因为我母亲喜欢看电视，虽然我哥家里有，但是我母亲不愿去他那里看。那天我把彩电搬回家时，母亲很高兴。看到母亲开心的笑容，我感到无比开心，觉得这一年所有的苦都值了。母亲又怪我乱花钱，说："你哥家里有，我想看就去他那儿看，你还买它干吗？"

我说："我哥家的是我哥的，这个是给你买的。我不在家，就让电视给你解闷，想看就开，别不舍得电，你儿子我能赚钱。你还想要什么，我给你买！"母亲没有回答，只是看着我说："你今年怎么这么瘦，在外面很苦吧？"这就是母亲！当子女想要用自己的双手来给她回报时，她却只关心你在外面苦不苦、累不累。

　　人生就是这样，无论江湖如何险恶，还是有那么几颗温暖你的心。所以请感恩你所得到的，并好好珍惜，因为幸福来之不易。

　　▼感悟：没有一种不通过蔑视、忍受和奋斗就可以征服的命运！命里有人帮是幸运，学会心怀欢喜与感恩；命里无人帮是命运，学会坦然面对与承担。没有人该为你做什么，因为生命本是自己的。人生的必修课是接受无常，人生的选修课是放下执着。伟人之所以伟大，是因为他与别人共处逆境时，别人失去了信心，他却下定决心坚持不懈地去实现自己的目标。

第八章

行千里路，读万卷书
BORN TO DREAM

梦想不停站

我好像命中注定是要一直四处奔走，不管是身体还是灵魂。但是我的梦，却像一棵已经扎根于土地深处的树。树是坚定的，它只需要一方土地。不管是风是雨，它的根须努力地向下伸展，它的头始终高高抬起，迎向属于自己的一片晴空。

从贫穷的河南农村走到繁华的大城市深圳，我用了近 8 年的时间。在这块土地上成家立业，一步一个脚印，从一无所有到现在的小有所成，甚至不久的将来实现企业上市的"梦想"，百尺竿头，我不敢有一天的懈怠。在很多人看来，我的成功是奇迹。但是当我自己回头看我所走的路，我很庆幸，在追梦的路上，我曾是那么坚定且充满勇气。我相信，有很多人和我一样，都有过树一般坚定的梦想，都曾从贫穷的农村到繁华的城市闯荡，只要有口饭吃，就有实现梦想的胆识和勇气，尽管注定要经受磨难。而正是在这个过程中，我们发现一些不为人知的秘密，这个秘密让我们获取了一种不断前行的力量，并将其淋漓尽致地发挥，与此同时，我们的事业与生活也悄然发生了改变……

我一直都清晰明确地知道我真正想要的是什么，所以无论生活给予了我什么，我都坚持朝着我想要的方向走。我知道，不管我要去哪里，都不可能是一条平坦的直路，所以在追梦的路上，我一直以积极享乐的心态去面对一切。

2006 年，中国社会经济进入了新的高速成长期，城市化速度显著加快，电子产业飞速发展,电子科技日新月异,许多做公司和厂家开始投资电子配件,电子科技市场的竞争越来越激烈,而我们公司却还在生产和经营两年前的产品。显然,在新的大环境下,不寻求突破的话,公司的业务只会慢慢被同行吞食。华哥和我们都看到了这一点。所以公司做出了两个决定:一是扩大产品的经营范围;二是公司要着力拓展外省市场。2006年,年假结束之后,我们在华哥的带领下,怀揣着对美好未来的向往,意气风发地投入了新的市场中。

我的身体里流淌着不安分的血液,总想着视野之外还有更广阔的天地和市场。当华哥决定要带我们去大城市考察新市场的时候,我内心都乐得开出了花。华哥的决定太合我意了,做生意和带兵打仗一样,倘若在一个地方待久了,就会沉沦,就会丧失斗志,就会像那断了翅膀的鹰。我特别想出去转转,感受一下大城市的环境。

回家过年的时候,听外出打工的村里人讲述深圳的繁荣,我充满了好奇和遐想,期待着华哥能带我去看看这个国内经济发展速度最快的城市。但结果事与愿违,华哥带范格去了北京,带鹏飞去了深圳,带我去了石家庄。我至今仍记得鹏飞从深圳回来后跟我讲述深圳印象时那激情四射的表情。

他一回来,兴奋得坐都坐不住,很是得意地跟我说:"文强,我这次出来可算是长见识了,深圳太先进、太文明、太发达了。你知道什么叫地铁吗?"

"地铁?"我摇了摇头说,"不知道。"

"地铁就是地下跑的火车。"鹏飞说的时候俨然是一副老师教小学生的神情。

"火车?不就是火车吗?我当然知道了。"

我的话音还没有落,鹏飞就紧接着说:"人家不烧汽油,是用电。速度可快了,公交车跑五站的距离,地铁只需要一分钟,你站都没有站稳就到了。你一定要去见识一下!"

我第一次知道地铁便是在鹏飞的讲述中,他把地铁形容得极好,以至于后来到了深圳,每每上地铁的时候我都小心翼翼的,生怕站不稳而摔倒。除了地铁,鹏飞还给我讲述了深圳的赛格电子市场以及华强电子市场的繁华。

这些让我整颗心都跟着他飞到了千里之外的深圳。这到底是什么样的城市、什么样的市场？我想，我非去不可。

我们几个在外面跑了一圈回来，转眼已是阳春三月。地里的麦子绿油油一片，公园的花争香斗艳，街边的树也抽出了绿芽，3月的春风给光脚的冬天剪裁出了亮丽的鞋帽、华服。而在外奔走了一个多月的我们，也给公司"剪裁"出了一小片欣欣向荣的景象，我们公司在稳定自己原有市场的基础上开拓了不少新的市场，而产品也逐渐多元化。

然而，没有想到的是，我们一回来，华哥就计划着让我们继续去外省开拓市场，并且让我们把手头上所有的客户和业务都交给他打理。他的这个决定让我、范格和鹏飞都有了异议，因为他之前承诺过我们，自己开辟的市场由自己打理。这一来，我们都对华哥产生了怀疑。鹏飞、范格甚至有了想离开的念头。

的确，跟着华哥的日子，我们死心塌地为他日夜奔波、不计报酬，我们给华哥带来的价值远远超过他给我们的回报。回想起来，他自始至终都只是在给我们诱人的承诺、笃定的誓言，给我们造美丽的梦。这些都不过是无法兑现的空头支票，真是应了张爱玲的一句名言，"誓言的'誓'和诺言的'诺'都是有口无心的"。或许华哥一开始就无心要回报我们什么。想想，跟着华哥那么长时间，除了过年给了我们几百块钱，平时我们手里没有一分钱。我们辛苦跑下来的业务，最后华哥还要占为己有。这意味着，在华哥的心里，我们只是他身边那冒死向前的小卒罢了。这就是我们想要的吗？我们最初的梦想呢？

怀疑一切，不要怀疑自己所拥有的怀疑能力，相信真理但不相信那些掌握真理的人。不管是人还是事，都是经不住怀疑的。当你对一个人有了怀疑之后，就好像冬天你去掏了一个蜂窝，原本那个蜂窝看起来像空巢，对你没有任何威胁，你来来往往无数次，也都没有发生过危险。可是如果你怀疑哪天会不会有蜜蜂出来不小心蜇你一下的时候，你去掏掉它，最后你会真的发现，轻轻一碰，蜜蜂就都出来了，这时候你真的会被蜇得满身的伤。平日里我们从来都没有想过去怀疑华哥，我们只知道与公司与华哥共荣辱、同进退。华哥是我们心里的榜样。可是当有了怀疑之后，华哥在我们心里的榜样形象逐渐土崩瓦解……

华哥并不是没有钱，而是舍不得散财。别说我们的工资，连代理商货款也都是能拖就拖，或许这也是做生意的一种技巧吧。他"厉害"到能欠款几十万元之多。对于那时候的我们，那可是一笔不小的数目。每每有人来催尾款，华哥总是能找到各种应对的方法让人家空手而归。记得有一个深圳的供货商来找华哥要钱，华哥不是避而不见。供货商还没有到，他就让我们给供货商在最好的酒店里开了房，订了酒席。供货商来了甚是感动。之后在酒席上我们使劲给供货商灌酒，给他假象，钱都已经准备好了，让他放心。当那个供货商被灌得酩酊大醉之后，华哥私下却给供货商买了第二天一大早的返程票。结果，深圳的供货商被我们架上了火车，火车开出了一半，他才清醒过来，打电话也于事无补。年底都忙得抽不开身，款没有要到只好年后再找时间了。

华哥是个很精明的生意人。他最厉害之处就是会读心术，他只要想搞定谁，就会准确地抓住对方的内心，然后对症下药。对我们是，对那些来催款的客户亦是。在不同的人面前，华哥见招拆招。当时我对他的这些行为很不赞同，因为我的父亲以前自己办砖瓦厂时也欠了别人很多钱，但父亲却想方设法要把钱还给人家，为了欠款，每天晚上辗转难眠，最后还不上了，用坐牢来弥补自己的亏欠。以前每每我去牢里看望父亲，父亲都是很欣然地说，他不是在坐牢，是在还债。后来离开华哥，逐渐地深入社会之后，我的内心更多的是容纳。从父亲身上，我看到了做生意的诚信，这值得我终身学习。对华哥，我也有了包容，因为社会上有太多太多这样的老板。这是一门技术。但最终我发现，那些诚信、舍得散财的老板，总是走得最长、走得最久的。

风雨人生路，聚散都是缘，我一点都不后悔结识了华哥。我很感谢他，从他那里我学到了很多销售、谈判的技巧，同时也让我明白，不要把梦想寄托在别人的身上。我们三个都决定要离开，华哥给我们的梦想瞬间崩塌了，但是我不能因此驻足，让梦想停站。追梦的路上有无数的十字路口，很多人没有成功，就是因为没有坚持到底，在某个十字路口靠站了。

▼感悟：人是环境的产物，人人都向往拥有更好的环境，这是人性。铁杵能磨成针，但木杵只能磨成牙签。材料不对，再努力也没用。同样，平台不对，再努力亦将无功而返，但内在的成长是属于自己的。人生最重要的不是所在的位置，而是前行的方向。

为梦远行

爱一朵花，就伴它绽放，不要在意等待有多长；爱一本书，就珍惜收藏，不管久经时光后它是什么模样；爱一个梦想，就执着前往，不论是否可以抵达预想的远方。坚守一份热爱，只要带着信念前行，不论走到哪里，人生中都会有收获。因为即便我们没有成功，但是我们还是成长了。成长是一个不断发展的、无止境的动态过程。生活中很多东西都是难以把握的，就好像梦想和情感，然而在这个过程中，我们每个人都会改变，唯有成长可以把握。也许，终其一生的努力，我们也成不了刘翔，但我们仍然能享受奔跑。

决定要走，但我并没有马上就要离开。我是个重感情并且做事有始有终的人，和华哥在一起久了，难免有些舍不得，所以决定再留一两个月。正好也调整一下自己的内心，为下一站好好地计划计划。

平日里除了为梦想而工作，我喜欢宅在家里看书、喝茶，也喜欢去各地访人文古迹、览秀丽河山。我们河南郑州历史悠久，3600年前就已是商王朝的重要都邑，现今亦被列为中国八大古都之一。名胜古迹更是数不胜数，比如黄帝故里、岳家大院、嵩山少林寺、商城遗址等。然而可惜的是，之前为了梦想夜以继日地工作，虽然在郑州，我却对郑州一片陌生。为此，我决定在最后的工作之余抽出时间四处游游。

也许旅游对很多人来说是休闲和娱乐，但是对我来说，把自己置身于名胜古迹中，其实是一种对自我的觉省和认识。我喜欢一个人欣赏风景，喜欢在风景中思考，在风景中沉淀。当然，一个人还有一个好处，就是自由、随心所欲，我可以在一天之内去好几个旅游景点观光。很短的时间里，我就把郑州的名胜古迹访遍了。随后我又应华哥的要求去了西安，开发新的市场。西安是世界著名的四大古都之一。以前出差到一个城市，我都是直奔电脑城，当我到了西安后，整个人就不由自主了。古色古香的街道、建筑以及仿佛穿越几千年的古城墙都让人惊叹。当然，到了西安不得不去的是秦始皇陵、大雁塔、钟鼓楼、大明宫国家遗址公园等。

秦始皇兵马俑不愧是世界八大奇迹之一，兵马俑规模巨大，场面威武壮观，让我为之惊叹，站在高处鸟瞰，是震撼，是骄傲，是一种对民族文化能达到如此完美的地步而情不自禁的自豪感！兵马俑一行行、一排排整齐威严，如同一个个等待命令的战士，经历了上千年，坚守着自己的信念，也向世人传达着一种永恒的精神。后来我又去了南阳的武侯祠，庄严雅致的"千古人龙"石牌坊，遮天的古柏，林立的石碑，宏伟壮观的宁远楼，形象逼真的武侯诸葛亮塑像……让我有一种尘世暂离、古今穿越之神感。

"万里长城今犹在，不见当年秦始皇。"都说旅游能使人的视野变广、心胸变阔，在面对这些历史的伟迹时，我感受颇多。相对于那些历史伟人，我是多么平凡、渺小。秦始皇是何等的人物，今朝又何在呢？我们唯有通过历史去搜寻到关于他们的一小部分功绩罢了。而如此平凡、渺小的我，又该创一番怎样的伟业，才能给后人一个怀念的理由呢？所以我不能再把自己捆绑在这个小地方了，我要为梦远行，去更宽广的外面闯一番事业，这样才能不枉青春，不枉活过。

4月份回郑州汇报工作，我准备正式离职了。本来我还想着我走了公司怎么办、华哥怎么办，但是有一天我去公司的店面时，看到一个女同事坐在柜台里无所事事，我就问她："你今天营业多少呢？"

她很诚实地和我说："我来了有一个月了，没成交过一笔生意，而且我真的不会做生意。"

"那你在这里一毛钱东西都没有卖，这样下去也不是办法啊。为什么不考虑去自己更适合的地方呢？"

她发愁地说："华哥待我们这么好，我走了华哥怎么办，公司怎么办啊？"

听她说完，我突然意识到，像她这样天天坐在柜台里能给公司创造多少价值？而我每天四处奔跑又给公司增加了多少利润？人人都觉得公司离了自己不行，其实公司离了谁都可以，我们只不过是公司的一颗颗棋子，缺了，马上会有更适合的人补进来，地球少了谁都照样转。然而，如果一个公司，让员工产生了缺我不行的思想，公司离关门的时间也就近了。

4月的郑州早已满城绿色，空气中弥漫着淡淡的清香。独自走在两旁长满了法国梧桐的街道上，沐浴着透过那茂密的梧桐枝叶洒在身上的温柔、暖和的阳光，不由自主从内心散发出一种凝聚了很久的力量。这种力量在缓缓上升，似乎要挣脱什么、冲破什么。

是的，离职。华哥对于我的决定很惊讶，他问我为什么。我如实告诉了他，我梦不在此。华哥知道留不住我，最后邀请我去他家吃饭。临走时，他给了我一笔路费以表歉意。我知道这出自他的真心，我说："是兄弟就不要说对不起。"

他最后说："文强，你很厉害，能力也很强，就是学历有点低，有机会一定要多学习。"我知道他这是为我好，我自己也意识到了这个问题，也想继续深造。离开公司时，我把之前公司发给我的手机和一切设备全部上交了，什么也没有带走，除了我进公司时自带的梦想。

离职后，我决定离开郑州，南下去遥远的深圳。鹏飞和范格知道我离职，也陆续离职了。我问他们有什么打算，没有想到的是，他们和我的想法一样，都想去深圳，也都想自己闯一闯。我们真是不谋而合，于是我们一起设定了目标、方向。我们把梦想拧成一团，风风火火地去了远方。是啊，谁的梦想不在远方？想当年，那些古代王侯将相，谁不是万里沙场、千里点兵、东征西战呢？

▼感悟：只有真正认识自己，才能拯救自己……在很多时候，我们并不知道自己是个什么样的人。这不仅是人们常常存在的一个误区，而且往往是人类很难超越的人性的弱点。要解决这个问题其实也很简单，照照镜子，你或许就能找回自信，找回那个真正的自己。人的一生要疯狂一次，无论是为一个人、一段情、一段旅途，还是一个梦想。

儿行千里母担忧

小时候总以为最美的风景在远方，后来长大了，走过很多地方、看过很多风景之后，才发现最美的风景永远在故乡。而现在，经过岁月的洗礼和沉淀，我终于懂了，其实不管在哪里，只要有父母的地方就是故乡，就有着最美的"风景"。

临走前，我回家探望了父母。去深圳，是我们的梦想，但是家里的母亲却是我最大的牵挂。

"儿行千里母担忧"，回到家，母亲得知我要去深圳闯荡，很是担忧。我敬爱的母亲不识字，也从来没有出过远门，她根本无法想象深圳离辉县有多远。她认为之前我和哥哥去过外地打工,但至少都是在河南省内,而今要去河南省以外的南方,她眼睛里有些不知所措,坐在厨房里,一边候着灶台上我爱吃的菜,一边沉默、发呆。而我却不敢走进厨房,只好躲在门口偷偷地张望。在厨房那盏暗黄的灯光下,我看见了母亲花白的头发,看见了母亲紧锁的眉头以及她苍老的容颜和那时而添着柴火的粗糙的手。

不久,母亲端出了热气腾腾的土豆焖排骨。饭桌上,母亲一直给我的碗里夹菜,自己却一点也不吃。其实我又怎么吃得下呢?此时我的喉咙里像卡了一根鱼刺,想说些什么,却说不出来。自从父亲入狱,母亲内心里承受了很多我不知道的痛苦,因为她从来不让我担心,而我一心想要为母亲分担,但四处奔波却没有给母亲带来踏实的依靠,最后还要远走他乡。

我们都各自沉默了良久后,我跟母亲说:"妈,如果你不愿意我去那么远,我就听你的,就在河南。"让我意外的是,母亲的沉默里却没有半点要反对我南下的意思。她只是担心我,在她眼里,南方人聪明、狡猾,我去了南方肯定会吃亏的,而且人生地不熟,去了深圳住哪里、水土服不服、天气适宜不适宜等。

母亲的这份担忧深深地压在我的胸口。我在心里默默发誓,这次我一定要成功,一定要混出个人样来,把母亲接到我身边,再也不让她饱受生活的苦,饱受孤独思念的苦。

深圳,距离辉县1900多公里,这中间不知隔了多少的山山水水。母亲送我上车,千叮万嘱,叫我千万不要苦了自己,实在不行就回家。其实我心里又何尝不是满怀着对母亲的担忧?而当时,我唯一能做的就是把仅有的几千块钱积蓄偷偷地放在母亲枕头下。

就这样,我们三人各自回了趟家告别家人后,相约着坐上了开往东莞的火车。当时的我们,三个人的口袋里加起来只有5000块钱。我们三人中,虽然鹏飞去过深圳,但是对于深圳我们仍然都是一无所知。幸好在临走前我联系到了我的干姐姐。她已经结婚了,和丈夫在东莞工作。东莞离深圳很近,当她得知我要去深圳发展的,她很是赞同,并且邀请我先在她们家落脚。她在电话里说:"文强,你早就应该出来了。你一直待在家里,不知道外面发展有多快。来这边吧,这里机会很多,以你的性格肯定有一番作为。"

火车里基本上都是去那边打工的人。我们当时坐的是京广线,从新乡到东莞,列车的窗户就好像是一个万花筒,随着车轮的滚动不断地发生变化。辽阔的平原,灿烂的阳光,大片大片的绿油油的麦子,黄河,长江,秀丽的小山丘,以及星罗棋布的油菜花和那镜子般清澈的水田,错落有致地分布着,里面安静地映着蓝天、白云以及赶着黄牛劳作的老人。一路上,南北间的地势变化、气候差异、人文风景在转眼之间我全都领略到了。而在列车上,从那些打工者的言语中也无不透露着南北生活环境的差异。他们口中的南方,似乎遍地黄金,捡垃圾每月都能捡几千块钱。车上不同的人讲述着在南方的不同感受,越听我们三个越激动,恨不得火车跑出火箭的速度,载着我们迅速奔向美好的未来。

我和干姐姐已经3年多没有见面。3年的时间里,很多东西都被改变了,但是唯一不变的是我们的友谊。我们还没有进东莞站,干姐夫就已在火车站接站口等候多时。当干姐夫把我们领到家的时候,桌子上早已摆了满满一桌子的菜。我永远都忘记不了,一进门,那小小的出租屋里散发着的满满的菜香味。对饿了一天一夜的我们来说,这不是菜香味,是感动的味道、幸福温暖的味道。

酒足饭饱后,干姐姐还给我们三个在她家附近租了房子,在她的帮助下,我们暂时就在东莞安顿了下来。我记忆最深的是在东莞下馆子吃饭闹出的笑话。在东莞第一次去外面吃饭,我们三个都长了见识,南方的饭店里都是米饭,碗也很小,用鹏飞的话说就是里面的饭都不够塞牙缝的。而且那碗米饭还要1块钱,我们仨瞬间就把一碗饭干掉了,然后就干巴巴地吃菜。回家后,半夜饿得不行,我就跟他们说,这样怎么能吃得饱,不用多久我们就会把自己吃穷,我们得赶紧去找工作。后来我们才知道,原来广东那边是第一碗米饭1块钱,但是吃完一碗可以随意免费添加,这样一来还是蛮合理的。后来每次我们去饭店就叫一个菜，然后每人吃七八碗米饭，搞得饭店老板都怕了，跟我们说："下次你们能多点一个菜吗？不然这样下去我不赔死啊！"

在东莞，除了拗口难懂的粤语外，生活环境和习惯我们基本上都适应了。我们三个开始为工作筹划。

我们老本行都是做电子产品，初到一个陌生的城市，如果继续做电子产品的话，是一个很好的切入口，我们也是有信心的。

我们去东莞的电子城考察，有了大概的了解。相比我们郑州的电子城来说，那里并没有让我们激动，无非就是规模稍稍大些、品种多些，别的也没有多少区别。不知我们慕名前来的深圳是何等情况？我们买了去深圳的车票，带着好奇，带着期盼踏上了深圳这块承载着梦想与希望的土地。

我很幸福，有一个一直疼我、支持我、理解我的母亲。从小到大，我想要的，她能给的，她从来都不会让我失望。我能有今天，我能一步步实现我的梦想，都是源自对父母的爱。他们是我坚持的理由，是我能量的源泉。而今我已实现了财富自由，已把父母接到了深圳赡养。但是每每晚上很晚回家，都见母亲默默地坐在客厅里等候。原来在母亲的心里，"儿行千里母担忧，儿在咫尺母亦担忧，总归是无处不担忧"。所谓可怜天下父母心。

▼感悟：我们的梦想，是一个简单的信念，是一份对自己未来与生命的责任。也许，是20岁的豪情壮志；也许，是青春期的迷茫与冲动；也许只是一份平淡的渴望，渴望掌声，渴望成功。无数的"可能"，无数的"希望"，因为我们的青春岁月充满奇迹，我们心中大大小小的梦，在生活的每一个角落里芬芳弥漫。

春天的故事

"一九七九年,那是一个春天,有一位老人在中国的南海边,画了一个圈。神话般地崛起座座城,奇迹般地聚起座座金山……一九九二年,又是一个春天,有一位老人在中国的南海边,写下诗篇。天地间荡起滚滚春潮,征途上扬起浩浩风帆,春风啊吹绿了东方神州,春雨啊滋润了华夏故园,啊中国啊中国,你展开了一幅百年的新画卷,你展开了一幅百年的新画卷,捧出万紫千红的春天……"

深圳,这座美丽的滨海城市,她常年温和湿润、风清宜人,她是中国改革开放以来所设立的第一个经济特区,她是有相当影响力的国际花园城市,她是中国重要的高新技术研发和制造基地,她创造了举世瞩目的"深圳速度"。作为中国四大一线城市之一的深圳,是一个老人曾经写下的美丽诗篇,以及千千万万深圳人打造的《春天的故事》。

一个人的魅力是他做人的品德和胸怀,一个城市的魅力就是这座城市的文明和发展。

深圳经济特区发展史虽只有 30 余年,但这片土地上却曾有着 6700 多年的人类活动史(考古证明,新石器时代中期就有原住居民百越人等繁衍生息在这片土地上),1700 多年的郡县史,600 多年的南头城、大鹏城史,300 多年的客家人开拓史。所以,如果说深圳的城市史已有 1000 多年一点不为过。而今的深圳是全国的文明城市、经济速度发展最快的城市,是改革开放的窗口,

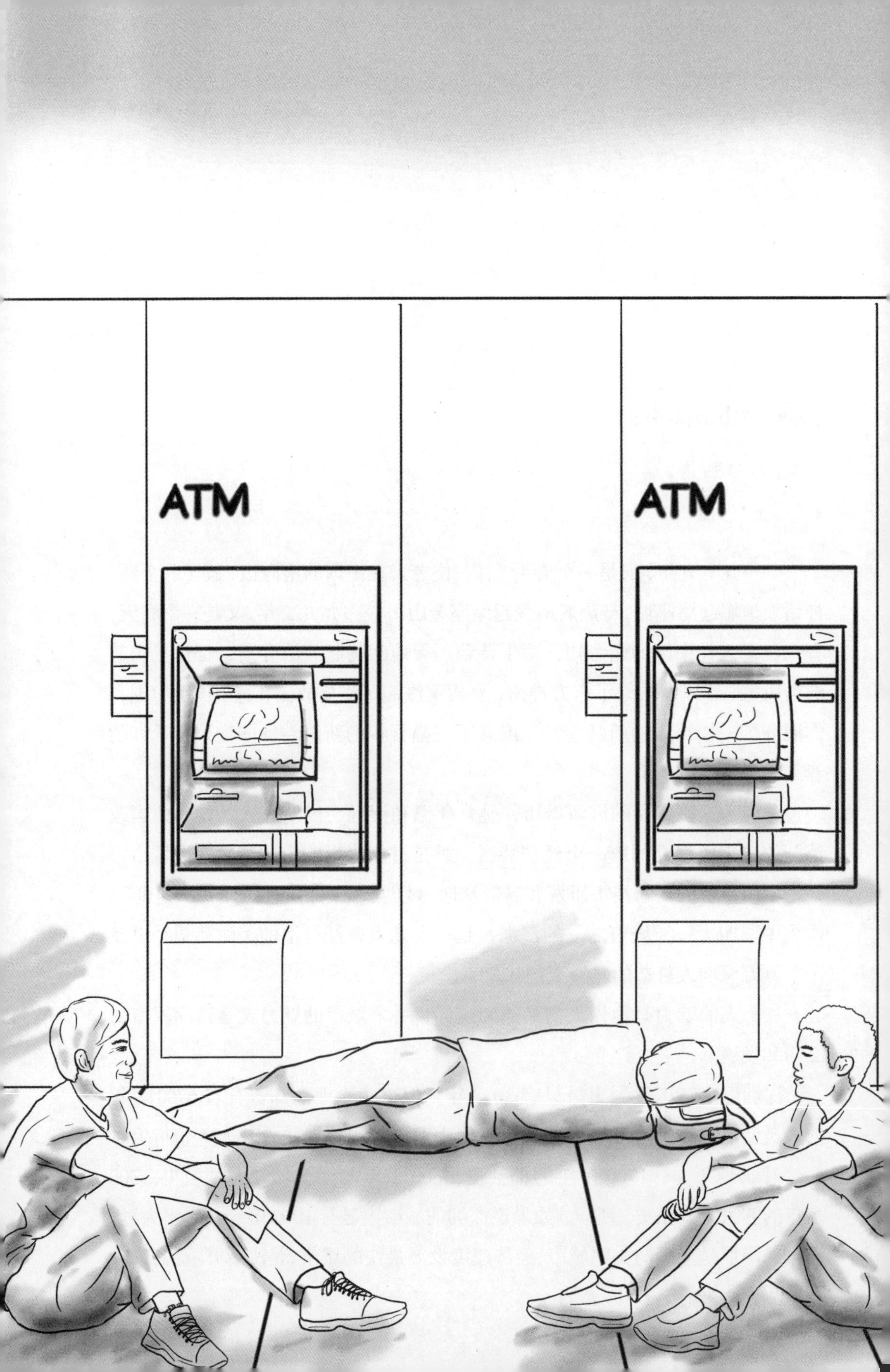
ATM
ATM

是中国文化和经济走向世界的窗口。她包罗万象、海纳百川。在这个城市里，真正的深圳人不到十分之三。在这个城市里，大部分人都来自五湖四海。这个城市以她独特的魅力，书写着一批又一批寻梦人的《春天的故事》……

第一次去深圳，我们坐的是最早的一班汽车，走高速，不到一个小时便到了深圳。当时还不到9点，映入眼帘的是街上一个个充满朝气和活力的上班族的背影，透过这些背影匆匆的人，我看见了深圳的生活节奏。后来，我们又坐上了传说中的地铁，原来地铁果真是地下跑的火车。不来深圳，不坐地铁，怎么能想象得到，原来这地下竟然还能跑火车？可见，几百年、几千年前那些在地下修建陵墓、操练士兵的壮举与之相比都是微不足道的。

地铁上那些形形色色的人，或埋头阅读，或抱着电脑工作，或电话里与客户沟通，或如我们一样刚来到深圳憧憬美好的明天。这不是地铁，这是通往幸福的高速列车。

华强北电子市场的营业总面积达20万平方米，容纳的大小商户有1万多户，从业人员近10万。在华强北商业区内，汇集了赛格电子、华强电子、赛博等11家大型电子市场，市场规模之大、品类之全，堪称世界第一。当我们把华强北大概跑了一圈下来后，天都黑了。我们走在街道上，不由得感慨，这是所有IT者心中的圣地。想着白天电子市场里那些在电梯上跑上跑下的卖家和消费者，用两个字可以形容："热""快"。这就像深圳夏天的气温，尽管此时太阳已经西沉，但迎面吹来的晚风里仍然还夹杂着白天烫人的余热。

夜越来越深，白天的高温依然在空气中窜动，我们第一次感受到了所谓的南方不夜城的繁华：大街小巷的美味小吃，琳琅满目的地摊商品。当然，这些对于我们都是奢侈的，我们的当务之急是找到一个暂时容身的住处，因为我们打算第二天继续在深圳考察，可是我们寻遍了深圳的大街小巷也没有找到便宜的旅店。一晚的住宿费少则一两百元，多则上千元，和我们以前出差的十几二十块钱相比，简直是天价，这真是"美女一回头，吓退各路诸侯"。一听那些漂亮的前台报的价，我们立刻"嗖"的一声跑出了旅店。我们三个总共才5000块钱，当时这5000元都放在我的卡里由我保管着。如果住旅馆，这 5000 元还不够住一个月的。鹏飞最后提议睡大街。

五月份的深圳，已然提早进入了炎热的夏天。当时年少疯狂的我们，在深圳市荔枝公园邓小平爷爷的画像下面以天为被、以地为床，感受着这座魅力之都的夜晚。这里有璀璨的霓虹灯、如银河流动一般的街道以及旁边摇着蒲扇的老人，当然还有讨厌的蚊子，时不时在耳边宣战。这样的夜晚，不禁让我想起几年前在工地上做农民工睡广场的情景，是那么相似，又是那么不相似。

我们在公园睡到下半夜，挪了好几个地方，都屡遭保安的驱赶。无奈之下，鹏飞发现公园边上有一个建设银行的 ATM 取款机，那是一个独立的小房子。我们灵机一动跑了进去，保安看着我们无奈地走了。这时已凌晨 3 点多，根本没有人进来取钱，我们三个决定在这里度过后半夜。

取款机的房子没有公园里干净，而且里面有空调，很冷。幸好之前我们从 IT 市场拿了很多宣传页，我就把这些宣传页铺在地板上，躺在上面睡觉。鹏飞他们两个的瞌睡已经被保安驱赶走了，叫我尽管安心地睡，他们俩帮我守门。其实，这已经是第二次有人为我守夜，第一次是在洛阳，为我守夜的是武韩。

从初来深圳，到立足深圳，这一路走来总是有很多很多的兄弟支持我、守护我。在深圳有我太多太多的故事，这些故事里都离不开爱和梦想，我没有一一讲述，是因为有些美好的东西深藏在内心深处，根本就没有语言和文字可以表述。而今，我唯有把这份感恩化作行动，在以后的日子里尽可能地去帮助一些需要帮助的有梦想的人，因为我也想成为别人心中的兄弟，给予他们支持和守护，让他们有朝一日也能在深圳这座充满魅力和诱惑的城市写下一首属于自己的《春天的故事》。

▼感悟：在创业的路上，不管付出怎样的代价，付出怎样的努力，忍受多少别人不能够忍受的憋闷、痛苦，甚至是屈辱，都要坚持。这样当你一路走过来之后，你便知晓过往的种种经历为的是托起我们，让我们走得更好、飞得更高。

梦想与现实有多远

从生到死有多远？呼吸之间；从迷到悟有多远？一念之间；从爱到恨有多远？无常之间；从古到今有多远？谈笑之间；从你到我有多远？善解之间；从心到心有多远？天地之间……

那梦想与现实之间到底有多远呢？这些年来，我一直在问我自己，我想这个问题，绝不是我一个人的问题。定有千千万万人在夜深人静之时扪心自问过。梦想与现实有多远呢？不同的人肯定有不同的答案，而有的人可能一直都找不到答案。曾几何时，我也一样在寻找答案。我喜欢佛学，平日里喜欢听听佛歌。直到有一天，我听到一首很美丽的《醒来》，我终于找到了答案：从梦想到现实有多远？原来只在取舍之间。

梦想很重要，但是生存也很重要。经济基础决定上层建筑。很多人的梦想都很美好，但最终却都败给了残酷的现实。记得有这么一句话："从最好处着想，从最坏处着手。"它诠释的就是梦想和现实的哲理。当我们处处想着眼现实，生活中就享受不到快乐，就会举步维艰，因为现实对我们是最苦的修行。但太沉溺于梦想，又会在梦想里自我迷失，找不到出路。

深圳的繁华不仅吸引了我，也吸引了鹏飞他们，我们商量后决定要来深圳发展。为了省路费，他们两个留在深圳，我独自回东莞，和干姐姐道别以及退房。就这样，我们从东莞转到了深圳，开始了我们真正的寻梦生涯。只是，后面的一切都没有我们梦想的那么美好。后来没过多久，鹏飞和范格就被残酷的现实逼回了老家。

刚到深圳，人生地不熟，又加上囊中羞涩，我们跑了好多地方才找到住处。10元一晚男女混住的大通铺，对当时的我们来说是最好的容身之处。里面的住客大多是外来的农民工，条件很差，也很没有安全感。直到现在，只要不是在自己家睡觉，在外面哪怕住的是五星级大酒店，我也常常有种不安的心理，常会在梦里突然惊醒。当时的我们就在人多嘈杂的大通铺里开始商讨创业大计。我们前前后后提出了很多种方案，但仔细分析后又发现很不现实。最后我们确定了一条可行的路，那就是做我们的老本行，倒卖电子产品。

听起来感觉很不错，但是我们遇到一个关键的问题，就是流动资金。虽然我们以前积累下来的经验和资源，对我们倒卖电子产品来说是很有利的，但是这是在深圳。我们需要进货，需要吃饭，需要住宿，5000块钱已经只剩下4500块了，接下来什么时候才能有进账，我们没法预计。唯一一条看似可行的路也是走不通的。我们想空手套白狼的创业梦只好暂时搁浅了。我们决定出去找工作，很快我就收到了很多家公司的面试通知，但是结果都不理想。他们两个看见我这个"面霸"两三天了都还没有找到合适的工作，更是心灰意冷。恶劣的环境，种种被否定的设想，他们两个开始失去了行动起来的能量。看着他们的状态，我很害怕。我觉得不管怎么样，我得先出去工作。于是我又去了几家公司面试。功夫不负有心人，我终于拿到一家金融公司的offer。

我清晰的记得那天去面试的时候，面试官指着走廊上一位正要去洗手间的女孩说："她在我们这上班，每个月的工资2—3万。"我顺着面试官手指的方向看过去，心想："就她那样就能每个月收入2—3万，我以前还是销售冠军呢。"于是，我决定就在这家公司先工作再创业。

我顺利地找到工作，而鹏飞、范格两个在深圳待了一段时间，都没有找到工作，最后都回了郑州。

他们走的那天晚上，我久久不愿回到住处，想起我们一同来时的意气风发，而今却只有我一个人孤独奋战。我花了两块钱买了一瓶啤酒，坐在路边喝了起来。几口下去，头就有些晕了，看着车来人往的街道，看着那璀璨的霓虹灯，

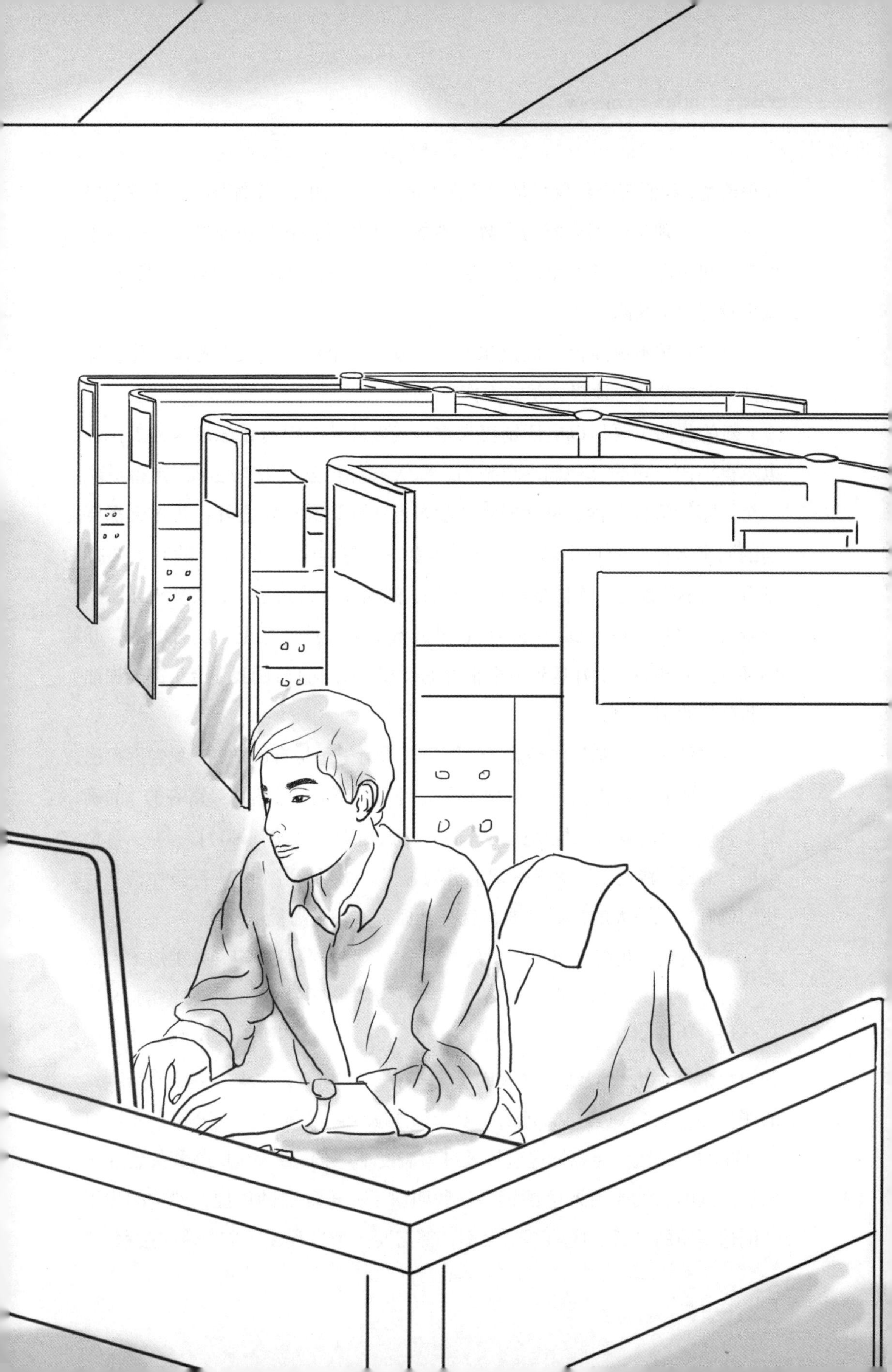

我很清楚，我们三个仅仅只是闯荡深圳的年轻人中的一个缩影，每天像范格、鹏飞一样被现实逼回老家的人数不胜数。那些成功立足深圳的人，在梦想与现实之间必定也经过了无数的苦难和挣扎。无论最后的结果如何，既然我来了，就再没有回头的路。

鱼和熊掌不可兼得，孤独和困难是成就一个伟人的最大考验。我整理好心情，开始全身心地投入新的工作中。

新的公司主要是以电话销售为主。我以前从来没有接触过这种工作，所以不得不比公司的其他同事更努力。每天我都是公司去得最早、走得最晚的一个。除了争分夺秒、见缝插针地学习专业知识和话术之外，我每天都要比别的同事多打一两百个电话，很多同事一天打60个、80个，我每天要打两三百个，不停地打，连做梦都在打电话。然而半个月过去了，我却一无所获。看着自己的付出得不到回报，我心里又着急又失落，甚至恐惧打电话，开始怀疑自己的能力。幸好遇到一个很好的经理，他一直鼓励我，给我打气加油，给我分析原因。

以前虽然有过销售的经验，但是与电话销售还是有区别的。我告诉自己，哪怕一无所有，只要我自己本身还没有倒下，实际上已然是最富有的。的确，很多时候，我们最大的桎梏就是我们自己强加给自己的各种负面意识：自负、恐惧、偏见、猜疑、失落等一切消极的思想。而当战胜恐惧、打破桎梏之后，我们就有了无限大的发展潜能，就有了拥有一切的可能。

一个月后，我终于出单了。我很兴奋，这是对我的肯定，我重拾了自信。

第二个月，在200多名销售中，我成为销售季军。那时，我刚满18岁，是公司有史以来年龄最小且进步最快的一个。我们公司很会用激励的方法，领导每个月都给我们做一次评比，成绩第一名的除了能获得丰厚的报酬，他的照片还将被贴到公司的光荣榜上，供大家学习。那个月，公司直接发给了我9000块钱现金。当我把这些钱装进口袋的那一刻，我无比庆幸我的选择——深圳。同时，两个月的电话销售让我明白了一个珍贵的道理："量的积累，才能达到质的飞跃。成功不论大小，都需要一个过程、一个奋斗的过程。"

工作上得到的肯定,让我对自己的未来充满信心。深圳确实是一个好地方,确实有遍地的黄金,只是看淘金的人会不会淘,有没有恒心来淘。有了点积蓄后,我想起了儿时的好兄弟李文举,也就是我们新思想现在的李总。当时他在老家的工地上做苦力活儿,被晒得像个非洲人。我叫他来深圳。他来后没有手机、没有住处、没有工作,我一一帮他搞定。

但最大的收获是,大半年的时间下来,这份全新的工作,让我更清楚地认识了自己,以及自己今后的路。

2006年下半年,工作之余,我一有时间就去深圳书城阅读、学习。因为我一直记得华哥说的话:"文强,你很厉害,能力也很强,就是学历有点低。"而我们心中厉害的华哥其实学历也不高,小学毕业而已,但是他一直都在不断地学习,除了每天阅读书籍以外,经常坐着火车跑去北大、清华听课,可想而知这是一种什么样的力量。

其实不管我们做什么,背后都有一种强大的力量支撑着我们。如果这种力量是好的,我们就会因此而改变、进步、成功。如果这种力量是坏的,我们就会逃避、退缩、失败。所以,在梦想和现实中也存在着这样的力量,只是看我们如何去选择、取舍。

▼感悟:人生能有几回搏?承受着狂风暴雨的人生需要拼搏,只有拼搏,才能看见绚丽的彩虹;平凡的生活需要拼搏,只有拼搏,才能走出不平凡的路!当别人放弃你的时候,你不要自己放弃自己,因为有梦想、有追求!

第九章

跳出人生的藩篱

BORN TO DREAM

为梦想招兵买马

一个"奇怪"的乞讨老人，步履蹒跚地走进一家药店，可是刚进到药店就遭到药店雇员的驱赶："快出去吧，这里是药店，不是饭店，没有吃的。"这时，乞讨老人却说："我不是来讨饭吃的，而是来买感冒药的。"说着，他将自己的碗伸了过去，这个缺了一个口的碗里装了一些一角的硬币和几张五角、一元的纸币。药店里的人都愣住了。旁边的一位上了年纪的男顾客说："你好意思收钱？给几包感冒药算啦，对你们来说也不值几个钱。"乞讨老人忙介绍说自己80岁了。这时，一个药店负责人模样的男子走了过来，递给乞讨老人两盒药，说："不收你的钱啦，快走吧。"

乞讨老人道谢后出了药店，又走到一个卖烤红薯的推车前停了下来。乞讨老人把碗一伸，说要买个"热乎的"。卖烤红薯的妇女笑着说："你有钱吗，还买呢？算啦，你白拿一个走吧。"乞讨老人就在烤红薯的炉子上挑了一个最小的红薯，对卖红薯的妇女说："谢谢你，你的心真好，俺就拿个小的吧。"说完他找了个角落放下自己的碗，边吃红薯边继续行乞。这时，一个把这一切都看在眼里的年轻男子走了过去，先在乞讨老人的碗里投了些零钱，然后趁机和他聊了起来。

这个乞讨老人很健谈，说话俨然是一个有着大学问的老者。他告诉那个年轻人他读过书，即便是行乞也经常看报纸学习。刚满80岁的他，乞讨了大半辈子，走遍了大半个中国。

年轻人问他:"作为一个乞丐,为什么不直接去讨要东西,而是要用买的方式?"

老人笑了笑说:"要饭也有诀窍,'巧要'比'死要'管用呢!像刚才你往我碗里投钱,那是你主动给我的,我没有强迫你。你给得开心,我要得也舒心。但是如果我直接伸手去要,早就被人家反感地轰走了。要是我拿着我乞讨碗里零碎的钱去买,不管钱多钱少,首先人家会觉得我这个乞丐素质很不错,不胡搅蛮缠,能给的也就给了。你说,谁好意思收一个要饭老头的钱呢?"

生活的磨难,让这位乞讨老人在乞讨的行业中学会了生存的技巧,学会了做事的变通。由此可见,不管我们做什么,学习都很重要,然而在这里我也想套用乞讨老人的话,"巧学"比"死学"更重要。很多人都爱学习,也总是在学习,但是却达不到自己预想的效果。

有一个寓言故事:从前,有头毛驴背着盐过河,在河边滑了一跤,跌倒在水里,盐溶化了。毛驴站起来后想:"咦,身体轻松了。"它非常高兴。第二次它背了棉花来到河边,以为再跌倒就可以同上次一样轻松。于是,它便故意跌倒在水里。可是棉花吸收了很多水,变得越来越重。毛驴非但不能再站起来,而且一直向下沉,直到被活活淹死。

毛驴为什么会被淹死?因为它盲目地学习,盲目地套用过去的经验,以为过去的经验是成功的,最后却反被过去成功的经验给"绑架"了。

从郑州到深圳,从面对面的电子产品销售到金融行业里的电话销售,我学到了很多东西,而最重要的是我学会了学习。

在金融界做了近半年的电话销售,我看到了自己的潜力,同时也发现了很多不足。虽然我的工资每月都成倍增长;虽然只有18岁的我,工作能力与三四十岁的同事不相上下;虽然听到同事们用尊敬的口吻喊我"文强",客户们用信任的语气称呼我"周先生",我感到无比骄傲……但是我很清楚,这些远远不够。我需要学习和改变的还有很多很多,这并不代表我已经做得够好了。

曾经有人问我:"为什么你永远都不满足于现状?"原因很简单,我不是这样的人,如果感到满足,我就不是周文强了。我从经验里得出一个结论,那些满足于现状的人最终都会被现实丢弃,被时间遗忘,而那些总喜欢不断奔跑的人,最终都会被追捧、被列为榜样,被人们铭记于心。我很久以前读过一只鹰的故事,它本自由翱翔于宽阔的天际,它本生活于安全的高山之巅,可是它因满足于现状,每天接受一个农民给予的食物,不再翱翔于天际,更不再居安思危,最后它成了飞不起来的鹰,成了农民桌上的美味佳肴。

金融界的人永远都不会退休。凡接触过金融的人都知道,只要曾经做过金融,不论今后从事什么行业、遇到任何事情都会习惯性地用做金融的理念去分析和权衡。金融界的人更是时刻都让自己保持着学习的能力。为此,我们公司时常高薪聘请海归人士来给我们做业务培训,他们带来的崭新的金融理念都是我们此前没有接触过的。曾经我一度以为自己很不错了,而学习了他们的课程之后,我才知道原来我还存在很大的差距。不说别的,就单说他们的学识、见闻,他们都在国外读过研究生、博士生,既读了"万卷书",又行了"万里路",而我在国内连初中都没有毕业,这中间的差距让人害怕去想象。我的客户也都是学历和智商都很高的人,和他们打交道,我常羡慕他们学识渊博,同时也认识到了自己的贫乏。和他们接触得越多,我内心就越被激发出一种强烈的去学习的想法。

《礼记·学记》中说:"是故学然后知不足,教然后知困。知不足然后能自反也,知困然后能自强也。"是的,不登高山,不知天之高;不临深渊,不知地之厚。读书学习亦然,越读越感到自己的知识不足,越学越感到自己缺少本领。渐渐地,我意识到了如果想要创一番大业,必须去学习。看历史,有多少古代帝王打江山要招兵买马,古代相爷治国要寒窗苦读。而我呢?论古谈今,我何等渺小,何等贫乏?人生处处是战场,不管做什么,机会都是给那些有十足准备的人。我决定要为梦想招兵买马,寒窗苦读。

我时刻想着为自己充电。在工作之余我见缝插针地学习、阅读。周末的时候,我常带上一瓶矿泉水、几块面包,在书城一待就是一天。一到书城,我就如同一块海绵，在知识的海洋中贪婪地吸取着。

我没有刻意地去选择读什么书，都是全凭自己的兴趣来。但很快我发现这样杂乱、没有目的的学习并不能满足我对知识的需求。我希望有一个系统的学习平台，能让我有效地、有计划地提升自己。我开始四处打听这种地方，但是当时深圳这种学习的氛围和教育平台都还不完善，虽然也有一些培训机构，但它们都是以短期的集训和功利性为目的，我找了很久都没有找到合适的地方。

正当我为此苦恼的时候，我突然想起以前在郑州时，华哥曾经跟我说过，他小学都没有毕业，但是他在北大上过学。我很奇怪，还曾追问："北大不是国内最牛的学校吗？你小学没毕业怎么能去北大呢？"他告诉我北大可以旁听，北大有很好的学习环境，经常有各种著名讲师的讲座，不需要任何学费，只要有机会，任何人都可以去学习。我当时好羡慕他。对我来说，进北大就是读书时的最大梦想，能进那里读书是我梦寐以求的事。

既然那个时候他能进去免费学习，我为什么不能去？北大在中国教育界的地位那么高，那里肯定有很多专业和系统的资源。我开始在网上搜索资料，发现不但北大、清华这些高等学府都有培训课程，北京有很多这样的平台，其中最吸引我的，是一个叫"富爸爸"的培训公司，从名字上我就断定它和《富爸爸穷爸爸》有关，和我要实现财富自由的终极梦想有关。我固执地觉得它一定能帮我实现梦想。

我仿佛看到了梦想在遥远的北京向我招手，这种感觉就好像一个珠宝爱好者，为一件传说中的宝物寻寻觅觅了好久，却在无意中发现了它的踪迹，恨不得马上就看到它、拥有它。而当时的我就如那个狂热的觅宝人一般，怀着惊喜和迫不及待的心情，第二天就毅然决然地辞职了。从看到这一消息，到决定辞职去北京，这一过程我一点都没有拖拉，干净利索地站起身就走了，甚至辞职的时候，经理都以为我在和他开玩笑，因为我的业绩很好，前景也不错。为此，他劝了我很久，希望我留下来。但我知道自己真正要的是什么，这些年我一直在追逐，在追逐中我徘徊过、迷茫过，但我从来没有放弃。我一直在等待和寻找这个机会。现在，机会终于来了。

带着对知识和梦想的渴求，我踏上了北上的火车。有很多朋友劝我不要再以梦为马，放弃那么好的工作、那么高的工资，去一个陌生的城市，只为一个还看不到结果的梦。其实那个时候我并不知道"以梦为马"是什么意思，只是在一些比较有文化的朋友看来，我就是一个生活在梦想里的不切实际的人。直到后来我特意去查了一下，我才知道原来"以梦为马"是指把自己的梦想作为方向和动力，像马一样奔跑前进。

这就是学习的力量，我的北漂不仅是继续"以梦为马"，我还要为我的梦想"招兵买马"。

▼感悟：学习改变命运，知识改变人生！在最短的时间内学习最多的知识，因为人的时间是有限的，浩瀚的知识是无限的。人生最悲哀的事情是用自己有限的时间去学习无用的知识，所以要选择当下最需要学习的知识，针对性地进行大量学习。正所谓当下缺什么就补什么，将会取得一日千里的结果。

北京印象

作为首都和三朝古都，北京给我的第一印象就是大。大到什么地步呢？感觉整个宇宙都被装进了这方圆之中。四处都是星罗棋布的马路，各种各样的桥交叉延伸，站在天桥上看着奔驰来往的车辆连绵不断，光亮的车顶闪耀着夺目的光芒。路边林立的高楼，南来北往的人群，无不展示着她的繁华和多姿。古老的城墙与四周的摩天大厦交错相映，向人们诉说着她的庄严和辉煌。

古往今来，北京是多少人的梦想之地，就像麦加之于朝圣者，北京高高地凌驾在梦想者之上。每天都有无数的追梦人涌入这个庞大的北京城。北京以她广阔的胸怀包容着五湖四海的追梦人，看他们在里面奋斗、挣扎、欢笑、流泪、成功、沉沦……

有的人能在这里白手起家，坐拥这个城市的繁华。有的人带着满腹的幽怨与一身的伤痕，踏上归乡的路程。这些人也许会有无穷尽的感激，也许会有头也不回的决绝。但无论怎样，北京都用她特有的大气和沉默来回应所有的痴狂！因为她知道，有人离开了，还会有更多的人来！

带着简单的一包行李和满满的期盼，我来到了北京，决定先到北大落脚。刚一下车，摩肩擦踵的人群，瞬间就把我吞没了，让我迷失了方向，错过了下车的站点，我只得穿过几条街，重新找寻错过的路口。几经波折，我终于坐上了通往北大的332路公交车。经过1个多小时漫长的颠簸，昏昏欲睡的我终于听到售票员喊"北大西门到了"。我迫不及待地跳下车，站在了传说中的北京大学门口。抬眼望去，我就被眼前精雕细刻的大屋顶古建筑物震惊了。这就是北大的西校门，两只狮子雄伟地立于两旁，配以蓝底金字的"北京大学"匾额，显得庄严、高贵。

这一门之隔，一边是象牙塔，一边是人间；一边是理想，一边是现实……北大这扇门，我曾经在梦里无数次梦见过，它是那么神圣，让我不可靠近。而现今，我终于靠近了。虽然我绕了太远太远的路，在残酷的现实里历经了辛酸，但站在北大校门口的那一刹那，所有的不快乐都过去了、都消失了，眼下只有欣慰、激动。

我相信这就是一扇通向未来和梦想之门。我要跨进来，只要跨进来，我就离梦想更近了一步。

带着这种想法我迈进了北大的校园。这时候天色已晚，校园里都是三三两两回宿舍的学生，我也该找个地方住了。我来之前问过当时陪华哥一起来北京的范格，他告诉我在北京住学校很便宜，他们当时就是住在清华大学的。我想清华和北大都是学校，清华能住北大应该也有地方住。我就找到了学校的保卫处，问有没有地方住宿。他们告诉我，这里不接待外来的人员。无奈我只好又去了清华大学，那天一晚上我就游历了清华和北大这两所国内最有名的大学。

到清华后，我很快就找到了学校的宾馆，心想还是清华"人性化"些，我今晚就住清华吧。谁知我还是高兴得太早了。走进宾馆后我和前台接待说："我要住店，请给我开个房间。"

"你有介绍信吗？"前台的接待小姐问。

我有点纳闷，住宾馆都是要身份证，哪有要介绍信的："什么介绍信？"

原来这个宾馆是专门针对学校组织学习开的，没有介绍信就不能住。天呐！原来是这样，怪不得范格跟我说很便宜，因为他们有来学习的介绍信，我现在什么都没有，拿再多的钱人家都不让我住。这时已经晚上11点多了，坐了一天火车的我实在是累得不行，恨不得马上找个床躺下。但现在住学校无望，附近环境我又完全陌生，无奈之下只好在学校门口打了个出租车。司

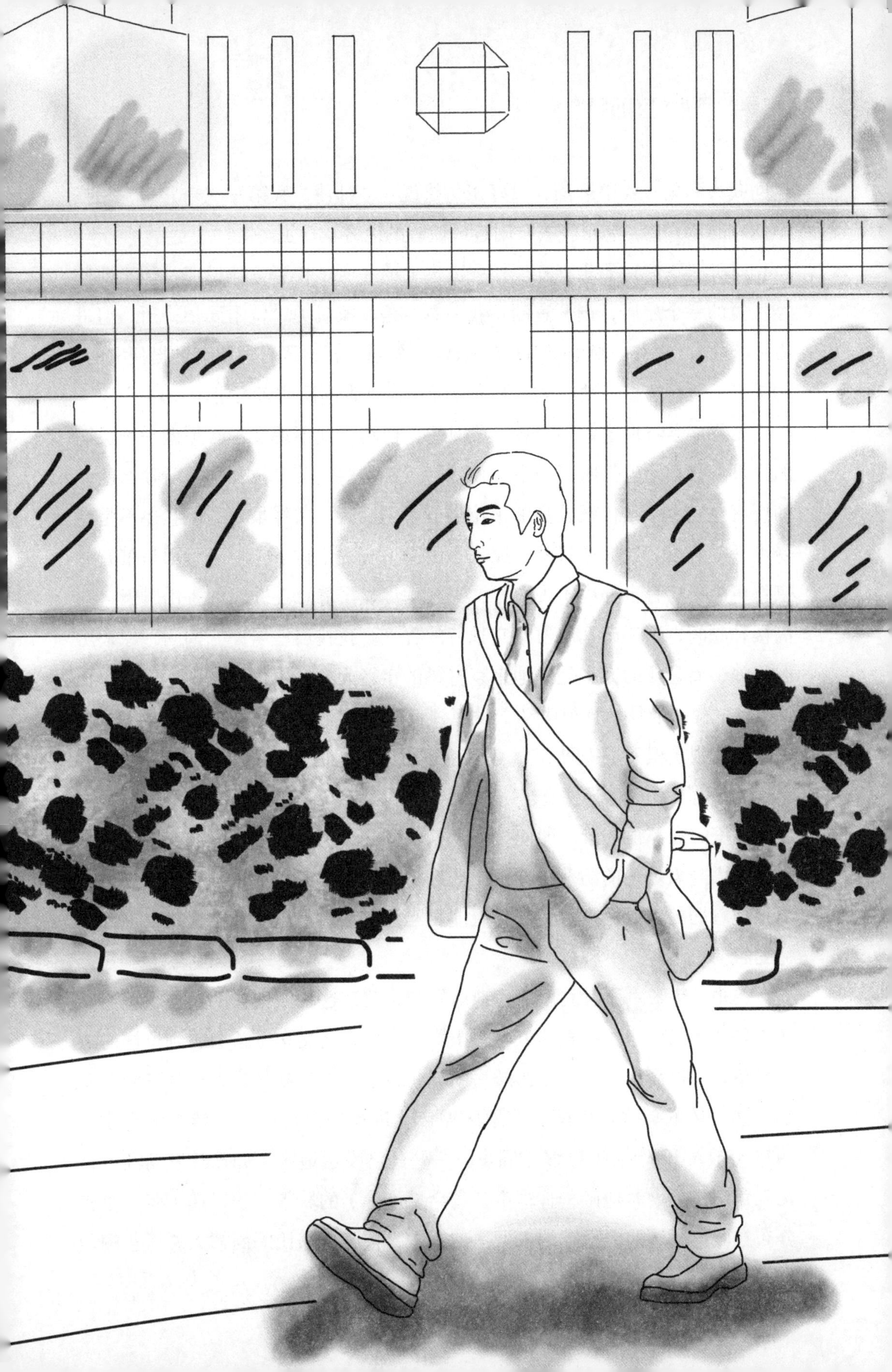

机问我去哪里，我很迷茫，只好跟司机说："师傅，我第一次来北京，想找个便宜的地方住，您带我去个附近最便宜的地方就行了。"

司机把我带到了北京五环外香山边上的一所学校旁，他说那是他之前曾经住过的一个旅店，挺便宜的。我一看，是一家机关单位附属招待所，但进去一问前台，房费一晚上要100多块钱，才知道这根本不是司机说的挺便宜的，而是挺不便宜的。不过，当时天太晚了，我只能暂且忍痛入住。

在北京学习肯定要待很长一段时间，住宾馆太不现实，必须做一个长期的打算。我在附近打听了一下，得知附近都是些机关单位和疗养所什么的，即便有住宅也都是价钱较高的单位楼或者别墅区。条件虽好，但我还不是享受生活的时候。我继续打听，原来香山脚下有一个村子，村子里都是带有北京特色的平房，古朴中不失典雅，平凡中尽显宁静。在秀丽的香山脚下，在高楼林立间，这片砖瓦散发出它独特的香气。我找当地居民一询问，原来房源很多，而且住的大多是外地来京打拼的年轻人。房租也很合理，租金都在200元左右一个月。我很激动，没想到首都北京竟然还有这样的房子，太合适了。我很快租下了一间平房，有20多平方米，租金只要300块钱，太便宜了，这个价格比深圳还便宜。

村里的人都很友善，即使是陌生人，也会给你一个微笑，没有南方城市里那种人与人之间的防范与冷漠。或许，在这里住的人都很善良，或许大家都是抱着同一个目标来这里的，更能相互理解和包容。我开始喜欢上这种独特的氛围了。

在北京待了一段时间后，我渐渐发现，北京这种城中村的现象很普遍，从二环朝阳门旁边，一直到五环香山脚下，坐在公交车上常会看到这样的独特景象，一边高楼林立，一边矮房斜墙，各不相同，却又让人感觉它们其实是浑然一体的。这是中国一些地区城市化进程中出现的一种特有的现象。1978年改革开放后的30多年间里，一些经济发达地区（如珠江三角洲、长江三角洲、环渤海地区、直辖市、省会城市等）的城市面积迅速扩张，原先分布在城市周边的农村被纳入城市的版图，被鳞次栉比的高楼大厦所包围，成了"都市里的村庄",简称"城中村"。城中村的内部通常没有统一的规划和管理,以低矮拥挤的建筑为主,基础设施不配套,环境脏乱,居住人员多为打工者和刚毕业的学生。有社会人称它是城市的"毒瘤",也有学者认为它是具有中国特色的贫民窟。

不论那些社会学者如何评论,我却很喜欢这里。也许是我出身平民,也许我骨子里对农村有天生的亲切感,我觉得这些散发着人情和自然气息的砖瓦比那冷冰冰的钢筋混凝土温情多了。这里久违的砖瓦又勾起了我对童年的记忆,这个狭小的空间里承载着我伟大的梦想……

▼感悟:心在哪里,梦想就在哪里!有梦想的地方,一切事物都变得那么美好,外界所看到的一切事与物,皆由内心的想法吸引而来。成功与否,最终取决于自身的意愿和心态。积极的人生像太阳,照到哪里哪里亮。

北漂，另一片天空

2006年，入秋的北京，被黄了的银杏叶子渲染得就好像镀了一层金子，到处都是金灿灿的，在阳光下散发出诱人的光芒。还有那湛蓝的天空，时而飘着几朵自由的白云，看起来像棉花糖，风轻轻一吹让你有一种想咬上一口的欲望。可是美丽的背后却也隐藏着道不出的忧伤，就好像人行道上那飘落了一地的黄叶，没有归宿，风起风落，像一只只哭泣的蝴蝶，时而簇拥在路人脚边，任人践踏。

安顿下来后，我就去"富爸爸"公司报了个学习班，能够更加近距离的接触罗伯特·清崎和学习财商。和我一起上课的都是公司在职的工作人员。他们都和我一样，也是在工作的过程中才开始意识到自己的不足，选择继续充电的。看来我并不孤独，有很多和我志同道合的朋友。

每周有两天的时间用来系统学习，那剩下的五天时间岂能白白浪费？我完全可以和其他同学一样，边工作边学习。有了这样的打算后，我就开始找工作了。那时候网络招聘还不是很受宠，找工作大多还是去人才市场。人才市场在市中心，我住得又比较偏僻，所以我必须天一亮就起床去赶公交车。要想知道北京之大，其实很简单——坐公交。在北京不管出去玩还是上班，随便坐趟公交车都要一个小时左右的路程，有的还有两个多小时的，而且车上人多，个个挤得如照片似的。

我第一次去的是北京最大的人才市场——雍和宫人才市场。市场里有好多五花八门的招聘信息。除了常见行业招聘的信息外，我还看到有招时尚买手的，有招游戏代玩的，甚至还有招宾馆试吃、试睡员的！这让初来乍到的我不禁感叹，北京的机会真是多！出于好奇心理，我也想体验一下这种有意思的职位。

我看到有一个公司招卡拉OK唱机测试员，具体工作就是在机器面前唱歌，测试机器的打分、音响、画面和各个功能的反应情况。我觉得很有意思，因为我平时最爱唱歌，而且自认为唱功还可以，所以就去那个公司面试了。当时加我在内一共有五个人去面试，五个人轮流唱歌体验。"不就是唱歌体验这种机器吗？很简单，我觉得凭我的水平，肯定能过。"等轮到我时，我选了一首南拳妈妈的《小时候》。音乐一响，我就跟着节奏忘情地唱了起来，在我非常投入地唱歌的时候，他们公司的老板进来了，来面试的那帮人都连忙过去打招呼。我当时还在唱歌，而且自作聪明地认为现在是我的工作时间，就应该认真投入，所以没有过去和老板打招呼。结果聪明反被聪明误，面试结果出来后，虽然我的分数是最高的，但因为没有过去和老板打招呼所以被刷掉了。

这是我来北京后，第一次尝到了闭门羹的滋味。本来我是不把这些面试看在眼里的，因为我在深圳的时候，面试基本上是100%通过。不管是一对一还是十几个人集体面试，无论是面谈还是做笔试，我都有把握拿下，而且我在任何一个地方找工作都不会超过三天。这次在北京的面试却很不顺，有好几次我感觉不错的，后来却因为各种原因被拒绝了。这让我原本期望很高的心情有些沮丧。

跑了两天人才市场，在第三天的时候我终于成功进了快捷公司做销售。这是一家做中控系统工程的公司，公司成立比较早，从规模和业务上来讲都算是国内行业中比较大的。这次是快捷的老板亲自面试我。这次面试我心态放得比前两天都稳，并且通过在"富爸爸"的学习，我的思维开阔了很多，言谈举止中也流露出适度的从容和自信，所以面试很成功。老板当时就拍板要了我，而且对我说："小周啊，你的能力我很看好，好好干吧。这个平台很大，很锻炼人。我们的提成是本行业里最高的，只要你有能力，就能拿到大钱！"

从谈话中，我感觉到了老板的实力，也了解到了公司的规模和行业的前景。公司接的都是大工程，都是几百万元、几千万元的项目，这让之前做金融时接触几万元、几十万元的我突然感到这是另一片天地，是一个大的平台。

我对中控系统工程并不太了解，但以我之前的销售和工作经验来看，不管什么行业，其实只要是销售，那么在"术"的层面上来说，大多都是相通的。以前我每次换工作涉及的行业都有很大跨度，我在郑州做的是电子科技，到深圳做的是金融管理，在做之前也都没有接触过，但是我都能在短时间内把它弄懂、学会，从门外汉做到公司里最优秀的。我想，做中控系统工程项目销售虽然也跨行业，但实际上都是做销售，只要努力，应该也没有问题。

然而，事情却没有我想象的那么简单。接触了之后我才知道，我高估了自己，我没有想到项目销售和传统的销售不一样，并不是说靠个人努力就能成功，它还牵扯到很多客观因素。

什么是项目销售？项目销售理论上来讲就是在项目工程之前，对项目的构思、策划、设计、实施、性能、特点等全部内容进行描述，并对项目进行定价、投标、谈判，到最终签订合同，满足顾客需要，从而实现双赢。它和传统销售的区别在于，它没有实体可言，是个虚拟的产品。这不但要求销售员对项目所涉及的各种专业知识非常了解，还要销售员把这个虚拟的产品介绍给客户，让客户了解产品、认可产品、接纳产品。此外，项目销售还要涉及用户、银行、材料供应商、设计、施工、咨询、政府等部门，所以项目营销远比市场营销复杂。

我们的客户是那些招投标的公司，我们的任务是用项目来促成客户投标。投标成功了，也就完成了任务。但真正能成功的却很少，因为工程里面很多环节都是环环相扣的。很多时候即便我们有很好的项目，也做出了很诱人的方案，吸引到了客户去投标，但最终项目能否得以成交，却是计划赶不上变化，因为参加投标的公司一个比一个有实力、有背景。市场上的招标看起来是实力上的公平竞争，但实际上却有很多暗箱操作。有时候即便是投标成功，

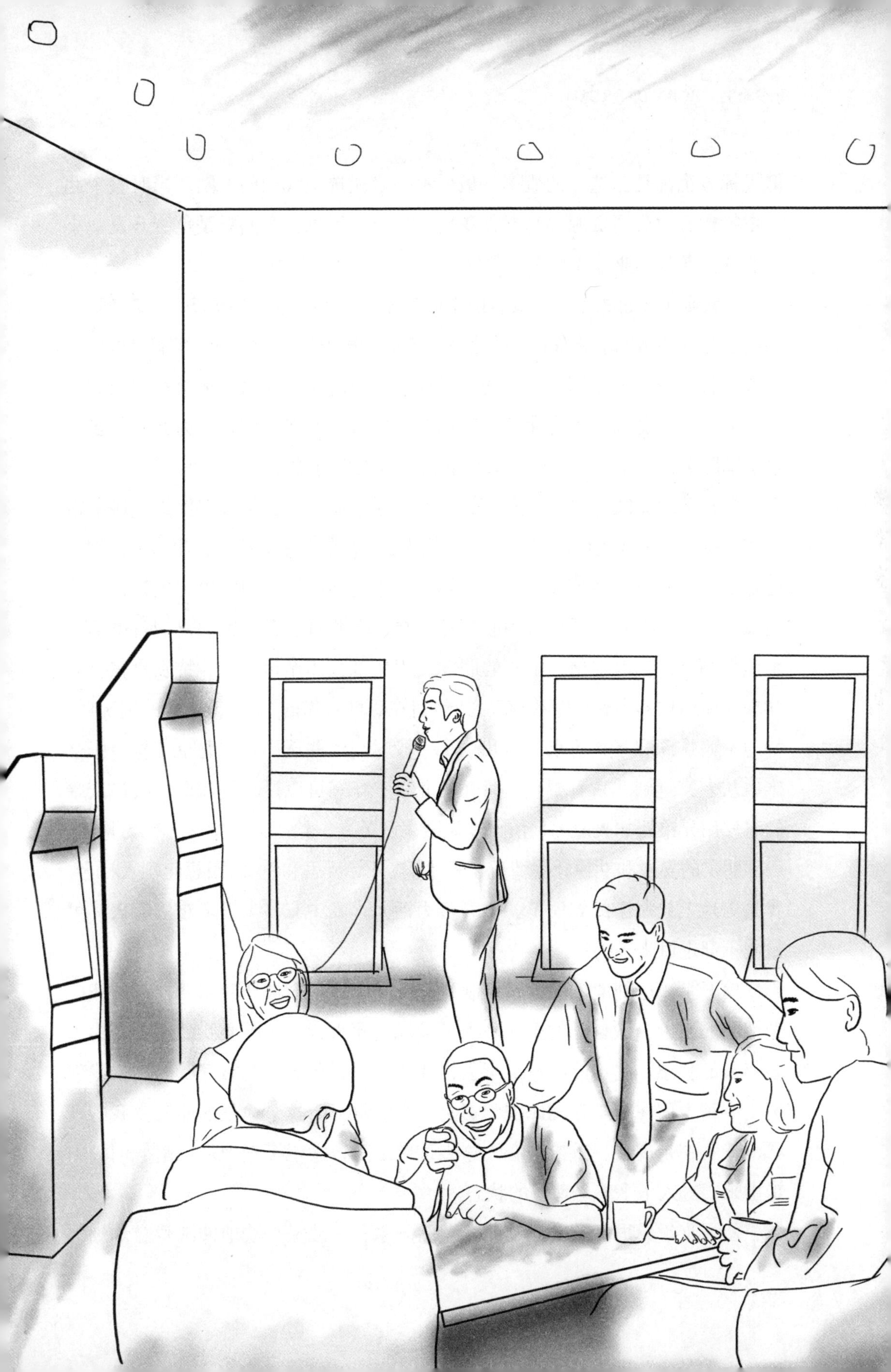

但投标方也都是三选一的概率，最后不一定能选上我们的方案。当时整个北京招投标的大公司资源都掌握在我们老板自己手里，我们只是负责开发些小的业务。那些小业务成功率非常低。

一转眼半年过去了，我虽然拼命地工作，但却没有一点收获。不单是我，和我一起的那帮同事皆如此。虽然公司给的承诺很诱人，但是底薪低得可怜，只够一日两餐，早饭都是奢侈的。老板嘴里说的高提成只是他给我们画在白纸上的一块大肥肉，没有业务的我们，只能拿"低保"度日。为此，很多同事都陆陆续续地走了，最后，只剩下我一个人单打独斗。

在北京的那段时间是我人生的低谷，在事业上，受了很多挫折，碰了很多壁。我心里常常觉得苦闷，像是个走进了迷宫的孩子，找不到出口。苦闷、迷茫的同时我还有些惊慌失措。我知道，绝对不能被负面的思想主控，战争还没有开始。于是为了排解内心的坏情绪，那些日子我常给朋友们打电话，跟他们倾诉，发泄情绪。细心的朋友发现后都很体贴地劝我，特别是张金雄和现在新思想的李总最令我感动。依然留在深圳工作的李总，得知我的情况后，特地请假从深圳赶到北京，陪我住了一段时间，并选择了在北京工作。张金雄也从老家跑到北京看望我且留在了北京工作。可以说，是他们在我最灰暗的时候用兄弟间如火般的情谊再度温暖了我的梦，给了我继续奋斗的力量。

朋友的安慰和劝说让我清醒了不少。我开始反思和总结，回想起刚入社会，我是工地上最瘦小的农民工，做着苦力活儿，其中有多少艰辛难以言表，可是我不都走过来了吗？

我不能让这种消极的情绪控制我，我周文强不会被任何东西控制，我要做情绪的主人、做自己的主人。为了爱我的家人，为了关心我的朋友，为了多年来的梦想，我不能再消沉下去，我必须坚强起来！调整好状态后，我就把所有精力用在了工作和课程学习上。我觉得只有这个途径才能改变我的现状，让我超越现在，重拾信心。这么调整之后，我也渐渐地从失落、消极中走出来，进入了平静、理智的状态。

公司业务员很多时候就像那涨潮的海水，一波又一波地冲洗着金灿灿的沙滩。很快，公司又招了一批新业务员，工作内容和我们一样。老板对他们重复着之前对我们说过的话，那些人也带着我们曾经有过的热情和动力冲入了市场，重复着我们的工作。这时我才知道这正是老板的用人策略：大量招业务员，一批业务员走了后再招一批，这样走掉的那批业务员的客户资源最终就到了老板自己手上。起初我对这种做法很疑惑，也不赞同，觉得这对业务员来说太残酷。后来学习了商业运营后，我才明白这是一种人才战略的商业模式，也是促成公司低成本、高效益的原因。

我越发明白我只是他的一颗棋子，我的使命就是像之前那些销售员一样，在给老板提供完客户资源后自动离开，但是我并没有走。倔强的我不甘心受别人的摆布，也不愿这么灰溜溜地离开。我要证明我自己，证明我不是一颗棋子，我是有能力的，于是我更拼命地工作。

世上无难事，只怕有心人，最后快到年底时，我终于开了一个十几万元的小单。老板很惊讶，拍着我的肩膀说："不错啊小周，我没有看错人，你果然很有实力，好好干！"

我等的就是他这句话，我的目的不是奖金也不是那所谓的高提成，我只是想让他明白，不是所有的人都是可有可无的小棋子。每一个人都应该得到尊重，说不定今日被看成小棋子的人，明天能成为主帅，带领千军万马，拥有自己的公司。

2006年年底，年关将至，我从快捷毅然辞职了。在北京差不多半年的时间，从经济上来衡量，我并没有什么收获。庆幸的是，这不是我执意要来北京的主要因素。只是可惜，过年回家总要给父母买些什么，以尽孝道，而之前在深圳赚的钱大多数都被我寄回了家，快捷的那笔工资也被我花得差不多了。农历腊月二十五，收拾东西准备回家过年，我才发现，买完车票后，身上只剩下500块钱，囊中羞涩。以往回家过年，我都是大包小包地拿着东西回家，这次总不能空手回去吧？尽管母亲并不在乎我拿什么东西回去，只是细心的母亲能从这些东西里看出我在外面是否过得好。如果我很寒酸地回去了，她恐怕又是整夜地辗转难眠了。

我必须想一个办法不让母亲担心，于是我对母亲撒了谎，我花400块钱在商场给母亲买了一套新衣服。回家后，我告诉母亲，我是从别的地方出差回来的，很匆忙，没来得及买年货，只给她买了套衣服。母亲很高兴，跟我说："买什么东西，你之前寄回来那么多钱，我想穿不能自己买啊。你妈我已经把年货都置办好了，就等你回家了！"看着慈爱的母亲，我暗暗发誓，以后再也不"欺骗"母亲了！

因为没有钱，那个年我过得很郁闷，但又怕母亲知道后担心，不敢表现出来。在母亲面前我都是陪她说笑，一个人的时候就开始发愁，想自己如何才能成功、如何才能赚大钱。正在烦恼中，碰巧鹏飞来我家拜年。饭后，我和鹏飞聊了很多。原来鹏飞从深圳回来后，在他家那边开了一个汽车店，生意经营得很不错。为此，他还给我建议："卖车，卖房，最挣钱。"鹏飞说："文强，你来吧，我正缺帮手。你什么钱都不用投入。只要你过来，公司就是我们两个的。你能力这么强，咱们俩肯定能赚大钱！"

我心中一直认为我要创业，但决不靠任何人，只靠我自己。我要证明我并不是一个平庸的人，我是一个财富的创造者，我要靠自己的双手和智慧打造出一个别人不敢想、不敢做的世界。

记得曾经有个学员跟我说："周老师，你今天之所以有这样的成就不是因为你吃过多少苦，而是你内心深处一直想要证明自己。"

这一路走来，我确实不断地在证明自己。我认为，人生就是一个要证明的过程，证明给自己看、给别人看，证明你是为什么而活，证明你活着的价值。当然，证明自己的过程肯定是艰辛坎坷的，但不论前途遇到什么挫折，我都不会放弃我的梦想和坚持。也正是因为这份坚持，我才能走出人生低谷，跨越障碍，取得今天的成绩。

▼感悟：老板要干好的三件事：定战略、搭班子、建平台。一个优秀的领袖型企业家把握的永远是公司的发展战略方向。大公司天天犯小错，但从不犯大错。小公司从不犯小错，一犯错就是致命的错。企业选人比用人更重要，

选对人，放对位置，将创造无限价值。

如何跳出自己的盲点

或许，一棵树无法选择自己在哪里生长，但一个人的一生，却拥有很多选择。更确切地说，人的一生就是一连串选择的过程。

为了证明自己，年后我又选择前往北京。这次来北京，我的目的就是赚钱。怎样才能赚钱？我没有有钱的朋友，也没有可以请教的老师，唯一可行的途径就是学习，学习别人怎么赚钱、别人怎么成功。

人在任何时候想要获得成长和实现进步都离不开学习。善于学习的人不一定能成功，但成功的人一定都是善于学习的。所以不论现实生活有多么艰难，我一直都坚持学习。从14岁辍学起，虽然我从事过很多种职业，但每个阶段我都努力地去找机会学习，让自己接触各方面的知识。在工地时，我看的是一本破旧的《资治通鉴》；在电脑学校，我看的是经商理财类的书籍；做销售时，我系统地学习了销售的技巧和心理学及财富类、激励类书籍。为了兴趣，为了提升自己，为了做好自己的工作，每一次我都需要学习很多知识，慢慢地这种学习的心理也成为一种习惯，这种习惯让我受益终身。

每个人的成长进步完全由自己决定，机会完全由自己争取，机遇完全由自己把握。在北京，我的目的就是来学习、提升的，虽然工作不顺利，但感谢上帝在关一扇门的时候，给我打开了一扇窗。这里学习的环境和资源都很好，我也有很多次学习的机会。结束了"富爸爸"的课程，我又报了北大的课程。在北大，我开始了一段充实的精神之旅。

在北大，除了上我报的课程外，我还蹭了很多课，听了众多精彩的讲座。北大老师和教授广博的学识、儒雅的风度常常令我耳目一新、受益匪浅。在北大听讲座，可以说是"听君一席话，胜读十年书"。北大就像一个资源交流枢纽，源源不断地把新的理念和知识输送给每一个渴望知识的人。这是一片知识的海洋，所有热爱知识、渴望用知识提升的人都能在这里找到自己的天地。这里不但成就了众多学子，也成就了保安甘相伟这样不甘平庸的人。北大就像一个跳台，帮助有梦想的人跳得更高更远。

对于北大，我印象最深的就是讲座。北大每个星期都有一场讲座，这些讲座涉及领域非常广泛，并且都是各领域各学科最前沿的、最新的思想火花、学术观点和动态信息。讲座可以说是北大最别致的一道校园风景。有人曾"戏言"：北大的课可以不上，但讲座决不能不听。这足以说明北大讲座的魅力。在校园的海报栏上每周都贴有各种各样的讲座预告，学生可以挑选自己感兴趣的去听。每当有精彩的讲座举办，还没开始，教室里就早早挤满了学生，课桌上都是占座用的物品。每次我都要提前去占座，如果去晚些，可能连站的地方都没有了。

北大还经常邀请各个学科领域做出突出贡献的专家、学者和社会上、企业界的成功人士，就其个人的成长历程、大学生的素质教育及如何成才等方面进行分享，给大家以启迪和鼓励。在这里我听过80后创业偶像李想的讲座，商界杂志主编和各个信息产业的巨头们的讲座，他们给了我新的观念和动力。我在这些创业精英的鼓励下又燃起了我的创业梦，开始向往、尝试，去亲身体验创业过程中的一丝苦、一点甜。

在北大那段时间我还听过陈老师的课、"富爸爸"的课。他们的课讲得很生动也很实用，每一句话都能震撼我的灵魂。我记得陈老师说："人之所以不成功，是因为每个人都有盲点，不能看清自己。"就如我们平常找一件东西，开始时怎么找也找不到。但后来才发现，那东西原来一直在你面前，那是视觉上的盲点。

我终于明白了，为什么到北京后找不到工作，为什么那段时间我会陷入消极和迷茫的状态，原来我正处在自己视觉的盲点上，所以我感到沮丧，只看到自己的失败，看不到自己的特长和优点。明白这个道理之后，我就找到了问题的关键，也找到了解决它的方法，那就是学习。通过学习我跳出了自己的盲点，它让我能用客观的眼光来看待自己，看待周围的人和事。

那段时间，北大的百年讲坛，放大了我的视野和格局，也重燃了我的梦想。我要挣钱，我要创业，我要实现财富自由。但是在北京怎么才能挣钱，做什么才最挣钱？我想起鹏飞曾跟我说过，要想赚钱就卖车、卖房！好，我就卖车、卖房。我开始留意汽车市场和房产市场，想在这两个领域找一份工作。

找来找去，没有找到合适的汽车公司，却找到了北京一家知名的房产公司——我爱我家。这家公司的名字很有意思，我特别喜欢。"我爱我家"——像一个厉害的狙击手，准确地击中了我这个远道而来的北漂人的心声。这些年，在外面四处漂泊，就是因为我爱我的家。这些年，不管遇到多少困难，我都坚持走了下来，因为在我的老家，还有我的父母。我总是在心里暗暗告诉自己，只要我在外面有口饭吃，我就有实现梦想的力量，我就能给父母一个温暖、安稳的家，给父母一个清闲、自在的晚年。"我爱我家"是上天给我的最好的安排。

▼感悟：学习的层次与境界：看书不如看光盘，看光盘不如听现场演讲会，听演讲会不如找到一对一的人生教练。你的人生终极教练在哪里？选择大于努力！人生没有回播，每天都是现场直播，机会永远是给有准备的人的。

第十章
寻找真实的自己
BORN TO DREAM

一颗将要破土的种子

创业其实是一种精神,是一种心态。创业有很多种形式,不是只有自己办公司、自己当老板才叫创业。当你的人生还处于起步阶段,你还不具备足够的经验和能力时,就需要给人当学徒,需要学习和积累,其实这个过程也是创业。

我一直认为,从汽车修理那第一份工作起,我就已经开始创业了,因为从那一刻起我就已经在自己的内心里种下了创业的种子。用佛家"缘起"的思想来说,世间万事万物都是由一定的因缘条件组合而产生的,就像一颗种子要破土发芽,需要土壤、水、阳光等辅助条件。而种子是主因,水和阳光等则是众缘。不管我是做汽车修理,还是在工地上高架,或者是在房地产行业里东奔西跑,都是创业的一部分、一小段过程。

2006年,随着以美式摩尔为代表的大型综合购物中心落户北京、深圳等大中城市,中国零售业全面对外开放,几乎所有的大中城市都已经或计划建设大型的购物中心,这就为商业地产商的发展留下了巨大的市场发展空间。商业地产作为一种不同于传统的商铺租赁形式,以全面融合地产业与商业为特色,正悄然成为房地产市场的新宠儿。中国商业地产将掀起新一轮的投资热潮,商铺地产、购物中心地产、酒店地产、写字楼地产、工业地产都将成为未来商业地产投资的亮点。当时国家对房产市场的政策还比较宽松,大环境很好,所以很多人都纷纷跳入了"房海"。而当时仅有18岁的我带着美好的憧憬毅然挤进了房地产行业。

我人生中第一次接触房地产便是在北京的"我爱我家"。"我爱我家"公司是国内较早从事房地产经纪以及相关产业服务的一家企业，它的分店在北京随处可见。和我同一批被招进去的有300多人，到公司报到的第一天，我们就被公司安排去了一个地方接受封闭式培训。这让我感到很新奇，以前从来没有接触过。我们培训的周期是五天，每天培训的项目都不一样，比如销售技巧，比如房产知识等。每天培训完毕后都会有一个考核，然后按照考核的成绩决定每个人的去留。回想起培训的那段短暂的时光，特别刺激，有挑战性。五天的考核，每一天考核下来都会刷掉一批人。300多个人里，谁也无法预见谁是下一轮要走的人。很多人内心里都很忐忑，看见一同培训的伙伴们一天天减少，既庆幸，又担忧。也有很多人唏嘘不已，在背后说三道四，质疑这样的招聘模式。而我只坚定一个信念：进军房地产行业，我要让我的梦想照进现实，我要在这个黄金般的海洋里捞到属于我的一桶金。所以我认真努力地接受每一天的培训和考核，伙伴们的去留对我没有多大影响。在我的眼里不管做什么事情，只要自己努力做好自己该做的，就一定会有回报。显然，我最后被留了下来。300多个人，淘汰了200多个，最后只剩下了100人，然后按比例和考核成绩分配到各个分店。我很庆幸被分在了地段比较好的大钟寺分店。

就这样，我结缘了房地产。如果把我的创业比作一条装了无数道门的黑白隧道，那么房地产就是穿过黑暗的最后一扇门。打开这扇门，我看见了隐隐的光明。随着穿过的门越来越多，光也越来越强，直至走出隧道，走上今天光芒四射的舞台。

我在"我爱我家"做了不到半年就因别的原因不得已回到深圳，在很多朋友眼里，用金钱来衡量，并没有多少收获，但我却不以为然。因为在北京短暂的几天培训，让我积累了丰富的专业知识以及销售技巧，而在"我爱我家"的工作经验也为我后来的工作打下了坚实的基础。可以说，回到深圳后在房产界的所有成绩，都得益于北京的那段时光。所以我很感谢"我爱我家"

给我指明了一个方向。也因此，我得出了一个结论：做什么事情，开始的起点很重要。

2007年5月，我又辗转到了深圳。因为之前在北京的基础，我毅然再次投入地产界。不过有所不同的是，在深圳我选择的是商业地产。顾名思义，商业地产是商业用途的地产，区别于我以前在北京接触的以居住功能为主的住宅地产。我为什么选择商业地产呢？很简单，一是因为商业地产成交额很大，业务员的提成也多；二是做商业地产面对的客户都是自己创业的老板，我渴望跟他们打交道，因为我也在为创业当老板而努力，或许他们的某一句话、某一个词语就能让我受益匪浅。我很信奉一个道理："你不认识自己的时候，你就看看你身边的人；你想要成为什么样的人，你就去和什么样的人在一起。"

1897年，意大利经济学家帕累托从大量的调查数据中发现了二八定律，他认为在这个世界上，财富在人口中的分配是不平衡的，社会上20%的人占有了80%的社会财富。后来这个二八定律逐渐被认可、被推而广之，被运用到生活或者企业管理等各个领域中。我很认同这个观点，而且发现那20%的人都是老板，他们占有着80%的财富，所以世界上出现了两种人，一种是雇主，一种是雇员。

雇员占了80%，拥有20%的财富；雇主只占20%，却掌握了80%的财富。为什么呢？原来，雇员每天只会盯着老板的口袋，总希望老板能给他们多一点钱，将自己的一生租给了雇主；雇主则不同，他们除了做好手边的工作外，还会用另一只眼睛关注正在多变的世界，他们明白什么时间该做什么事，于是80%的人都在替他们打工。

我的出身很平凡，但是我有一颗不甘平庸的心。我不想做财富的乞讨者，也不想做财富的支配者，我只想做财富使者。但是，这首先要自己拥有财富。

于是，我去了深圳的世华地产。这是一家主做写字楼、商铺买卖代理以及工业用地的招商引资的地产公司。对我有吸引力的不仅这些，世华地产曾经喊出的口号"聚起平凡人，共创辉煌业；我行，我可以"也深深地感染了我，给了我信心和鼓励，同时也让我真正地了解了我一直热爱的深圳。

在这之前，我只是想象着深圳很好、很繁华，于是毅然来到了深圳。可是究竟如何好，我却如雾里看花。我到了深圳以后一直住在贫民区，对深圳的印象也就越来越贫民化。当经理带着我们去会展中心的福田 CBD 转了一圈后，我对深圳有了重新的定位，我决定要在世华浴血奋战，去创造一个属于自己的帝国。我要做最有挑战性的工作。

深圳的房产公司没有北京的专业，也没有北京的待遇好，既不培训也没有基本工资，而且不包吃住。很多公司都是赶鸭子上架，上午把新人招聘过来，下午就叫他们简单了解下房产知识然后出去跑单。这可是真正意义上的"跑单"啊，没有任何交通补助，完全靠自己的两腿去跑，世华也不例外。我记得在世华的第一个月，我跑坏了两双皮鞋，平时很少喝水的我那时候每天要喝三瓶脉动。值得欣慰的是，一个月下来，我把深圳有名气的商业写字楼全跑熟悉了——电梯往哪开，有多少层，物业费多少，等等。那时候我是公司里的"百度地图"，公司里的人带客户看房找不到地方的时候就会说："问文强，他知道。"

有付出就有收获。和我一起跑单的几个同事跑了两个星期后，感觉没有头绪、没有希望，都相继走了，最后只剩下我一个人。我很庆幸，之前在北京有过相关的培训，在这一点上我比深圳的同事们要略胜一筹。而且我有自己的梦想，所以我跑单就不至于没有头绪，更不会轻易放弃。

我喜欢看一部电视剧《温州一家人》，里面的周万顺在陕北开采石油，他不顾一切，撞了南墙还继续往前冲。所有人都劝他放弃。当他妻子儿女都埋怨的时候，当他最好的兄弟四眼死了的时候，他始终都在坚持。一口井，两口井，三口井……往深挖，再往深挖，井塌了再换井，最后皇天不负有心人，终于出油了。这就是坚持的力量，在我看来，这与我们跑单，道理都是一样的。很多同事跑了几天没有"出油"就放弃了，其实如果再坚持一下，再往深挖一"锄头"或许就出来了呢？

月末的时候，我意外地卖掉了奥林匹克大厦中的一整层。因为我的专注和专业，以及为客户着想的态度，第一次看房，那位老板就直接付了30万元的定金，总价1000多万元，不小的数目。我们公司光佣金就收了30万元，我的提成也有好几万块钱。当时，我成了公司的明星，因为公司几乎还没有实习生能接到大单的，我是第一个。经理高兴地亲自带我去办入职手续。还记得当时填入职表格填到效益那一栏的时候，我爽快地填了30万元，结果办入职手续的小姑娘以为我填错了，打电话去会计那边求证。那时候，公司上下都对我持怀疑的态度，觉得我是瞎猫碰上死耗子。为了证明我的实力，在公司立住脚，我更加努力了。到后面的第二个月、第三个月，我的业绩都超出了30万元。一时间，公司的同事都对我另眼相看，我在福田CBD商业地产行业里声名鹊起。

三个月的成绩让我越来越自信。很多人说我是运气太好。其实只有我自己知道，这所谓的运气是靠身心的苦堆砌出来的。还记得有一次开了一个新楼盘，放盘后有一个客户来电咨询，从电话里我能了解到他是有需求的。他对房子的地段和商业价值很满意，但这个客户很犹豫，也很注重细节。他在房子的质量和朝向上很是纠结。电话里我们交涉了两三次，他那边也一直没有给个明确的回复。怎么办？于是我躺在床上辗转反侧，终于想到了一个好办法，制造一个假象，给他施压。

于是，我就约了他去看房。在看房之前跟我同事约好，叫同事们假装要看房的客户给我来电话，给客户产生一个假象，这房子就好像"皇帝家的女儿不愁嫁"，错过就没有机会了，再犹豫就可惜了。我把服务的态度拿捏得恰到好处。我不但不劝他赶快定下来，反而劝他好好考虑。这一来，最后他很果断地签了合同、交了定金。这个客户姓王，他的企业做得很大，是好几个工厂的董事长。我们后来又有好几次合作。熟悉了以后我管他叫王大哥。到现在我们已经是很好的朋友。

当我告诉他第一次和他合作的实情以后，他直呼被骗了。我说："有没有被骗，你心里最清楚了，那个楼给你带来多少收益啊！而且我跟你说的楼盘信息都是真的，只不过销售时用了点小手段提高了成交效率。"他笑着说不跟我争论涉及我专业的事情。但他每次投资房产时都会第一时间咨询我。

坚持的力量是强大的，等待的过程是痛苦的，但是只要有梦想，前方的路就是光明的。周万顺在冰天雪夜里等待着出油，困了嚼上几把红辣椒的苦注定了他将成为一个传奇。我从小就明白一个道理，在地里种麦子，要先耕地、播种、施肥，然后等上好几个月，才会收割。所以我坚持到了最后，也因此我收获了我所种下的"果"。

▼感悟：当我们将自己视为树的种子之时，我们就必须内在强大，所有外在都是内心世界在外部的显现，内在的强大才是真正的强大。一次做第一名，只能说明运气比较好。如果连续成为行业第一名，那是能力与智慧共存的人生价值体现。

第一次创业

2008年，房地产市场开始下滑，这个下滑原因主要因为政府的"两防"，防止经济过热和防止通货膨胀采取的强制措施。再加上那一年席卷全球的金融危机，商业地产也无奈地从"春天"一下跨入了"冬天"。整个市场经济都不景气，客户们投资自然也谨慎了，很多房产公司常常出现几个月都成交不了一个客户的现象，业务员们在百般煎熬下都纷纷跳槽或转行。我也一直在观望，等待机会随时撤出。

一天，我的一个同事小赵找到了我，跟我说："周哥我们一起创业吧。"

我眼前一亮,他简直说到我的心坎里去了。小赵在公司里和我关系不错,年纪比我稍小些,很有上进心,经常找我讨论销售经验。他很尊重我,甚至可以说有些崇拜我。而我也很喜欢他,因为他也是个有目标、有方向的年轻人。

创业从来都不是一个人能做成的,当他说出"创业"两个字的时候,我觉得我们是不谋而合。创业的心已决,但是做什么项目呢?他说:"我们可以做老本行。"我分析了一下,或许还真的可以。首先我们对这个市场熟悉,其次我们手上积累了不少数据。我们把各自的想法都拿出来相互碰撞,最后决定做老本行。但是不能做商业地产,因为当时的经济环境不好,那些大公司都饥寒交迫,何况我们?后来我们思来想去,发现了一个很棒的市场。

在深圳,富人很多,富丽堂皇的高楼大厦也很多。但是同样,穷人也很多,为梦想只身来深圳闯荡连安身之处都没有的人也很多。我和小赵就在其中。曾经的我甚至睡过大街,连那又脏又乱的大通铺都不舍得住。这其中的苦,我们太了解了。所以我们决定,为这样的一群人提供帮助和服务。深圳每年都会涌入大批的毕业生和打工者。对于这些人来说,到了人生地不熟的深圳,如果能有个便宜又舒适的安身之所,那就没有后顾之忧,再大的困难都不是困难了。而对于我们来说,这种创业模式是最好不过的,首先客户群多,其次投入的资金不大。

一切都好似水到渠成,2008年5月1日,我们成立了深圳创业家园。在全球金融危机的风暴下,我们却开始了人生第一次真正的创业。种子破土了,那一天晚上,我激动得一整晚没有睡觉,躺在床上看着白色的天花板,眼睛里却闪出了五颜六色的光芒,不由自主地反复念起了顾城的一句诗:"黑夜给了我黑色的眼睛,我却用它寻找光明。"

其实我们每个人的人生即如此。每个人来到这个世界上的时候都闭着一双黑色的眼睛,随着时间的增长,眼睛慢慢睁开,看到光明。然后我们又从各种"光明中的黑暗"里寻找真正的光明,直到再闭上眼睛重回黑暗。所以我们的眼睛是黑色的,所以有人说我们的人生是一种修行。

创业家园主要是为那些初到深圳和已经在深圳却经济困难的人提供廉价

房屋、床位的租赁。因为对市场的了解，我们很快就在深圳的清水河找到了房源。罗湖区清水河因为1993年的大爆炸，留下了一道很深的伤口，同时也留下了在全国都很知名的地名。清水河没有河却靠着山，那里的房子都是当地的农民房，环境很差，不过有两个优势，一是便宜，二是离罗湖人才市场很近，坐公交车几站地便可到达。

罗湖人才市场在深圳是比较大的人才市场。那时候找工作不像现在这么方便，可以上智联，上前程无忧，甚至上电台节目。那会儿才市场每天都有黑压压的人群在那里寻找自己的未来。很多人是蹲点式的，吃住在人才市场门口，有钱的住附近的旅社，没有钱的睡通铺，更困难的就索性在人才市场门口打地铺。当时最便宜的通铺是10块钱一个晚上。睡过通铺的人都知道，通铺里面很混乱，一不小心东西就被偷了，而且被子又臭又黑。找工作可不是一两天就能解决的问题，所以住宿是很多初到深圳的人最大的难题。当时我们租了4间20多平方米的房子，每间房子放6张双层架子床，总共设了48个床位，每个床位一个月180元，也就是每天6元，比最便宜的通铺还要便宜4元。我们一般都是租很破旧的房子，然后自己再重新刷上白乳胶，装上窗帘，这样利润空间就更大了。从找房源、装修、布置到宣传，花了一个月时间，刚好赶上大学生们走出校园找工作的时机。我记得第一天我们就成功地招到50名房客。因为我们只有48张床，最后有两名租客只好暂时先在我们宿舍打地铺，当然是免费的。

我们的宿舍和大学生在学校的宿舍没有什么区别，所以我们吸引了很多刚毕业的大学生。因为都是大学生，所以同一宿舍住，相互之间都很好沟通，相处得很和谐，有时候他们睡觉前甚至一起交流面试经验等。因为租客的影响，渐渐地我们有了一个明确的定位，我们索性完全模仿学校，在附近又租了几处房子，做起了男生宿舍和女生宿舍。这样一来，那些刚毕业的大学生找到了一种归属感。

正确的定位，让我们的创业很成功。我们的租客源源不断。我们的年龄和那些大学生也差不多，都很谈得来。他们有什么需要帮助的，我们都尽量给予帮助。后来慢慢地，我们那还有很多男女租户谈恋爱了。应他们的需求，我们配备了很多便宜的单间。生意越来越好，我和小赵忙得晕头转向，不得以请了五个员工。即便如此也常常感到时间不够用。每天白天要忙着找房子，收拾房子，招待新来的租户，晚上要考虑宿舍的管理和租户们的需求等问题。很多时候忙得吃饭的时间都没有。现在回想起来，那真是一段不可思议的日子。其实，那时候好多的租户年纪比我们还要大。可想而知，我们吃的苦要比同龄人多得多。

很欣慰的是，半个月下来，我和小赵一对账目把自己都惊呆了，除去成本，我们净赚1万多元，这个数据一下子让我们豪情万丈。照这个速度算下去一年能赚30多万元，然后我们再扩大规模，把周围的房子都租下来，等盈利了，再投入运作，就这样鸡生蛋、蛋生鸡，用不了多久我们就能把这片地皮买下来。到时候盖一个创业家园小区，我们也有可能就是下一个潘石屹。今天的小小房屋中介商一不小心就会成为明天的地产界大亨。这些白日梦不断地从我们两个的脑海中冒出，再多的辛苦，也被梦里的喜悦淹没了。

一个月后公司有了一笔稳定的周转资金，我们买了一辆三轮车，给我们创业家园增加了一项免费接送的服务。这一来，客源就更多了。当然，凡事有利有弊，物极必反，我们的生意越来越好，而其他做通铺的对手们生意越来越差。他们看着我每天三轮车拉好几趟，终于沉不住气了。一天下午，他们找来三个彪形大汉，直接把我揪下了车。我一看不对劲儿，拔腿就跑。最后他们没有追上我，就把三轮车给砸了个稀巴烂，把车上的客户都吓走了。这事虽然损失了车和客户，但是却给我提了醒，要创业，肯定就会遇到竞争对手，人身安全很重要，所以我们从这以后决定学习散打。

那段时间确实也发生了很多老板做大了被抢劫的例子，俞敏洪被抢劫了好几次，马云自己就会武术，所以我们必须也得学，以防万一。那时候我们很单纯地开着玩笑说，把散打学会后，以后我们做大了都不需要请保镖了。学习武术后，我发现光练外在的也不行，还必须要学内功。俞敏洪他们可都是大学毕业，却还在不停地学习，而我只有初中毕业，如果以后公司做大了，也要和淘宝、新东方一样上市，发行股票怎么办？我们学历低，懂得少，肯定被骗，而且如果我们的公司也上市了，别人想买我们的股票，一看董事长只是初中毕业，这股票谁敢买呢？后来我又说服自己去报读了 MBA。可是现实情况是我高中都没有读，于是我就自己买来教材，把高中的课程全部自学了一遍。为此，我还报了电大的学习班，一学就是三年。虽然这期间我经历了很多事情，甚至一度消极懈怠，但我从没有间断过学习。现在我已经在学本科的课程了。无论我面临的人生是得意还是失意，对待知识的态度我一直是虔诚的、积极的，因为我始终相信，知识改变命运。

在我们的经营下，业务量越来越大了，供不应求，我们开始整栋地租。最疯狂的时候，我们租了两栋，总共 70 间房子。而这期间我们只需要投资 5000 块钱的押金就可以运作了。很多人也许会奇怪当时我是怎么做到的，因为就当时的情况，在深圳随便租一套房，哪怕是农民房也要 2000 多元，押金加起来就 4000 多元，更何况是有着几十个房间的整栋楼。就算有资金，那也是有很大风险的。怎么办？我耍起了小聪明，缩减了中间环节，尽量避免资金的投入。

比如，今天我在房东那里找到了很多空房，就跟房东达成交易，拿到房租的最低价之后再去找租户。如果房东给我的最低价是 400 元，那我就可以租到 600 元或者 700 元。等租户交了我租金之后我再去交给房东租金。这么一倒腾，中间的差价就是我所得的佣金。

20 世纪 80 年代，也就是改革开放初期，在市场经济"双轨制"的条件下，中国涌现了一批将物品低价买入高价卖出的人，这样的一批人被称之为"倒爷"。在当时，当"倒爷"能用西瓜换坦克，能用罐头换飞机。没有想到，我第一次创业居然当起了"倒爷"。

在房主和租户间倒腾得越多，我的战术就越清晰。后来我又发现来深圳找工作的湖南人、湖北人比较多，于是我们就去湖南、湖北开发市场。当然不是真的跑到湖南、湖北去，而是在湖南、湖北的大学网上找兼职代理。我在北大上课的时候，发现北大网站上会贴找房信息，所以我就沿用了这个创意。

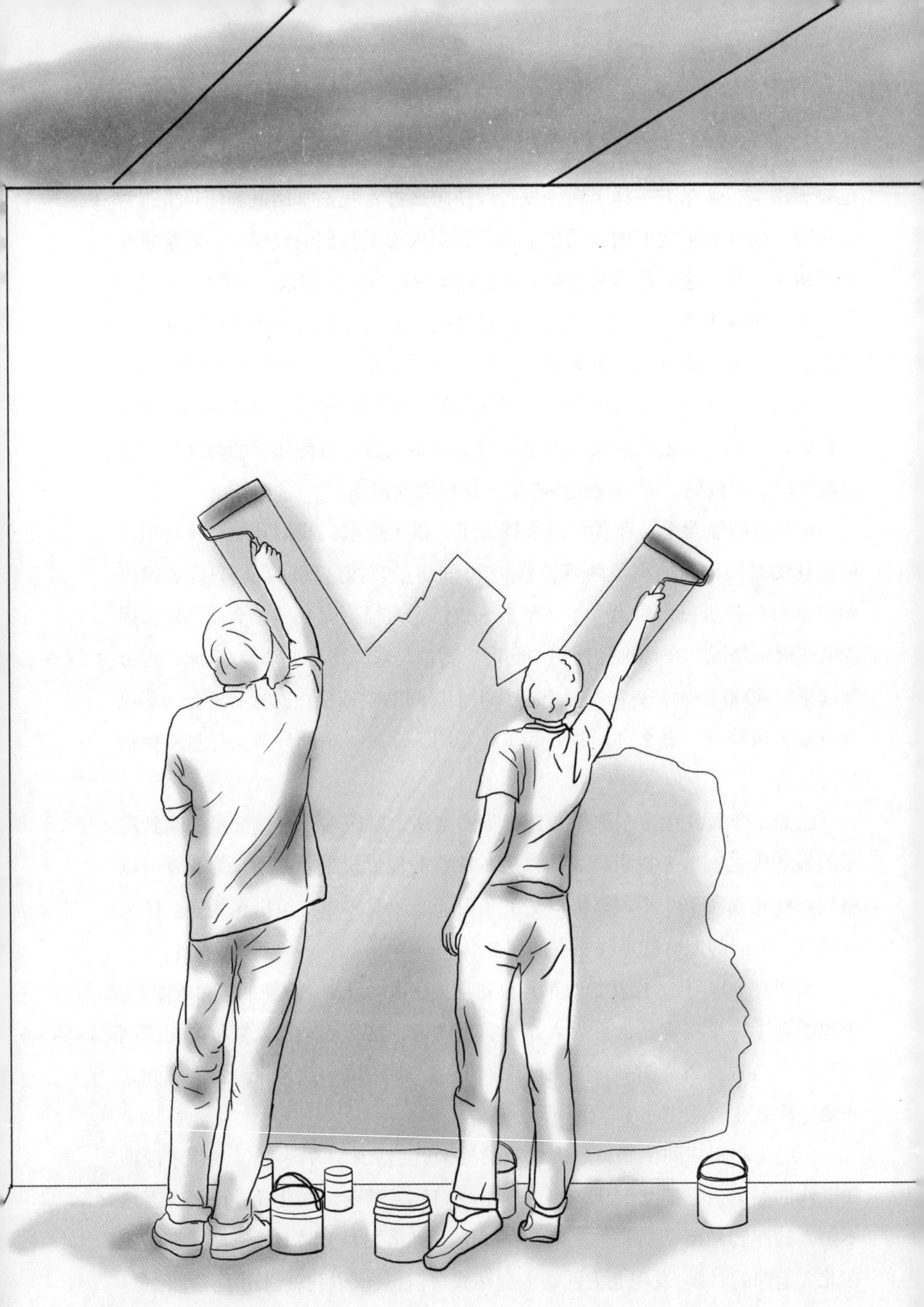

我在每个学校找一个学生帮我兼职贴出租信息："去深圳找工作，找房去找周老师的创业家园网。"兼职人员每给我招到一个租户我给他10块钱的提成。这对他们来说是很划算的事情，不但赚到了钱，还帮同学提供了一个好的落脚之地。后来很多学生不光在学校内部网上发帖，还在宿舍发传单。这让我们的客户量如同滚雪球一样，越来越多。

到了年底，除去投入的成本，我们净赚了20多万元，我和小赵每人分了10多万元。那晚，我把自己存折上的10多万块钱都取了出来，把它们摆在桌上，静静地点了一根烟，边抽边看着被烟雾围绕的钱。我在心底盘问自己："周文强，这就是你第一次创业的成绩，你满足了吗？"我发现，自己竟然没有想象中的那般欣喜、得意。按理来说，这次创业算是成功的，但却不是我自己心目中的结果。我必须清楚地告诉自己：不能满足于眼前，这远远不是真正的财富自由。

作为一个创业者，换句话说就是老板，这个角色让我很不适应，甚至在这一年的创业过程中我从来没有把自己当老板看过，我仍然觉得自己是个打工仔。现在想来，这种心态和我做以往任何一种工作时的心态并没有太多区别。为什么我没有那种让自己激动的成就感？我想起了自己这些年打工经历的点点滴滴，那种对未来的渴望和对现状的不满一下子冒了出来，让我找到了自己的兴奋点，我终于知道自己冷静的原因了。这不是我想要的东西，这不能点燃我生命的激情，这10多万块钱承载不了我对梦想的定义。我要继续去寻我的梦。

在我看来，创业不是为了挣多少钱，而是要看自己做了多少事情。人生的终极梦想应该是有质感的。在面对一些答案和诱惑时，我们必须善于反思，想清楚自己最想要的是什么。只有想清楚这个问题，才能找到人生的动力之源、梦想之源。

▼**感悟**：创业就是一个发现社会问题、解决社会问题的过程。起心动念正，正法邪法皆可用。你不规划自己的人生，就会有人来帮你规划你的人生。人要有一颗不安于现状的心，自己战胜自己才是最可贵的胜利！

寻找真实的自己

2009年，面对国际金融危机的严重冲击，我国采取了推动出口转内销、4万亿经济刺激计划等一系列应对举措。在宏观调控"保增长、扩内需、调结构、促民生"四大政策的推动下，中国经济走过了一条不平坦的复苏之路。纺织、船舶、电子信息、物流等十大产业触底回暖，中国经济开始了复苏之路。很多投资者都开始蠢蠢欲动，向市场进军。

倒租房屋确实能挣到一些钱，但是这却不是长久之计，更不是一件有意义的事。因为我们这么一倒腾，租房的价格就被抬上去了，对很多在外面闯荡的年轻人来说，无疑是巨大的压力，甚至可以毫不夸张地说，很多人的梦想都是被住房绑住了前行的脚步。所以我决定放弃继续做房屋倒租。市场经济复苏，很多投资者们都在寻找商机，我想我也要走出去看看有没有更适合我的事情可以做。

放弃和选择都是困难的，因为你要面对无法预知的未来。尽管小赵百般劝说，我还是毅然地退股了。中国有句古话叫"舍小利以谋远"，我把所有的东西都送给了他之后，又踏上了打工之途。我明白这次找工作就是为了查看商机，后来的这段时间我涉足了各种行业。我先去了巨成培训旗下的一家子公司北京盛世文化传媒公司，做明星代言，也就是从那时候起，我深入地接触到了培训。那时候，整个公司除了我创造的10多万元销售额以外，没有任何业绩。看起来我的成绩好像也还不错，但是对比我以前的销售状态来讲并没有得到提升，所以这并不是我想要的结果。

后来，我一个朋友游说我开服装厂，跟我说了一大堆做服装的好处。在服装行业我是个门外汉，根本就不懂，但是却有些心动。所以，我就到一家做服装很成功的公司学习服装行业的知识，做了一段时间后我发现服装的利润空间很低，几乎不赚钱。那家公司的老板算是很成功，做了十几年了也才1000多万元，这也不是我想要的结果。

在服装行业打完"酱油"之后，我又去了中原地产。再回房地产，是因为受到了刺激，也算是对自我的一种挑战。先前我在世华带的业务员说他做房地产一年能挣50万元。这个人之前可是我的徒弟，是我手把手带出来的，他一年都能赚50万元，而我当时做房地产却从来没有达到过这个高度。我的心里开始不平衡，极力想证明自己的实力，师父怎么能输给徒弟呢？那时候我的运气很不好，很久都不出单，每次我谈的都是几千万元的大单，客户定金都给了，却邪门得找不到房源。我一度感慨，真可谓是"长江后浪推前浪，前浪死在沙滩上"。

正在我郁闷的时候，我的两位现在的战友——新思想的杨总和李总——开了一家软件公司，却不善经营。他们一致认为请我过去做总经理帮他们管理公司是最合适不过的。我毫不犹豫地就过去了，因为我明白，房地产行业里，我的春天和激情都已经过去了。

在杨总他们的公司，别人都有底薪，但我却没有。这并不影响我工作的积极性，这是我真正开始管理团队、管理公司，它和之前我做过的那些工作都不同。

在管理的过程中，我认识到了人才的重要性，也开始学习团队建设。21世纪，人才是最大的竞争力。我当时为公司招揽了很多人才，不到三个月时间，公司的状况就改善了很多，然而，这时候杨总却把股份卖给了他以前的老板。这一来，我的付出和努力白费了，本来眼看着公司在我的管理下已经如一个学会走路的孩子，很快就能大步向前了，最后却和我没了任何关系，所以心里真的很不是滋味。而且和朋友的关系也闹得很僵，昔日把酒共饮的好友也被这个残酷的社会给拆散了，我不知道什么才是我要找寻的目标。在所谓的竞争和自由并存的经济模式下，为什么人会陷入贪婪和占有的旋涡之中？这段时间虽然了解了很多行业，但我不但没找到自己想要的商机，反而被生活中琐碎的细节蒙蔽了双眼，看身边的人和这个世界尽是欺骗与灰暗。这种心理一直持续了好久，直到有一天我偶然看《商界》杂志，看到一篇文章，这篇文章是电影《在云端》的影评。影片讲的是一个专门为客户公司解雇员工的空中飞人瑞恩的情感与生活，他的人生目标，就是能够积攒到1000万英里的航程。我在他身上看到了自己的影子。我们两个多么相似，都给自己设定了一个在云端的目标，努力去追求，达到目标的时候却被这目标所背叛。也许这些背叛都和旁人旁事无关，只是你的心背叛了你自己。

瑞恩追求简单的一个里程数，达到的时候却发现，自己居然忘了要说什么。当他把各种关系经营到仅占有自己生活中无限小的一部分时，最后，也被别人当作了无限小的一个点。而我追求的是一个机会、一个梦想。不同的是我不知道在别人眼里自己是什么，或许像瑞恩一样是个小点，或许什么都不是。我们每个人都一样，追寻着自己认为一定很不错的东西，而追到了却被自己的心欺骗。这便是欲念，欲念丛生，而结果必定是虚妄的。那么实在的是什么呢？应该是整个追求的过程，思想在云端，行动在路上，享受这个过程就好了。这篇文章，不但给我打开了心结，也让我第一次接触到一个新词"EAP系统心理咨询"。

瑞恩就是一名EAP系统心理咨询员，作为一名裁员专家，飞来飞去专门帮企业裁员。瑞恩面对的都是被裁的员工，而且几乎是每天都会碰到几十位失望、愤怒、激动、迷茫、哭泣，甚至要自杀的"淘汰者"。虽然这项工作要求他必须麻木甚至冷酷无情，但是瑞恩还是尽可能让谈话显得尊重对方，并且让人对未来和人生还能抱有积极的心态来面对。这是多么善良的一面，也是多么人性化的一面。在全球经济危机的波及下，很多的公司都面临着裁员的问题，而员工在生活、失恋等各种名目繁多的压力下还要面对最残酷的被裁的命运。很多人在收到被裁的消息时都受不了，那些自杀的"淘汰者"

不但国外有，国内也每年都有。

中国每年自杀人数约有28.7万，尤其是在30岁左右的人群中，他们主要是因为被裁后而自杀。这么多生命在面临种种重压时选择了逃避，甚至认为这就是解脱。当然，也许这对他们个人来说是解脱了，但他们走后给家人留下的却是无尽的痛苦。也许他们是各自家中一家老小唯一的生活希望，也许他的离开，会带来一个家庭的灭亡。我也希望自己能像瑞恩那样，去拯救这些陷入绝望与无助的人。起初我有这个想法，后来转念一想，我为什么不去办一家这样的公司？这样就能帮助更多的人，中国有没有这种类型的公司呢？经过一番考察，我发现只在台湾有一家。我终于发现了一个商机，它不但让我能帮助别人，也能帮助自己。这就是我真正想要做的事情。

我开始上网查资料，并反反复复看了好多遍《在云端》，把瑞恩公司里里外外研究个透。做EAP系统心理咨询首要的是要懂心理学。可是我没有学过心理学，我先准备进心理咨询公司学习锻炼。这个行业圈子很小，人员流动也不大，在人才市场上的信息也很少。跑遍了人产市场，我也没有找到关于心理咨询公司的招聘信息。普通的招聘途径走不通，我就上深圳市工商局网站，把有心理咨询业务的公司的信息全部抄下来，然后一个个上百度查找它们的联系电话，再挨个打电话过去。找了很多家，投了无数份简历，它们都要有经验和心理学专业的人。我既没有学历又没有经验，所以我只好在简历里着重说明我的工作经历和自己对心理咨询的热爱，最后终于有三家公司给了我机会，让我去面试。

我很开心，因为只要它们答应与我面谈，我就有信心让它们录用我。面试完三家，两家都录用我了，最终我选了万安源心理咨询有限公司。就这样，一个从来没有做过心理咨询的人去心理咨询公司上班了。在这一充满魅力的领域里，我有幸认识了一些辛勤探索的同行。我的工作是负责在网上招客户。我们的客户主要是个人。本来我是想像瑞恩那样对企业的，但公司没有开发这方面的业务。抱着帮助别人的心态，我开始真正接触心理学。除了公司定期的专业培训，我自己还上了很多心理咨询的课，我要让自己逐渐变得专业起来。这段时间是我最快乐的时间，因为我帮助过很多人，我还曾经挽救过两个准备自杀的人。"尊重每一个生命；做最真实的自己；拥有强大的内心"，是上心理培训课带给我最深的三点感受，也是作为一个优秀的心理咨询师必备的素质。但我想远不止于此，无论我将来还有什么梦想，还将从事什么工作，这三点感受都将引领我的人生，让我明白生活的积极意义与价值所在，以此敬重生命、敬畏人生。

尽管我不是专业出身，但我的客户都非常尊重我，愿意找我咨询。我第一个月业绩做到了第一名。我并不满足，之后，我暗自发誓，我一个月要挣20万块钱，我一定能做到。在这段时间里我不停地运用暗示的力量，告诉自己，只有自己才能把自己塑造成理想中的样子。我们把自己想象成什么，我们就会成为什么。当我把自己想象成瑞恩，我就能体验到当他为一个沮丧的员工重拾信心时的那种成就感，想象着自己也和他一样冲向1000万英里的航程，冲向我的20万元目标。到了第二个月我还是公司第一名并打破了公司销售纪录，但是却没有实现20万元的目标。公司给我发了5000块钱奖金。虽然这种情况在我以前从事的职业里也是经常发生的，但这一次的奖金却让我有着前所未有的成就感。这种成就感不是奖金本身带给我的，而是内心深处的自我肯定。这种肯定是对自我真实的认识，是对别人真诚的帮助。

第三个月我的收入虽然是全公司最高的，但离20万元还是相差太远。后来一家房产公司挖我去他们那儿上班，我就去了。一直以来我都是个不甘服输的人，怎么跌倒，我会想着怎么爬起来。没有想到，到了那家公司后我很快接了一个房地产项目，第二个月就挣了20万元，完成了我的订单目标。人生的路上就是有很多出其不意，下个路口是悲剧还是喜剧谁也无法预料。从房地产出来，辗转了好几个行业，最后又回到房地产，我觉得自己是该安定下来的时候了。于是我给了自己一个奖励，买了一套小面积的房子。

当我走进自己用努力换来的房子，为自己倒上一杯清水，我突然间好像明白了很多。人生真正需要的并不多，有时候仅需一杯水就够了。一杯水可以解渴，可以清心，可以映出我们最真最纯的笑脸。

▼感悟：人生起起落落，就如同抛物线一样，这一次的着陆为的是下一次更好地划出一道亮丽的人生彩虹。任何事情的发生，到最后都是好的结果。如果还没好结果，那一定是没有到最后。普通者凡事看负面，成功者凡事都看正面，凡是成大事者都能将所有负面转化成正面。

第十一章

新思想的力量

BORN TO DREAM

成就你，就是成就我自己

在房地产行业，我尝到了一些甜头，有帮别人打工的经历，也有自己租赁房屋当"倒爷"（在改革开放初期，有一大批倒卖家电日用品的生意人，都被称之为"倒爷"。我的奋斗榜样柳传志当过"倒爷"，倒卖过冰箱、电视。我最崇拜的地产大亨王石当年倒卖过玉米。）的经历。做房地产的几年里，我跑过很多路、吃过很多苦、也攒下了不少钱。但在我的内心深处，我十分清楚我是谁、我要去哪里、我要什么。

从汽车修理工，到农民工，到电子产品的销售经理，到房地产大客户经理……这些年里我从事了很多行业，更换了很多工作，但是我却一点不迷茫，倒是越发清晰。每走一段路我都会停下来问问自己：我的位置在哪里？我到底有多大能力，能做多少事情？

"梦想有多大，舞台就有多大"，其实每个人都有梦想，甚至有很多个梦想，但是有很多人在追梦的途中走着走着就把自己走丢了，或者安逸于眼前的一小片花丛，或者满足于眼前的一小杯清酒。我始终觉得人的一生最宝贵的不是挣多少钱，而是能在有限的时间里做多少事情，能有一个多大的格局。还记得我刚去修理厂的时候，我的格局很小，只是梦想着自己能开一家修理厂，给别人修汽车。后来我去了工地，格局稍微变大了，梦想着做包工头，开着自己的小汽车，喝着冰红茶，让别人去修车。做了几年房地产后，我发现不管是倒房还是卖房都越来越不好做了，我想自己创业，我想做开发商。这梦想很大，当时的我只能望洋兴叹，因为做开发商没有几亿元根本做不起来。

那么，我该怎么办？我记得曾经看过一部偶像剧——《转角遇见爱》。剧情记得不是很清楚了，但这个名字我特别喜欢。的确，我们的人生里会有很多个转角，真爱也好，事业的成功也罢。没有关系，只要你坚持，不放弃，肯定会有的，无非是多转几个弯而已。

做房地产开发商在当时不现实，我很清楚，所以我要寻找商机，借助其他的平台。当时正好在新闻里看到脸书上市，我就想，这是一个网络时代，我要做网络公司。我研究了很多国外的网络公司，发现很多网络公司都是在大学里发起并创业成功的。所以，中国的好项目肯定也出现在大学。我是个雷厉风行的人，小时候我带着小伙伴们玩的时候就懂得了一个道理，"先下手为强，后下手遭殃"。所以一直以来我都是一个想到什么就做什么的人，绝不做行动的矮子。我很快就锁定了深圳大学，我决定去深圳大学发帖子找项目。我在传单上告诉深圳大学的学生们我有钱，有团队，缺项目。效果很好，传单发出去一两天就有很多大学生找到我，跟我谈他们的项目，五花八门，听得我头晕目眩。那些大学生个个激情四射、口若悬河，可是我不得不一一告诉他们，这个项目哪里不成熟，那个项目哪里不能落地。我很欣赏那些学生想要创业的态度，所以我认真地给每一个学生分析他们的项目哪里不行，为什么做不了，最后他们发现我说的都很有道理。然而有的学生说："周老师你多给我们培训培训呗。"也有的学生说："中国的大学里为什么没有这样的培训课。"我一想，这个确实可以有，本身我也就喜欢分享。对于我来说，当时的我不缺社会实践的经验，也不缺钱。而对于学生们来说，他们不缺的是学识和思想，以及无数个正等待着去践行的梦。如果我能把这些结合起来，如果我能把这无数个梦串起来，一起去开创一片新的天地，那该是一种什么样的力量？

我再次去了深圳大学，这时候我和那些大学生俨然已经是朋友。很巧，我去的时候深圳大学刚好有个创业大赛。其中有同学非要我帮助他一起来完成参赛项目。乐于助人是我一直以来的好习惯，我欣然答应了。让我意外的是最后那个同学的项目在我的帮助下被评为了四等奖，获得了 10 万块钱的奖学金。这之后，深圳大学那些想创业的学生对我更加认可了，他们一致要求我给他们讲课。

有时候不得不相信缘分。在这之前，我确实听过很多与创业有关的讲座，听过很多成功企业家的演讲。通过这件事情，我相信在这个世界上存在着一种说不明白的很神奇的力量——只要你坚持一个信念，那么你做的每一件事情都会发挥其作用。可能当时并没有给你带来多大的帮助和收获，但是保不齐一段时间后会恰到好处地出现，让你如虎添翼。

有付出就有收获，转了好几个弯，原来我是要做演讲、做培训。先前的积累，对于我给深圳大学的学生们上课说来，两个字是就简单；四个字还是简单。我想把这个当作一个长期的项目来做，所以决定先做调研。首先是针对我自己的，我适合不适合讲课？我去征求我老师的意见，我的老师们都极力支持。我又去询问我的朋友们，结果我的朋友们都说："你这家伙太适合了。"然后我去就去深圳大学调研："300 块钱听我的课愿不愿意？"结果有很多学生愿意。我再仔细一想，深圳大学有几万名学生，每年送一批去社会，又招一批新人进来。我发现这非常值得做，于是我把我的发小——李文举（现在公司的核心成员李总）——请过来和我一起做。他当时跑业务，接手的项目不好做，赚不到什么钱，一个月忙里忙外，东奔西跑才 2000 多块钱。我很清楚他的能力，他只是欠缺一个好的机会或者说一个好的项目。我告诉他我又要创业了，我要做一个非常伟大的事业。我跟他说了很多，他觉得非常靠谱。于是 2012 年 7 月，我们成立了新思想公司。

我 17 岁接触到了《富爸爸穷爸爸》的思想，让我益匪浅，甚至可以说完全改变了我的思想和命运。这本书对于我而言就好似金庸的武侠小说里讲到的武林秘籍，所以这些年里我结合实践，一直在研究，一直在分享。罗伯特·清崎的这本书里讲过一句话："再没有一种力量比适时出现的新思想更强大，也再没有一种力量比墨守成规更有害。"所以，我将我的企业命名为"新思想"。我想把这种强大的力量推而广之，去帮助更多人。当然，"新思想"的命名原因绝不只有这些。我前面说过，改变我命运的有两个，一个是财商，一个是心理学。我看了将近600本心理学方面的书籍，我在这些书里面研究了很多法则，我发现这些法则讲的就是一种新的思想。一个人的转变从新思想开始，所以我觉得再也没有比新思想更合适的名字了。

有一个小故事：传说在华盛顿七八岁时，因为很喜欢苹果，于是他在后院种下了一棵苹果树苗。他的父亲告诉他："你要想让你的苹果树长得更茂盛，结出的苹果更香甜，就应当将它种在有阳光的地方，而且要经常给它浇水施肥。"更重要的是，他的父亲以这棵树为例，教给了他一句感动全球的箴言："当你帮助别人得到他想要的，你也必将得到一切你想要的。"后来华盛顿以这句话作为其权衡国民人权的标准，而我也将此作为自己行事做人的准则。

新思想创业初期是做两件事情，我们将人类分为外部社会和内心社会。外部社会我们要实现财富自由，内心社会我要实现身心富足。在我接触心理学的这四年，我一直在研究："我是谁？我来自哪里？我们的心在哪里？我们的真我是什么？"

张德芬讲过："我们人首先分两种，表意识和潜意识，或者直接说分三种，自我，本我，真我。"自我指的是像一个任性的孩子一样，你就要做这件事情，是一种非常自私的表现，这是我们人类都不希望的。我举个例子：你去街上买东西，拿了东西正准备结账的时候，城管来了，结果小贩收了东西就跑，那么这时候你心里肯定有两种思想：第一，哇，这不用付钱了太爽了，这就是自我的思想；第二，白拿人家东西这种事情好像不太道德，看来我还要还给他，这就是本我的思想。本我是很理智的。现在有人杀人放火，都是因为自我的思想在主控。但是真正改变我们命运的是什么呢？是真我，是我们内心深处在夜深人静独处的时候最真实的想法。所以我们很多人根本不了解最真实的自己。那些被自我控制的人会经常容易冲动发火；被本我控制的人会经常抑郁，不开心；但是真我，则告诉我们我是谁，我来自哪里，我们来世界上的目的是什么，你到底想要成为什么样的人。

为什么说很多人现在财富自由了却并不快乐，因为那不是他们的真我想要的东西。所以用张德芬的例子来讲，就好像是一匹马，拉着一辆马车和乘客，被一个马夫赶着走。马觉得是它在坐车，马夫说是他在坐车，而真正坐车的是后面马车里的那个乘客。这就是我们内心的真我。很多时候我们不成功是因为我们的潜意识、我们的真我出现了问题。真我和潜意识的力量非常强大。当我上了很多心理学的课程，包括看了很多书籍后，我发现，我们很多人都是被自我和本我严严实实地包裹起来后去"征战沙场""争王夺侯"，其实真正的王是我们内心的真我。

佛家讲人人皆是佛，上帝讲我们都是神和天使。所以，我们新思想要做的就是用新思想的力量帮助很多人找到真我，找到自己的王，找到潜在的力量，最后成就他们，也成就我们。

▼感悟：创业是一个人或是一个团队智慧升华和放大的体现，丰富的人生经历都将成为成就霸业的垫脚石。人生，并非赢在起点，而是赢在转折点。主控自我，才能激发和使用潜藏在我们一般意识底下的一股神秘力量，而这股神秘的力量将会让我们无所不能。所以，找到它，使用它。

我有一个《秘密》背后的秘密

以前我就常常幻想，我们人类本都是神和天使，落到凡间后，想吃什么吃什么，想要什么要什么。后来觉得这样下去很没有意思、没有挑战性，所以给自己设险，把特异功能忘掉，完全靠我们自己的双手和智慧来建立王国，所以后来慢慢地就变成现在这样。但是当你真正找到真我，找到内心当中的神的时候，这种力量就又会被激发出来，我们又可以得到我们想要的一切。后来我看了《秘密》一书后，拍案叫绝，原来我认为的世界上存在的一种说不明白的神奇的力量，就是吸引力法则。

以前因为学习了财商后转变了我的思想，赚了点钱，后来接触心理学，我知道了我运气不好是我自己导致的。然而，第二次改变我命运的是《秘密》。所以当我看到《秘密》这部电影的时候，我激动地把一个400多兆的电影压缩到邮件里发给我所有的好朋友。可惜当时很多人看了后觉得没有意思，觉得是乱七八糟的东西，最后没有一个人回复我。我没有因此而难过，反而相信这或许就是我与他们不同的地方，甚至我觉得是命运或者佛祖选中了我，所以我相信《秘密》，我相信吸引力法则，并且开始运用它。

"你拥有改变一切的力量；你生命中所发生的一切，都是你吸引来的；思想与爱的融合，形成了吸引力法则不可抗拒的力量……"我都按照《秘密》里面所讲的去做。我们学习了很多理论，但是如果没有切身的实践，一切的理论都只是空谈。从学习到实践的过程其实很简单，正如《中庸》一书中所提到的"学、问、思、辩、行"。

  我举一个很小很平凡的例子,我读电大的时候,校庆10周年,在深圳某中心举行颁奖仪式,深圳的副市长亲自给我们颁奖。场面很隆重,所以当时学校给我们每人发了一套服装,统一着装。当时我就想,万一我的码数不对怎么办呢?因为都是随便报的一个码数。可是到最后,糟糕的事情被我吸引过来了,别人的码数都对了,就我的码数小了一号。我坐在礼堂里越想越不爽,但是我又不好意思去找别人换。既然我把坏的吸引过来了,那我赶紧把好的吸引过来吧,我就开始想我已经拿到了适合我的码数,我满心欢喜地接受。这时候正好有两个人拿了衣服莫名其妙地走过来,我觉得上天给了我一个机会,我一定要抓住。但是我还是不太有信心,他们会跟我换吗?我很没底气地跟那两个人说:"同学,我的衣服小了,能不能换一件?"结果他们跟我说不可以,然后就走了。这让我想起了电影里演的,一颗种子已经发芽了,因为你不相信,最后它又缩回去了。于是我就想我一定要相信,我能得到我想要的码数。正好一个老师也来了,我曾经上过他的课,然后他问我:"周文强你怎么在这啊?"我说:"是啊,我的衣服不合适,太小了,我想换,结果他们不给我换。"然后那个老师就叫住了拿衣服的那两个人说:"同学,你给他换一下。"就这样,我成功拿到了我想要的码数。我越来越相信吸引力法则,包括我等公交车的时候,我想坐211路公交车。我就想,我只花一分钟就能等到211路公交车就好了。结果刚许完心愿,公交车就来了,我都不敢相信真的会有这样的奇迹出现。

  我一开始运用吸引力法则的时候,都是从小小的愿望开始,然后逐渐地放大。我发现,小小的愿望能很快被接收,能很快实现,大的愿望也一定会实现,但需要坚持和努力。因为这个世界上每天向宇宙下订单的人实在太多太多,宇宙会先处理一些简单的小的愿望,然后再处理一些大的愿望。所以如果你能坚持等下去,如果你想要在短时间里被宇宙接收到信息,那么你就需要做出很多努力,才能让你的愿望从很多人的大小愿望里脱颖而出,吸引宇宙接收到你的信息,从而给你力量去实现。

新思想
DNTCC

"秘密就是过去、现在和未来的一切解答。"我希望把改变我命运的东西分享出去，改变更多人的命运。我希望人人都能找到真我，找到一种神奇的力量。《秘密》里也一直在强调改变思想，比如："改变思想，就改变了命运；所有美好的思想都是强有力的，所有负面的思想都是脆弱无力的；用持续的思想召唤，事情的起因永远都是思想；思想与爱的融合，形成了吸引力法则不可抗拒的力量……"

财商有新思想，吸引力也有新思想。我看了电影版的《秘密》，也买了朗达·拜恩所著的《秘密》这本书。我仔细看了好多遍，我发现《秘密》背后还有秘密，《秘密》的思想里面还有新的思想。为此我找到了一本书——《失落的致富经典》。我研究发现，《秘密》里讲到的思想就来源于这本书里的思想。这本书里讲致富学是一门科学，所以我现在研究致富学。除了这本书以外，我还找到了《秘密》背后的400多本书，太不可思议了。这400多本书里都提到了一个词——"新思想"。

▼感悟：向宇宙发出要求，相信已经拥有，满心欢喜地接受。任何事情的发生必有其原因，并将有利于我。人脑就像一个过滤器，过滤所有负面能量，积极正面的能量将会源源不断地被吸引而来。你所想要的一切，都源自思维，全新的思维模式将带给你全新的人生。

像大树一样成长

起初，新思想的logo是一棵菩提树。为什么我会设计一个这样的logo呢？第一，释迦牟尼是在菩提树下觉悟的，我希望所有的学员在接触到我的新思想后，也能有所觉悟；第二，我个人特别欣赏俞敏洪，我创办这家公司的梦想是希望能做成像新东方这样的企业。俞敏洪曾经说过："人的生活方式有两种，一种是像树一样地成长，一种是像草一样地成长。如果你选择像草一样地成长，你尽管活着，吸收阳光和雨露，每年都在成长，但是最后仅仅是一棵趴伏在地上的小草，永远也长不大。别人可以践踏你，但是不会怜悯你，不会因为你的痛苦而感到痛苦，因为别人根本没有看到过你。即使我们现在什么都不是，没有什么成就，但是你现在哪怕是一棵树种子，即使被人踩到泥土的中间，你依然能够吸收泥土的养分，自己成长起来。当你长成参天大树以后，遥远地方的人们就能看到你。走近你，你能给人们一片绿色、一片阴凉，活着是一道美丽的风景，死了依然是栋梁之材。"我觉得菩提树非常好，所以我将新思想的logo做成了一棵菩提树的样子，菩提树下面跟着英文字母DNTCC——我们公司名的英文缩写。

我这人很信风水，当我把logo给风水师看过后，风水师说这个理念特别好，但是树没有根，树不可以常青。后来我把新思想的logo从菩提树改成了六角星。

那么我现在的 logo 为什么是六角星呢？六角星意味着财富，符合我讲的课程。颜色选的是金色，因为我的生辰八字里缺金。然后六角星里的猫头鹰是智慧的意思，也用了金色。当时做了两个方案，在六角星和猫头鹰之间我很难选择，因为我既喜欢六角星，又中意猫头鹰，最后我决定把猫头鹰放在了六角星里面。六角星还有一个意义。我的这套致富学来源于罗伯特·清崎，但是罗伯特·清崎的思想来源于他的富爸爸，富爸爸是一个华裔，这个富爸爸在夏威夷跟犹太人经商的时候悟出了犹太人最大的经商哲学。所以说这最终的思想其实来自犹太人。众所周知，犹太人是这个世界上最会赚钱的民族。凡犹太人所到之处都可以看见两个等边三角形一上一下连锁成的六角星形的标志，所以犹太人建国（现在的以色列）的国徽就是用的六角星。我讲财商，我觉得这个六角星是最合适不过的了。

种子已经萌发了，接下来就是吸收土里的养分，吸收阳光和雨露，然后扎根，破土，平稳地成长……

公司注册下来后，我决定在深圳大学开课。可是 7 月，很不是时候，因为正赶上深圳大学放暑假。那怎么办呢？有学生告诉我："有的毕业生去人才市场找工作了，你去那里看看。"

人才市场我再熟悉不过了，当时我做房屋租赁中介的时候就是从那里开始的。对我来说在那里开始很合适，首先找房子很方便。我就在人才市场附近找了一间房子，3900 块钱一个月，大概 50 多平方米。

为了节约开支，我们把教室和办公室都合在了一起。当时我们租的是毛坯房，很简陋。我们不舍得请装修公司，完全自己布置。先是铺地毯，我们自己去买，讨价还价跑了好几个地方，买回来后自己铺，弄得全身都是灰。买桌椅，30 多套，也舍不得花钱请人搬，全是自己一张张搬回去的。两台电脑是我从自己家里抱过去的。简单布置好场地后，我们两个人就开始做了。他负责网站招生，我负责做课件。当时我们的场地很小，但是抱负却很大。

我说我要帮他实现月薪过万，争取两年内帮他实现买房。他说："三百多块钱一堂课，那得招多少学生，才能月收过万？"他根本不敢相信。这个他就是我们新思想的第二大创业元老，我从小一起长大的兄弟——李文举先生，一个一心一意为公司默默付出的好伙伴！一个最开始没有人懂文案、他写出了无数好文章的幕后人物，一个从我最开始答应让他月收入过万，到后面月收入过十万、分红过百万的好搭档。我真该感激上天让这么多好的人和事来到我的身边，感恩……

做课件、讲课我一个人能搞定，但是招生这一块，一个人显然是不够的。我意识到团队很重要，没有团队不行，于是我们想办法发展团队。

当时我找到了杨总，杨总那时候正在哺乳期，刚生完孩子四五个月，她看好财商的趋势，要帮助我们。杨总这个人特别感性，只要是她认定的事情一定会全力以赴去做，所以她开始和我们一起创业。最初因为孩子，她只能给我们做兼职，但是仍然在家大量地发帖和发布课程信息，只要一有机会就帮我们招生，发展学员。杨总正式成为我们新思想公司的第三大创业元老。这个人物有点可遇而不可求，是一千多人的销售冠军、行业第一名，最关键是可以将上市公司、集团公司倒数第一名的团队打造到正数第一名。在人生当中第一次创业的时候，她仅用半年就帮助第一个老板从亏损200多万元变成盈利百万元，并且培养出了无数业务精英。2008年自己独立开公司的时候遇到了挫折，我曾经帮助过她的企业扭亏为盈，让她开始重新起航，收获到了财富、事业、家庭，所以出于感恩，她加入了新思想这个民宅和我们一起闯天下……

招生是个难题，我们去人才市场发传单，根本就没有人理我们。而且，我们还被城管追得到处跑。我发现摆地摊很能吸引别人的注意，于是我就摆地摊，穿西装打领带坐在地上，旁边用白纸黑字写着：教你怎么成为百万富翁！这招儿确实不错，很多人被吸引过来了，但是并没有几个人愿意停下来听我讲课。后来我终于想出来一个很好的法子，就是让他们过来找工作，然后给他们讲课。

当时我找到那种免费使用一个月或半个月的招聘网，比如智联、前程无忧等，然后在上面发帖子。最后很成功，我们免费招了几百个人，一天有几十个人来面试，然后我开始借招聘的由头给他们讲课，讲完课以后我说我们公司就是做这个的，你们可以选择加入我们，也可以选择上我们的课程。这个方法开头很好，但结果却不理想。那时候讲着讲着就有人陆陆续续地走了，有留下来听完的，但却都没有选择向我继续学习，反而给我提了一大堆意见，告诉我们这不行、那不行。那时候连续讲了五六场，最后都没有一个愿意接受我所讲的财商教育。当时我内心深受打击。

没有办法，我开始研究同行是怎么做的。2012年团购很火，团购旅游，团购电影票，团购衣服、美食等，后来发现在团购上也有卖培训课程的，购买的人还蛮多的。我当时就觉得这家公司太厉害了，我也要免费上团购。在创立新思想的第二个月，通过团购竟然真的招到了一个学生，当时团购价是定的18元，后来又降到了8块8毛钱。可是为了一个学生开一堂课，怎么办？要不要开？后来一想，这毕竟是我们的第一个学员，必须开。最后我们就开了第一堂正式课，只有一个学员。那个学员当时听完后只说考虑考虑，并没有成交。后来我打电话跟进，当时我们的课程标价是十天课1980元，每周日讲一天。她说："那这样吧，我先交1000元，我听了觉得好，再付尾款。"这就是我们的第一个客户，我当时很兴奋。这是我们的第一个学员，必须开课。于是，我的第一堂正式公开课学员只有一名，学费是8.8元。

因为只有一个学员，所以接下来的十天课我都不得不拉上我的朋友们来作陪。很庆幸，这个学员听了后感觉效果很好，并且主动交齐了尾款。至今我依然感谢她，是她在我深受打击之后给我重新扬起了自信的船帆。有了一个成功的例子，后来就渐渐地好了起来。团购上我们又成交了两个客户。而

教你怎么成为百万富翁

且我们还开始了多种模式招生，团购是一种，我们还在网上找电话做电话营销，还有QQ群、论坛、微博等都同时进行。

公司的发展需要人才，我决定要招一个销售。李总给我推荐了以前和我们在杨总公司一起共事过的彭丽华，也就是现在的彭总。她是江西人，当时正准备换工作。李总约她过来听我们的课。她来了后一看，以前的老板杨总也在（那天正好杨总被我拉来听课），于是很爽快地就决定要跟我们一起干。她加入我们以后，过了些日子，杨总也正式加入了。

我们已经是四个人的团队了，多一个人就多一份力量。他们三个开始负责招生、加QQ群、打电话、发微博、写微信，拼命约人，从那以后每场都会约到七八个人来听课。我负责做课件、讲课，效果比以前要好很多，成交率从30%到50%、70%，还在不断往上涨。随着学员的增多，学费也不断往上涨。最初我们讲课的场地很破烂，所以很多人以为我们搞传销。"万事开头难"，回想起创业初期的那些日子，我对这句话是深有体会的。

新思想这棵大树的成长，不是一蹴而就的，离不开那些想实现财富自由的学员，更离不开跟我浴血奋战的同事们。

我们的第五个核心团队成员是在课程现场找到的。当时杨总去参加课程，给别人发名片的时候，发到一个人，结果那人说他没有名片。杨总问他怎么没有名片，那人说他在找工作。杨总想，总裁班怎么也有找工作的呢？但是后来一想，即便是找工作的也有可能成为我们的客户，因为我们有讲创业的课程。这个人被杨总成功约到我们新思想来了，他就是后来我们团队的第五个核心成员——王子洋。当时他很窘迫，刚从工厂出来，老婆要跟他离婚。他已经是个父亲，自己却连话都说不清楚，身上总共就480块钱。他曾经参加了很多学习课程，深受鼓舞，梦想被无限放大，钱都花完了，却一事无成。他听了我们的课后觉得很好。因为之前他听课的时候都是在五星级酒店，我们那地方很寒酸，然后我问他敢不敢报名，他觉得很好，他说敢。我说那好，那就交钱,然后他就把身上全部的钱都给了我,就剩下一个空钱包和一身衣服了。我被感动了,然后留下了他,想方设法带他、教他。他过年没有回家,我把他带到我家里,跟我家人一起过年。

王子洋是个很懂得感恩的人,在他最困难的时候我帮助了他,所以他加入公司后特别努力,拼命打电话、约客户。自从子洋加入公司后,公司更有起色了,团队也壮大了,并且有了他的到来,公司开始有人月薪过万元了,实现了我跟李文举当时所做的承诺。子洋本人也从没有自信到积极乐观,全力付出,月收过两万元、三万元,开始寄钱回家孝顺父母。这个人物的到来,给我们新思想加分不少!而我则拼命地做好课件、讲好课。

我们的吸引力越来越大了,很快就有了第六个核心成员——陈少文。他当时听了我们的课后很受启发,可是钱不够,只给我们交了500块钱定金,但到上课的时候他却迟迟不来。我知道他没有钱,在找工作,不敢来上课是因为交不起后面的费用。最后我打电话给他,问他为什么没有来上课,结果他说最近工作比较忙。我知道这是借口,然后我说:"既然你没有时间来上课,那我就把500块钱退给你。"最后他来上课了,不但没有退定金,还请求加入我们公司的团队。他说他给很多老板打过工,但是我是唯一一位让他感动的老板。

我们的第七个成员是一个应届毕业生,当时正在一家小私营企业工作,她一个月只有不到3000元的薪水,不包吃住。公司就只有老板和老板娘,她是第一位,也是唯一的一位员工。在一次无意中听了我们一堂公开课以后,她开始积极乐观起来,并为我们作了一首《新思想之歌》。她当时钱不够,为了上我们的课程,她选了分期付款。她在吃的方面特别节约,有三天只吃胡萝卜加白饭的经历,这是她后来加入公司以后我们才知道的。当杨总问她是否愿意加入我们公司的时候,她第二天就将工作辞掉来到了我们这里,从此开始了她积极向上的生活。这个人就是我们新思想公司的服务小天使裴彩妃同学。从最开始身边所有同学对她的不理解，到后面月收入实现一万元、两万元、三万元……她彻底向她身边的人证明了她的选择是对的。

我们的第八个成员有点古怪，我都找不到词来形容他。他听了我们六次试听课，但没有报我们的课程。到第七次的时候，他被杨总感动了，交了5块钱的硬币做定金。他刚从工地里出来，结果交完定金后他跟我们说没有回家的路费了，能不能借他10块钱。他感动了我，身上唯一的5块钱报了我的课程，一次次来试听，说明他认可我所讲的，说明他迫切需要实现财富自由，这样的人是最需要我们去帮助的。所以最后我们不但给了他10块钱做路费，还让他加入了我们的团队。这样他不但可以解决生存问题，也踏上了和我们一起实现创业的梦想之路！他就是我们的第八位核心成员——方东良。他和我最初进入社会一样，原是一名工地的农民工，现在也蜕变成一个非常厉害的人，特别有策略、有方法。杨总一开始搞不懂他，后来慢慢了解，开始欣赏他，并加以重用。他是一个超级懂营销策划的人才。新思想成长至今，这个人做出了极大的贡献！

在此之后，我们的开课频率也越来越高，上课人数也越来越多。2012年最后一场公开课程结束之后，李总约来听课的一个学员留下来和李总一直交流到凌晨1点多，最终他选择报我们的课程，继续学习财商核心智慧。2013年连续听完我的三节财商课程之后，他也选择加入新思想，成为我们的创业合作伙伴。之后才了解到，他深深被我们的精神和灵魂所吸引，讲课时在白板上画出的三个圆圈就像魔术师的魔法棒一样深深勾住了他的内心世界。就冲着白板上的三个圆圈，他加入了新思想，与我们一起共创未来之路！他叫雷子平。在公司创业初期，他积极乐观、任劳任怨、无私付出，现已成为集团公司不可或缺的核心领导成员之一。

我们的客户一开始都是低端的，很多都是找不到工作的，或者是工作不理想急需改变命运要换工作的人。有舍有得，利他利己，有的学员没有工作，我就帮他们找工作；有的学员来听了课没有钱吃饭，我们就把自己的盒饭给他们吃；有的学员没有路费我们给他路费；有的学员没有生活费我们给他生活费。

还有一位灵魂人物不得不提一下，这个人就是我们新思想的副总经理唐荣，她用了五个月的时间从业务员做到业务经理，到渠道总监，再到副总，是新思想一个不可思议的传奇人物。有些事情就是不可思议，它也是我的一个学员。她原本有自己的公司，因为认可我们做的这件事情，在杨总攻关她五次之后，终于加入了我们新思想的大家庭里面，成为我们当中最优秀的成员之一。女人可能终究是感性多过理性，思考方式和男人也有着天壤之别。当时加入公司的时候，我记得我和杨总、唐总在公司附近的帝豪酒店吃自助餐，唐总在终于被我们打动的前提下，说了一句："我决定来完成周老师您的使命，为学员全力付出。"我说："我不需要别人的帮助，我希望我们是一起追求这项事业，做大做强。"杨总打断了我的话，给了唐总一个这辈子我都印象深刻的拥抱，然后说了一句示弱的话："我特别脆弱，我需要得到你的帮助！"因为杨总懂得放低自己，所以唐荣加入了我们公司，她也非常"旺"新思想，在加入一个月之后，公司正式从民宅搬到了甲级写字楼。她一个人所创造出来的业绩有目共睹，这也激励新思想其他创业伙伴迎头赶上。我很庆幸又多得了一员猛将，也佩服当时杨总如此懂人性。人都说再好的统帅也需要军师，不管是演讲方面还是公司战略方面，杨总这个人都能给我建议，而其他优秀的战友也在一路支持我们，所以新思想的成长壮大一定是必然的。

我们找到了第三种拓展学员的方法：我们发现在富士康，有大批大批的员工需要实现财富自由，需要一种新的思想、新的力量去改变他们的生活甚至人生。于是我们站在桌子上露天演讲——针对富士康的员工。那段时间我们很疯狂，虽然在富士康门口经常遭到保安的驱赶，但是我们却吸引了很多人。

如果说新思想现在是一棵茁壮成长的大树，那么我们团队的核心成员就是树种子，我可爱的学员们就是阳光和雨露，我的代理商们就是泥土和养分。

新思想有今天完全离不开他们，因为他们的爱，这棵树才能得以发芽、成长。我很有信心，我们这棵树一定会成为参天大树，我们不但是一道美丽的风景，我们还会给更多的人带去清凉。

▼感悟：当你极度热爱一项事业，当你用心去感受一项事业，甚至具备使命感的时候，一定会有更多的人才被你吸引而来，来帮你一起完成我们共同的梦想！新思想这个大家庭之所以能做好，我最庆幸的是，我作为这家公司的大家长，陪同一批拥有梦想的孩子一起茁壮成长的时候，得到了社会各界人士的帮助！所以我非常感恩那些加入我们，和我们一起共创事业的精英！

第十二章

实现财富自由

BORN TO DREAM

脱胎换骨的力量

我很喜欢鹰，它们个子虽小，却翱翔于天际，长居于山巅，猎食更是快而准。当然这都不是我最欣赏之处，我最欣赏的是它们有着极强的自我蜕变能力和精神。鹰的寿命可达70岁，是这个世界上寿命最长的鸟类。要知道，70岁在人类中尚且是高龄了，但是鹰为什么能活这么长呢？原来鹰到了中年都会对自身进行一个大蜕变，用一个词来说是"重生"，用一个成语来说便是"脱胎换骨"。据说它们活到40岁的时候，羽毛已经长得很厚重，飞翔起来十分吃力，爪子也开始老化，它们的喙也变得又长又弯，几乎碰到胸膛。怎么办？这看上去没有什么不妥，就好像我们人老了，背也会驼，手脚也会不灵活，听力、视力也都会下降一样，是自然的规律。可是鹰却偏不尊崇自然的安排，它们努力地飞到高山之巅，在最安全的悬崖峭壁上筑巢，开始长达150多天的痛苦蜕变。首先它们用喙击打岩石，直到喙完全脱落，静静地等候新的喙长出来，再用新长出的喙，把指甲一根一根地拔掉。当新的指甲长出来后，它们便再把羽毛一根一根地拔掉。5个月以后，新的羽毛长出来了，它们继续鹰击长空。

我们比鹰要幸运，只要生活规律，就可以轻松活到70岁或者80岁，甚至100岁。但是，有句话说得好，有质量的人生才叫享乐人生，没有质量的人生叫活受罪，所以我们每个人在成长的过程中，也要和鹰一样必须经过一次大蜕变，只不过这是思想上的。在我们身边不少抱怨的人、失落的人，尤其是近几年自杀的人越来越多，这些人每天都活得很纠结、很痛苦，为什么？

就是因为他们不懂得学习和蜕变。人的一生一定要保持不断学习和蜕变的能力。学习会让我们放弃旧有的一些不好的东西，蜕变会带我们进入一个新的世界，帮我们打开一个新的格局。所有痛苦的根源都是我们自己。当我们学会了学习和蜕变，一切痛苦都会逐渐消解。就好像贫穷，世界上大多富人都并非出生就富有，而在于他们"穷则思变"的自我蜕变，比如李嘉诚，比如王健林等。

新思想的成长很快。因为我们不断地学习和改变，成立不到半年的时间就吸引到了200多个学员。而这些学员又都抱着同一个梦想，希望通过学习来进行自我蜕变，实现财富自由。

巴菲特说："世界上最聪明的人是最舍得给自己的大脑进行投资的人！"新思想成立之初吸引到的200多个学员，原本他们的口袋里很"荒凉"，思想上却很富饶，他们愿意倾尽所有来投资大脑、投资学习，甚至有不少经济困难得连吃饭都成问题的学员也加入了我们。他们强烈的学习和改变意识反倒吸引我们免费为他们投资。我们就是将这样的一种学习和改变的力量拧成了一股结实的绳子，牵引着我们迈步前行。

我们创业的路走得很稳当。我们很清楚，在培训行业里，像我们这样的机构已经很多，而且它们都做得很早，根基很深，相比之下，新思想只是个新生儿。那么，为什么我们还能在竞争激烈的夹缝里存活，并且开枝散叶？我想了很久，有三点：首先，我们国人的贫富差距越来越大，富人越来越富有，穷人越来越贫穷。渴望改变命运却生活在社会底层的人实在太多了，深圳就是一个贫富差距鲜明的城市。其次，我们的门槛低，讲的课也都很落地，虽然讲课的场地很破，却满足了学员们内心的需求，能真实地帮助学员改变自己。最后，新思想吸引到的员工或学员，都有一个共同点：有爱、有共同的梦想。

人因梦想而伟大，而爱是一切的根源。新思想在爱和梦想的推动下慢慢走向了更大的舞台。

2013年年初，我们正月初八就上班了，比我们原本预想的稍早。2012年下半年大家一直都很忙，原本想着正月里多休息几天，陪陪家人，和亲朋好友们聚一聚,结果正月初五就陆续接到了好几个学员的咨询电话。最后我一想,好吧,正月初八上班。在我们农村,八这个数字很吉利,谐音发财的"发",代表着财富。在我们那儿过了年出去打工或者做生意什么的都是正月初八出发。我也希望借这个黄道吉日为我的学员们、同事们讨个好兆头,希望他们在新的一年都能实现财富自由、身心富足。

正月初八那天,我们核心成员开大会,为了"更上一层楼",公司要做一些改变。

2013年,新思想的第二个改变就是开课环境的改变。为了容纳更多的学员,为了给学员们一个稍好些的上课环境,我们先是借用别人的场地,比如我们去长城证券开课,去龙华学校开课……这些地方都是免费给我们提供场地。

新思想成立之初,我们不敢跟同行合作。这个行业竞争很激烈,初来乍到的我们很害怕别人知道新思想要与他们分一杯羹之后会轻而易举地把我们给灭了,所以我们几乎是潜在水下打"暗战"。当我们有了一定的基础时,我很清楚,我们不能像清政府那样"闭关锁国",我们要走出去。我们也不能一直免费借用别人的场地,免费的午餐吃太多了是不仁义的。所以我们开始跟着同行走,我们也开始去酒店开课。这种感觉就好像以前我们是游击队,慢慢成了正规军。在好的环境里,我们能吸引一些高端的客户,这些高端的客户大多是企业家,或者企业高管。他们需要我们新思想的力量去拔高自己的事业,我们也需要他们的力量去带动我们的低端客户,先富带动后富,逐步实现共同富裕。渐渐地,我们新思想的力量越来越强大,格局也越来越大,目标越来越清晰,学员和员工们的改变也都越来越大。

第三个改变,就是新思想的办公环境。我们在最高端的写字楼里租了一间300多平方米的办公室,一样也是毛坯,但这次我们光装修就花了10万多块钱。新的办公环境大大提升了新思想的企业形象,最初如新生儿般的新思想瞬间成了年轻有活力的小伙子。

第四个改变,打造一群神鹰。当时我们的创业元老已经将近30人了,而

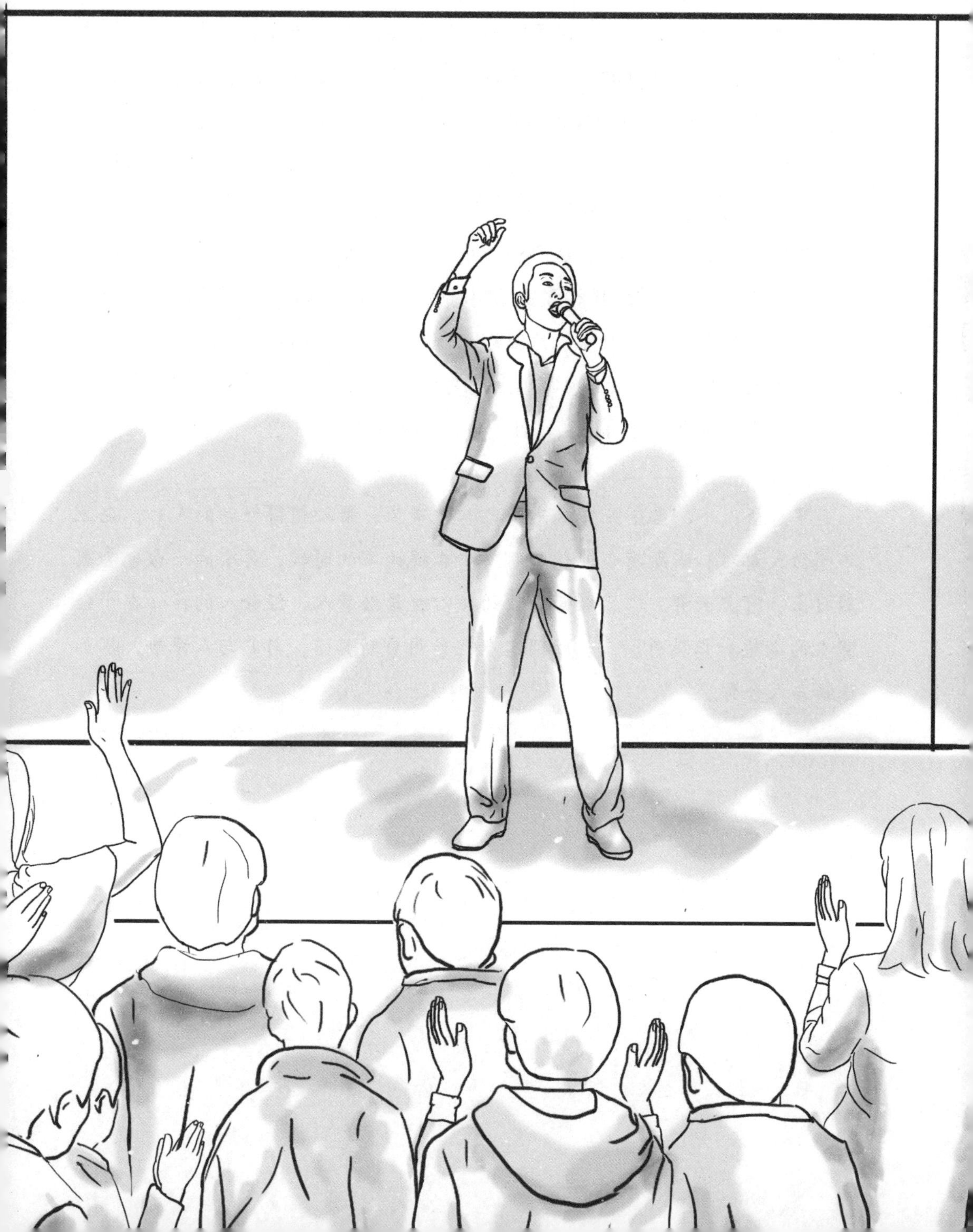

且个个都是精英中的精英。为了打造出色的创业元老，我们还挖了一个很厉害的人，即我们渠道部的总监。她是我们公司的销售冠军，每个月她都能做到几百万元。她身上有很多优秀的品质值得我们学习和尊敬。她除了有超强的工作能力、为人处世的能力，还是个很有担当的女子。她是家里的老大，上面有年迈的父母，下面有年幼的弟妹，她一个人要照顾一大家子的衣食住行。我很佩服她，虽然说是个女子，她的肩膀上却扛着很多男人都扛不了的重担。这就是我们新思想需要打造的团队：有爱、有能力、有责任感。

2013年是忙碌的一年，从年初开始，我们每天都忙到凌晨。2013年也是收获的一年，新思想的成长和改变如同一幅幅美丽的画卷，滋润着心田。为此，在这里，我想要跟大家分享：只要你对现状不满，就请打开你的心胸，站起来、走出去、学习、改变、突破重围，绝不要抱怨、痛苦、逃避、自我颓废。终有一天你会发现，你可以实现任何你想实现的梦想。

▼感悟：一、当企业怀揣感恩之心做事业、帮助值得帮助的人时，企业不想做大都难；当所有创业伙伴都将平台视为家的时候，再小的平台也会蒸蒸日上、直上云霄。二、经营企业的核心就是经营人，经营人的核心在于经营人的欲望和归属感。三、闭门造车就如同自断其路，与其与人竞争，不如选择与人合作。

为爱而行

我的一个代理商跟我讲，他以前也是从睡地板开始创业的。而今在别墅里躺在软和的席梦思床上，他却睡不着觉。我问他为什么。他说："因为还有很多人在睡地板。"我相信这是他心底最真实的话。

"取之于民，用之于民"，这是古代君王们的治国之道。我前面说过我喜欢研究历史，喜欢研究古代帝王们的创业之道。我觉得不管是过去帝王们争天下也好，还是今天我们创业也好，很多道理都是相通的。

我们新思想从去年开始盈利起就一直在感恩社会、回馈社会。比如：有一些残疾人，要来我们这里上课，我给他们提供一系列免费的服务；一个刚从监狱里出来的人，找不到工作，他说他要改变，想从摆地摊开始，于是我捐给他钱，同时还告诉他摆地摊一样可以摆出百万富翁，他听了我讲的销售技巧后，很有信心；一个家里贫穷的大学生，没有钱继续读书，我们也赞助他学费；还有那些贫困山区的孩子，我们也经常捐助他们物资、学费等。从2012年到2013年，我们义务捐助了很多人。包括雅安地震时，我带领着公司的同事和学员们一起募捐。我们的同胞在受难，我们有责任和义务伸出爱的援手，因为我们都是中国人，我们同在一个大家庭。我们帮人心切，却不知道原来不是谁都可以去大街上募捐的，必须要有相关的证件和资格。

当时我们在公园募捐来的钱只有2000多元，我们公司自己的员工总共捐出了20000多元。通过这次募捐我才知道，如果我们想要去帮助更多的人，

捐款箱

就得去跟慈善机构合作。少年强，中国强，中国的未来在少年。这个慈善基金会的宗旨就是帮助那些没有钱的孩子们实现上学的梦想。除此之外，我们还打算创立一所希望小学。曾经我也是一个辍学的孩子，个中的痛苦我深有体会。我之所以能有今天这样的成绩，全是因为大家的爱：学员和代理商的爱，公司同事们的爱，家人朋友的爱，甚至是我们竞争对手的爱。写到这里，我情不自禁地想唱一首歌——《爱的奉献》："啊，只要人人都献出一点爱，世界将会变成美好的人间……"

我不知道我还有多少爱，还有多少个未完的梦，对我来说，最美好的生命就是为爱而行、为梦而生。因此，我感谢你们一路相伴，有你们，我才有勇气做最真实的自己。花开花落，冬去春来，我会一直珍惜；云卷云舒，风里雨里，我会将你们给予我的感恩的种子继续播撒。

▼感悟：人人为我，我为人人；心怀感恩，将无敌于天下。生活在感恩之中，才是真正地幸福、美满。"爱"跟"感恩"是宇宙的中心，"爱"跟"感恩"能让社会安定、世界和平。

你为什么会失败

财商改变了我的命运，我觉得它可以改变更多人的命运。当我在深圳大学跟那些想创业的学生进行探讨的时候，我发现他们缺的是财商。后来，我发现这个世界上 90% 的人创业或者投资失败，都是因为缺财商。很多的学员上完我的课后都会分享："我今天终于知道我为什么会失败了。"

在北京、上海和深圳这样的一线城市，每天关门倒闭的企业就有几千家，甚至更多。很多人可能 10 次创业 9 次都会失败。当下这个时代，看起来机会很多，跟风投资的人也很多，可是真正赚钱的却很少，大多数都是亏钱的。为什么？因为大家在创业和投资的时候都没有系统地学过如何创业和投资。

我们有个学员，他真的很努力，自己非常优秀，他做店长的时候帮老板赚了很多钱，所以，他就尝试着自己出来单干，可是当他自己做的时候却亏了钱。为什么呢？我们都知道做老板和做职业经理人是不一样的。就好像我们很多人在学校的时候谈起创业想法多多、口若悬河，但是真正走出来自己创业的时候，却手足无措、一头雾水。为什么？因为学校是梦工厂，并没有人教我们怎么赚钱，没有人教我们怎么做老板，就算我们在大学里读工商管理，但是那些教你工商管理的老师，他们自己本身就是一个雇员，不是老板，他们怎么教你做老板、做管理、做投资呢？而我之所以三次创业都会成功，是因为我在创业前，就开始学习如何做老板、做投资，我学习并研究了很多关于财商和企业管理等方面的课程，同时还付诸实践。所以，很多人是为了做老板而做老板，这样的人往往是失败了很多次以后才摸索出致富的智慧哲学；而少数人是为了创业而做老板，这样的人往往是已经懂得了经商的智慧，从一开始做老板，就在运用和验证这些智慧。这两者产生的结果就好像古时候带兵打战，一方是有勇无谋，上无政策，下无对策；另一方是运筹帷幄，兵来将挡，水来土掩。

在我们的身边，可能你和我都经常听见有人用羡慕并且嫉妒的语气说："他做老板怎么运气那么好？""同样的项目，为什么我就亏钱？我太倒霉了，得去庙里烧烧香。"其实真的是别人的运气好，自己的运气不好吗？不是的。你与其去羡慕别人，与其去庙里烧香拜菩萨，不如先去研究别人为什么成功了，不如先拜自己，先看看自己哪些方面欠缺，需要去调整和补习。

我觉得如果我把这些东西分享出去的话，很多人会因为这些而成功，会降低失败率，会少走很多的弯路，遇到问题的时候会及时调整方向。事实证明，在过去的一年里，我们确实改变了很多人创业和投资的命运，甚至很多人在没有听到财商课程之前，是迷茫的，过得庸庸碌碌、没有目标，不敢想未来。

17岁以前我没有梦想，没有目标，没有计划，我不知道自己何去何从。但是学了财商后，我有了梦想、有了目标，从骨子里变得自信，我相信我自己。

为什么我在17岁就能和那些身价超过我几百倍，甚至几千倍的老板谈业务，为什么我敢去说服他们呢？因为在我看来，不久的将来，我也会是一个老板，甚至是一个拥有上市公司的企业家。我们都是平等的，只是时间上的早晚而已。

每一个成功老板的王国都不是一蹴而就的，说不定在他们的创业经历里，也是从农民工做起，从低级销售员做起。很多人会畏惧，觉得一个销售见到一个大老板就该小心翼翼、点头哈腰或者卑躬屈膝。我不这么认为，还是那句话，一个人因梦想而伟大。他们过去是，现在的我们也是。所以我走近他们的时候从不畏惧，而是尊敬；从不卑微，而是虚心学习；从不奉承，而是用他们的成功来激励自己。

当你有一个宏伟的梦想时，你就可以吸引无数个没有梦想的人或梦想比你小的人来帮你完成你的梦想。

10%的人之所以会成功，是因为他们有宏伟的梦想；90%的人会失败，是因为他们没有梦想、碌碌无为。所以很多有规划、有目标的人都成了最顶尖的富人，成为领导者，而那些没有规划、没有目标的人都成了追随者，都在为有目标的人实现目标。

你不规划你的人生，就会有人帮你规划。我们所有人都是一艘漂在海上的船。那些到不了成功彼岸的人就是没有目标的人，他们在海上随波逐流，甚至一直在原地打转30年。那为什么有的人会成功呢？是因为他们的梦想就是要去岸边，要往北走。有方向、有目标，海水往北他就会向北而行；如果海水往南，那他也会逆流而上。逆流可能有点难，但是他们有目标、能坚持，就一定会到达彼岸，因为有时候会等待时机，借到东风。

财富自由是梦想、目标，是我的力量，是我的源泉。为什么我的内心如此强大？是因为我感觉我和别人不一样，我是属于那10%有梦想的人。

今天中国是用创业来带动就业。中国如果没有民营企业家，那么中国很多人都会没有工作，解决不了温饱，更重要的是中国民营企业家为中国创造了多少的税收呢？

不管是现代马云，还是三国刘备，任何领袖的成功，都源自他们什么都没有的时候能吸引很多人加入他们的队伍，是因为他们有宏伟的梦想，这就是为什么社会上总是有一种人富有，有一种人贫穷的根源。

▼感悟：想要成为什么样的人，就要和什么样的人在一起；创业和投资也是同理。当你有一个宏伟的梦想时，你就可以吸引无数个没有梦想的人或梦想比你小的人来帮你完成你的梦想。

为什么你不能实现财富自由

人类最伟大的梦想就是自由。今天我们很多人都活得不自由,都在做着自己不想做的工作,很多人都没有时间陪自己的孩子、自己的父母,很多人想去旅游的梦想都实现不了,要么没有钱,要么没有时间。这是为什么呢?因为他们没有达到财富自由,他们一辈子都是金钱的奴隶。

我现在的收入就可以让我这辈子都不用工作。我现在做到了,我想帮助很多人都做到。我觉得一个人活着不仅仅是为自己而活着,人过留名,雁过留声,我希望百年以后,很多人能够知道我是谁,知道我活着的使命和价值是什么。我希望很多人都能够活得像梦一样自由,这就是我想要做的有意义的事情。

因为梦想,我 14 岁的时候,从同龄人的世界里脱颖而出,所以我觉得很孤独。因为我的东西表达出来后没有人认同和理解,一开始我甚至觉得可能是我自己有问题,所以我很难找到志同道合的人。

2007 年,当我看到《赢在中国》这一节目后,我才发现,原来我没有问题。电视里十几万的选手跟我都是一样的,我觉得他们的案例太棒了。当时我就在想,如果以前我在他们那个圈子里的话,我会成功得更早,甚至更成功。那时候我把 2006 年到 2008 年举办的共三届的节目视频全打包在一起,看了一遍又一遍。

从那时候起,每当我感到自己缺乏能量的时候我就看这个节目,我甚至研究著名的央视节目主持人王利芬，她当时是一个主持人，是一个雇员，但是我觉得当她听了这么多人的创业故事后，她一定会创业的。结果不出我所料，不到一年，王利芬从央视辞职，自己创业了。为什么我能猜测得如此准确？很简单，因为她接触了那么多的创业者和创业者的故事，她不可能不受激励。

《赢在中国》给我的影响很大，它让我找到了答案，坚信自己的梦想。我在节目里看到很多选手，都已经六七十岁了仍然还在创业。这让我非常感动，同时也给我启发，新思想也要打造一个同样的平台，帮助更多真正有梦想的人。

一个人奋斗，可能遇到困难，会很容易就放弃。但是如果在这个圈子里，大家一起奋斗，一起面对困难、挑战困难，即便是你准备放弃的时候，也有人会伸出手紧紧地拉住你。当你看到了曾经和你一样走在创业路上的人现在已经成功了，这时候你就不会放弃。在这个平台上，你会学到很多创业的经验，得到很多创业者的帮助。

今天中国的经济市场看上去很强大，但是我们中国很多的大企业都是被国外资本完全控股的，而由中国人自己真正做好的公司没有很多家。

比如"非常可乐"这个产品，它销售的业绩比"可口可乐"和"百事可乐"的总和还要多。后来，"百事可乐"说我们投资你一个亿，我们一起做大，我们把我们的渠道、经营理念，把我们的商业模式，全部告诉你，让你的"非常可乐"走向全球。这对每一个中国本土企业家来说，无疑都充满了巨大的诱惑，可结果却让"非常可乐"彻底消失在中国本土市场。这就是百事可乐的经商智慧，这就是别人脑袋里装的东西与我们脑袋里装的东西的区别。

当我看到健力宝失败的时候，当我看到李经纬仰天长叹的那种表情的时候，我很不甘心：我们中国这么多优秀的企业凭什么要被别人收购？

在我看来财富分为三种：掠夺性财富、创造性财富与精神性财富。我认为，我最早做的事情获得的都是一种掠夺性财富，比如我做房地产赚到的都是客户的钱、房主的钱，通过这种方式赚到的钱总有一天会离我而去。因此，我在做其他业务的时候也一样，我总感觉我赚到了很多钱，但是真正能留下来的钱却没有，很快就从某一个地方花出去了，我总也实现不了财富自由。而我今天做的这些事情收获的属于创造性财富，我收学员几万块钱，我教会了他们赚几十万元甚至几百万元的能力，我赚这个钱赚得问心无愧，所以我很开心。而精神性财富就是有一件事，哪怕赚不到一分钱，你也愿意干。这就是为什么佛教徒不收钱也愿意到处去布施、去讲课、去印书免费发放，这就是精神性财富。

现在我的精神性财富就是在讲台上为很多人免费讲公开课，到目前为止我已经讲了500多场，我不收取一分钱的出场费。很多老师也有免费的公开课，但是他们只是为了宣传他们的课程，他们只会告诉你"我有多成功"，从来不会真正地讲课程的核心内容，这也叫推广课。而我的免费公开课就是我的正式课，我会把我的核心的内容免费讲给你听，你报不报名都无所谓，因为我只想做到一点：哪怕你没有听我的正式课，你听了我的推广课也足以让你改变。

我真心希望我能帮助到很多的人，像我一样改变命运。我一个初中没有毕业的人都能改变，为什么他们不可以呢？我觉得人人都可以，只要你心中有了这样的梦想，你愿意去完成这样的梦想，你就一定能够成功，你的财富就能做到像梦一样自由。

▼感悟：圈子的力量是无穷无尽的，选对一个圈子，终将成就一生。会赚钱的人赚不太会赚钱的人的钱，二者唯一的区别在于前者的学习力更强。

中国梦，我的梦

我喜欢历史，但从清朝以后的历史我并没有去研究，因为当我研究到鸦片战争的时候我就看不下去了。作为中国人，那是一种耻辱。历史的车轮永远是往前走的，闭关锁国就会落后，落后就会挨打。

一个民族的发展、一个国家的发展与一个人的命运紧密相关。一个人，只要有梦想，就能吸引其他的人。习主席提出了"中国梦"。可能很多人都觉得"中国梦"与自己无关，因为自己的生活都过不好。事实上，一个国家的领袖或者一个公司的老板要做的第一件事情，就是给大家造就一个梦想，让大家都为之去努力、奋斗。

梦想，是对未来的一种美好的憧憬；梦想，是实现理想的翅膀。三年前，当我站在讲台之上，我的梦想是有一天新思想能在教育培训行业拥有一席之地；两年前，我的梦想是能带领新思想所有的员工实现他们的梦想，能拥有自己的车子、房子，能让他们的父母、兄弟生活得更加幸福；一年前，我的梦想是让新思想合作伙伴真正地实现财富自由，不辜负他们对新思想、对我周文强的信任；而现在，当我再次站在讲台上，用嘶哑的喉咙呐喊时，我希望台下的每一个人能真正听懂我的声音、我的青春……

亲爱的读者，你还记得这本书的第一章中那队在沙漠中行走的奴隶的故事吗？在这里，在我的第一本书《因梦而生》即将结束的时刻，我想告诉你，在生活的大漠中，我们都是那队被束缚的奴隶中的一员，不同的是，有的人被生活的皮鞭抽打着往前走，有的人则用皮鞭不断地抽打着自己。是的，我就是那个用皮鞭抽打自己的人。

深夜，每当我行走在路灯昏黄的街道上，我总能想起那些年四处漂泊、四海为家的日子。我知道，在祖国的每一座城市、每一条街道，必然还有很多和我一样的人，为了梦想，远离父母，背井离乡，像一只麻雀一样，从一棵树飞到另一棵树上，以井中之水为镜，以井中之水为饮。

几天前，有人在微信上分享了一个广西卫视的慈善节目视频给我，节目中的杨六斤年仅12岁，却独自一人在大山中那座四面透风的木头房子里生活了6年。当我看到他乐观地就着野草当菜下饭时，我无法抑制自己的眼泪。我想，这种野草之苦，这种生活之苦，只有真正体验过的人才懂。

我希望有一天，每一个平凡的中国家庭都能实现财富自由、生活美满；我希望有一天，中国的企业家们能真正站在世界的舞台上，中国的民族品牌能够傲立于世界之林……

我希望有一天，我们的祖国不会再有孩子吃杨六斤一样的苦，不会再有人走我走过的路——这是我写这本书唯一的目的。

这本书写于全国各地讲课之后，匆忙之中仓促完稿，词语并不华丽，语言也不算优美。也许，在您的眼中，它只是一本平凡的书，只是一个关于梦想的故事。是的，我只是用最平凡、最简单的语言将我走过的路、我的青春分享给各位读者。倘若能给各位读者带去一点帮助、一丝心灵的感动与慰藉，我就很满意了！在以后的日子里，我会将更多的精力用到写作上来，希望在不久的将来，在书店里，读者朋友能找到更多我写的书。

感谢买下《因梦而生》这本书的何辉麟先生、林春先生，感谢为这本书付出了辛勤汗水的新思想的同仁们，感谢这本书的出版社的编辑老师们，最后，最感谢的是你们——这本书的读者朋友们，因为你们，在追逐梦想的道路上，我并不孤单！

▼感悟：成大业、做大事者皆具备佛祖心、帝王术。当一个人不再只是

为自己而活着的时候，他已脱俗，已步入人类的另一层面——精神层面。当一个人心存善念，愿意承担更多社会责任之时，在世人看来，他就是世人的精神领袖。

第十三章

见证者

BORN TO DREAM

何辉麟：青年强，中国强

时光好似那指尖的落沙，不知不觉间，我已过了不惑之年。前几天回国休假，机缘巧合听了周文强老师的课，他的故事，他为梦想而奋斗的经历与曾经的我如此相似，让我恍若回到了过去。

我的心情久久不能平复，像涨潮的海水，一遍遍冲洗着记忆的沙滩。很多年了，为家人，为自己，为客户……我一直在奔波，没有时间停下来，安静地看一看自己，很少回头去看这一路走来的足迹。周文强的这一堂课像一颗子弹，准确地击中了我，他分享的每一句话都触动着我的神经末梢，他分享的每一个感受，我都真真切切地感同身受。他把我拉回了我年轻时候的回忆里，让我重拾了很多很多在赶路途中被遗忘的宝贵的财富。就在课堂上，我做了一个让很多人震惊的决定：我用高价买下周文强的第一本即将出版的传记《因梦而生》。是的，就是你现在读的这本书。也许，有些人可能觉得我的脑子有问题，花这么多钱去买一本没有出版的书。其实，这其中的缘由只有我自己知道。

我今年41岁，祖籍广东肇庆高要区新桥镇广塘村，是一名处于半退休状态的整形医生，目前在马来西亚的一家整形医院工作，月薪不低于50万元，有人称我为"亚洲第一刀"。很显然，我现在在生活上不愁吃穿，但是，曾经我和周老师一样也出身寒苦，也一样为梦想付出了很多的努力和艰辛，只是我比他更幸运一点。不过，周老师追寻梦想的旅途更值得我们去尊重。

他14岁就去工地打工,没有任何依靠和帮助,靠着自己的努力和梦想的支撑一步步往前走。后来他绝处逢生,不抱怨,不放弃,终于在年仅25岁时就已经走上了人生中最为华丽的舞台。

此时此刻,他的梦想还在延伸,他要帮助更多的人实现财富自由,这也是我最欣赏他的地方。世界上从来不缺有梦想的人,缺的是坚持为梦想奋斗到底的人;世界上也从来不缺有钱的人,缺的是有情有感恩之心的人。诚然,周老师是一个饮水思源、不忘根本的人,他一直在做慈善,在中国最贫困的地区捐助希望小学,他梦想有一天能建成全国第一家财商大学。

《论语·为政篇》有言:"吾十有五而志于学,三十而立,四十而不惑,五十而知天命,六十而耳顺,七十而从心所欲,不逾矩。"在我看来,所谓的不惑之年,即有过困苦、奋进、无助、拼搏、失意、得意等之后趋于平淡、安静、彻悟的一种人生状态。这样的人生阶段就好比是在海水里行船,不再是杯水里扔石子。我原以为我的人生就这样一直平静下去了,再没有激情,也再不会掀起更壮观的波澜。然而,自从遇见了周老师,我感觉那逝去的时光又倒流了。我回到了曾经为梦想而疯狂追逐的年代,回到了曾经为创业而激情澎湃的年代。

我出生于20世纪70年代的一个大家庭,在家里排行老五,上面有两个哥哥和两个姐姐。我从未见过爷爷和奶奶,对于小时候的回忆也只剩下些琐碎的片段,因为我是个不太愿意去记挂痛苦的人。在那个上山下乡、吃大锅饭、挣工分的年代,家里要出劳动力。我还小,没有人看管,父母只好把我绑在门槛边,交给隔壁的老奶奶和老爷爷照看。不过,后来姐姐说她好几次放学回家都看到我在吃自己的大便,也没有人管。这件事情虽然是听姐姐和父母后来说起的,但是却一直让我记忆犹新。我不能选择我的出身,但可以改变我的人生。

至今仍然清晰地记得小学四年级时,因交不起学费,我不得不拿了家里的红薯骑着自行车去城里换钱。那时我的身高不到1.4米,却骑着一辆借来的足有1.5米的永久牌自行车,我只能把脚穿过那个三脚架里站着踩它。

那时候我只有一个念头，就是学习，正如让周老师决定去学电脑的那张传单上写的那句话一样：知识改变命运，学习改变人生。不管路有多远、多难，我必须坚持。

18岁那年，我高中毕业，为了圆父亲当年的军人梦，我放弃了学业，入伍当兵。人这辈子很多事情是命中注定的，招兵体检那天，我是迷迷糊糊就去了，对军人、对部队根本没有任何概念，后来又迷迷糊糊地通过了检查。两个月后，部队接兵的人来了，我才真正意识到，我即将离开这个生活了18年的家，那一刻我哭了，哭得稀里哗啦。

这么多年过去了，我很感谢父亲当年的决定，感恩父亲的军人梦。如果不当兵的话，我会后悔一辈子。那时我可以不去上大学，因为哪怕到了50岁，我还可以去完成大学梦，但18岁的军人梦，人生只有一回，即便我从部队退伍回来时，在金钱上一穷二白。

我是幸运的，1995年退伍后正好碰上中国在佛山试行全国第一批110，作为退伍军人的我被优先录取。尽管是合同工，但我的第一份工作却是光荣的，是一名人民警察。

20世纪90年代，正是南下"下海"的浪潮之巅，广东正在改革最前面的那个浪头，形形色色的人都涌到这里。110这个机制正是在这样的背景下实行的，全国的眼睛都聚焦在这里，都注视着我们这批警察，所以我们的工作压力很大。

令人难忘的是，我离开警察岗位的那天正是中国改革开放的总设计师邓小平去世的日子。那年春节，我们的房门口都放满了菊花，没有人放烟花，点鞭炮。在那一个沉闷的春天里，沉默的我决定要走出去，去做些什么。中国都改革开放了，我也要去改写自己的命运。

接下来的六年里，我做过保安，修过单车，在酒店当过服务员，自己也开过饭店，苦是苦一些，但也存下来不少钱。这时候我做了一个决定，拿出六年的积蓄去圆我的大学梦，我选择了去广东一所大学读书。要知道，彼时，我的战友们都成家了，有的甚至儿子都满地跑了。不管是家人还是朋友都不支持我拿着几年攒下的血汗钱继续求学，他们甚至觉得做点小买卖或许更靠谱。我不想自己的人生留有遗憾，我也不想把自己能完成的梦想交给我的孩子们。因此，我选择继续求学，选择去当一名医生。

学医的时候，我遇到一个很好的导师，他教了我很多。我跟他去新疆工作了一年多，他教会了我当时最流行的微创整形。我属于那种完美主义者，也比较好强。我知道自己不是科班出身，所以我比那些科班出身的人付出得更多，为此，我熬过了无数个不眠之夜。总算功夫不负有心人，我的技术得到了社会的认可。后来，我的成绩远超过那些科班生，还很幸运地被国外顶级整形医院高薪聘请到国外工作。

现在的我，每工作20天就休息20天。所以我一般在国外工作20天后，就回国内休假20天。这次来听周老师的课，真的是一种缘分，这是上天冥冥之中注定的事情。在朋友的微信分享中，我看到了他的课程主题——财商管理，这一主题立马就把我吸引住了。为什么会这样呢？这与我前几年的经历有关。

2007年前后，我在国内的投资比较多，买了十几套房，又买了很多股票，可是我都不懂得管理，直到现在还有很多股票被套住。更让人痛心的是，我购买商铺也被骗了一笔钱。这一切都源于我不懂理财和投资。尤其在当下，如果一个人不懂得这些，很多时候他就会像我一样成为"冤大头"，挣的钱都打了水漂。

可以说，周老师的课程开悟了我，他说你不懂得理财等于白白地工作了。我回头一看自己走过的路，确实是如此。我不懂理财、不懂投资，所以我很多钱都是被骗去了。这么多年了，我投资什么都失败、都被骗，以前我是这么多钱现在也还是这么多钱，甚至更少。显然，钱不流动是死钱，每分每秒都在贬值。

当周老师的第一本书开始竞拍时，我就告诉自己，不管怎么样，这本书我一定要拿下，不管最后拍出多高的价格，我都觉得它值！我想，现在我给他鼓励、给他支持，就是对他的一种认可，他一路走来如此艰难。

周老师今年才25岁，如果中国更多年轻人都能像他这样，我们就会越来越强大。因为青年强，则中国强。我相信周老师以及他的新思想将会一片光明。他的故事值得每一个年轻人学习。他告诉人们，拒绝抱怨，人因梦想而伟大。

▼感悟：物以类聚，人以群分，成功吸引成功，农民工吸引农民工。在任何一个时代，都会涌现出真正的领袖和王者。历代历史伟人的诞生，都具有一个共同的特征：穷！唯有穷，则思变，英雄不是横空出世的，而是被逼到绝处重获新生。

林春：十年磨一剑，四年磨百店

"十年磨一剑，霜刃未曾试。今日把示君，谁有不平事？"这是唐代诗人贾岛的诗作《剑客》，诗中的剑客花了十年的时间，才磨制出一把剑刃白如霜、锋利无比的宝剑，而我的"剑"又在哪里？谁来帮我磨这把剑呢？

幼时的我，在懵懵懂懂中读到这首诗时，总会随着思绪穿越回社会动荡的唐朝末年，幻想着自己是诗中的那名剑客，手上拿着一把透着寒光的宝剑，在那个乱世闯荡江湖，除暴安良。正当我想得入迷时，教书的老先生则会悄悄走到我身前，拿起教鞭，"啪"的一声敲到课桌上，让我一下子从梦回大唐的状态中回到现实。

现实是什么样子的呢？我看了看周围的情况：低矮的土房，破旧的课桌，读初中的我。至今我还记得那黑板后面贴着八个醒目的大字：好好学习，天天向上。那时候的我，就在心里想，只要好好学习，就能天天向上，出人头地。

我的家乡因为一次刻骨铭心的地震而被外人熟知——绵阳，在这之前，它只是一个名不见经传的市，如今苦难与幸福都把它包围⋯⋯

1982年，我出生在绵阳市下辖的一个贫穷落后的小山村，交通闭塞，村里的大多数人都是日出而作、日落而息，整日蹲守在自家的一亩三分地上，每天累得半死不活，得到的却只够温饱。父亲是晚年得子，生我的时候已经40多岁了，一家人的吃穿用度都是靠着他长满厚厚老茧的双手和瘦削的身体扛下来的。

时间流逝，岁月匆匆，一转眼，我已经上了初中。苦难是一把双刃剑，弱者用它，只能割伤他的手；而强者拿起它，就能感受到其中蕴含的巨大力量，助他辉煌。随着年龄渐长，作为家中的独子，看到家里破败的情况，我咬咬牙，坚决要求不读书了，要出去打工，去外面的世界闯一闯。

父亲见我态度坚决，只好摇着头，一边叹气，一边回房间一顿摸索。之后他掏出皱皱巴巴的一堆零钱，其中有许多是一毛两毛的毛票，数了数，总共有将近500块钱。他一分没留都塞给了我，对我说："出门在外，一定要多保重，注意好身体，平平安安回家过年。"我点了点头，含着泪，已经是哽咽得说不出话来。就这样，我背上简单的行李，带着一个出人头地的梦想，离开了生我养我的家乡，走出了大山，来到从未去过的大城市。

那一年是2000年，我刚好17岁，正是满揣梦想、意气风发的时候。像我这么大年纪的人，大都还在学校里上学，我却背着一个蛇皮袋出现在北京的街头。面对陌生的城市、拥挤的街头，周围都是些来自五湖四海的陌生人，我有些恍惚，有些兴奋，也有些隐忧与恐惧。出门在外，一穷二白，没有技术，没有学历，我到底该干吗呢？我又能干什么？

正当我一筹莫展，不知道自己该靠什么解决生计的时候，我看到一家小饭馆门前写着招工信息，立马就提着行李去毛遂自荐了。店老板看我虽瘦但精干的样子，就让我留下来试几天看看，管吃管住。本来我来到大城市，是想着能干一番大事，没想到却进小饭馆当起了杂工，整天对着脏兮兮的工作台洗着油腻的碗。那时候，我每天一大早就得起床，强打起精神迎接第一批客人，然后一直在刷盘子、上菜；到了晚上，又是一阵忙碌，到送走最后一名客人，洗完碗之后才算结束。

每天晚上，当我拖着疲惫的身体，回到那个狭小阴暗的小房间时，心里总有些不平静，想着以后的出路。在这段窘迫漂泊时光中，我常常想起昔日读到的那一首《剑客》："十年磨一剑，霜刃未曾试……"顿时五味杂陈。想想自己，才刚来北京一年，尽管还看不到未来在哪里，但这又有什么大不了呢？我还年轻，只要心中有梦想，再经过时间的沉淀，就一定能够成功。古人能用十年时间磨出一把好剑，我也能用时间和汗水去浇铸属于自己的未来……

就这样，我每天想着自己的梦想，干劲儿也很大，即使是刷盘子、上菜，我也又快又好地把它完成。几个月过后，店老板看我年纪轻轻就能吃苦耐劳，非常喜欢我，开始让我跟着店里的师傅学习一些制作餐饮的技术。从这时起，我不再每天做杂工，而是跟着师傅学习凉菜的制作、凉菜的配菜、凉菜的雕刻以及早点的制作、面点的制作和一些传统的精品川菜的做法。一段时间下来，我对所学的技艺早已熟稔于心，接着系统地学习了配菜的制作以及其他菜系如鲁菜、粤菜的做法。

时间过得飞快，三四年的时间就这样在每天的学习中悄悄地流逝。那时候的我感觉自己的餐饮技术已经学得差不多了，就又开始给自己确定了新的目标：学习酒店管理知识。带着这个新的目标，我经常买来一些酒店管理类的书阅读，以提高自己这方面的能力。那时我就想：既然要做，就要做行业里的第一。后来的时间，我一心在学习研究酒店和会馆的管理，总想着要靠自己去耐心学习，去磨，才有可能磨出一把属于自己的利剑。

2008年，一次偶然的机会，第一次去听课，听课时，我拿起随身携带的笔记本把课程里面重要的几点都记录了下来。回去之后，我把其中具有实操性的几点都运用到了自己的生活和工作中，觉得效果非常好。

受到成功学的影响之后，我发现自己以前的格局太小了，不能只满足于给别人打工，要想实现自己出人头地的梦想，先得提高自己的格局，然后再自己创业。在创业之前，我已经用了整整8年的时间来学习餐饮技术和餐饮管理，一直都是奋斗在一线。我知道，只有自己成为一个行业的专家，再通过学习理论上的东西，才能把自己的格局、观念和能力再提高一个台阶。

2009年，我开始创业，成立了嘉州紫燕北京餐饮管理公司，主打品牌是嘉州百味鸡。在这之前，我已经做了将近一年的理论总结。为了学习这个百味鸡的技术，我花了一年多的时间，跟随川菜名厨去学习，得到了他们的真传。还记得我们公司的第一家店在北京正式开业后取得了开门红，当时生意非常火爆，每天前来品尝的食客络绎不绝，在门口排起了长长的队伍。

看到这样的场景，一种连锁加盟经营的发展模式已经在我脑海中呈现。那是2011年，我开始做连锁店。消息一出，就有来自全国各地的客户慕名而来，短短2年的时间，在全国范围内已经发展了100多家百味鸡的加盟店。到目前为止，直营店、合作店分布在广东、广西、湖北、江西、辽宁、山东、浙江等多个地区，遍布大江南北。

从2000年出来一直拼搏到现在，不知不觉已有13个年头，在这些年里，我一直都在学习和尝试中提高自己。每当我生活或者事业上出现问题时，我就会去听课，去学习。因为我深知，只有在生活中不断学习和磨炼，才能得到那把所向披靡的"剑"。可是，我的"剑"何时才能磨成？

2012年，在三亚举行的一次大会上，我认识了一个对我影响一生的人，一个能够帮我磨"剑"的人，他就是周文强老师。

与这个"磨剑人"的初识，我就被他的成长经历和创业故事深深吸引。后来，我又知道了周文强老师更为让人震撼的一面：他比我还小5岁，却是新思想文化传播公司的总裁，在深圳拥有自己的三家企业……

当然，我看中的不仅仅是他现在的成就，还有他以前跟我有一些相似的经历。我们两个都是从农村里走出来的，都是靠着自己不断学习和拼搏才有了今天的成绩。正因为如此，我和周文强老师在第一次见面时，心中就有一个强有力的声音在告诉我，站在我面前的这个人就是我苦苦寻求的"磨剑人"，他能把我的"剑"磨得更加锋利。于是，我主动在课后走到他面前，把名片双手奉上，总算与自己心中认定的这个"磨剑人"结缘。

随着交流的增多，我知道周文强老师确实很好、很难得，他对待客户和员工就像对自己的家人一样，非常有大爱。同时，他讲的财商课，确实很实用。很多企业的老板在学了他的课程之后，改变和提升了不少，能把课程中学到的许多财商知识都运用到企业甚至是生活当中。这些东西，对于一个之前没有接触过这方面知识的学员来说，一定会带来很大的改变。

这一点我感触很深。几年前，我学习运用了陈老师的成功学知识，取得了一些成绩。后来随着公司的发展，我想把企业继续做大，有一定的突破，但难度很大。于是我根据公司的一些需求，报名参加了周文强老师的财商课程。学习完课程之后，自己基本上对公司的战略规划和管理战术有了一个全新的认识，这对于我格局的提升和公司的发展是非常有帮助的。

周文强老师的课程有许多案例是他自己经历过的，他只有25岁，却能够带领100多人的团队，而且他认为："朝九晚五的工作不是创业，而是一家普普通通的公司。"在他的公司，每天即使是在凌晨的三四点钟，都能看到有员工在那里。他的这些员工都是自发去的，而不是为了什么公司加班或者做做样子。从这一件事情，我看到了周文强老师团队的凝聚力，真的是如铁桶一样牢不可破。

每次看到他年轻的脸上洋溢着自信的微笑时，我仿佛看到了我的那把"剑"出鞘的那一天。周文强老师非常用心，他能够在细节上把握好自己和他人。比如，有客户去找他谈生意，他就会把客户的一日三餐都照顾得很好；客人身体有什么不舒服了，他就像家人一样给他们端茶送药、悉心照料。一般的企业当中，是不可能有这样的情况发生的，就是对待客户，也不可能做到像对家人一样关爱。

当得知周文强老师的第一本书有个新书发布会时，我也收到了邀请，怀着激动的心情去参加。新书发布会上有一个拍卖环节，就是在场的所有嘉宾一同竞拍周文强老师的第一本书。起拍价是15000元，很快就有20000元、30000元的价格传出，大家都非常积极踊跃地去竞拍这本书。最终这本书被著名的整形医生何辉麟先生以高价拍得。

发布会后，我总觉得自己心里有些空荡荡的，感觉缺了些什么。会后吃饭，我同新思想的杨总聊天，告诉他我也希望买这本书。因为拍卖会已经结束，杨总思来想去，决定以她的名义拍卖给我第一本。我出了这笔钱，算是对周老师和杨总所做事业的一种支持和认可，也是给社会尽了自己的一份义务。

后来，周文强老师知道我正在做嘉州百味鸡这个项目，而且跟他的经历相似，就爽快地答应帮我拓展和推广这个项目，来帮助更多的人创业和成功。

遇见周老师，我觉得是一种冥冥之中的缘分，因为我知道，他就是我心中一直追寻的"磨剑人"。我相信，在不久的未来，依靠着周老师的打磨，我的"剑"——嘉州紫燕，一定会变得锋利无比，成为中国熟食行业的第一品牌！

▼感悟：人生在世，知己难求，正如众师林立，人生终极教练难觅是一样的道理；成功比的是"胆"！一个有胆有魄力的人一定是一个有社会阅历的人。有社会阅历的人都明白人在做、天在看，付出不一定有回报，但不付出就一定不会有回报。